회귀자 사용설명서

WISHBOOKS FANTASY STORY

회귀자
사용설명서 30

흙수저 판타지 장편소설

초판 1쇄 찍은 날 | 2021년 1월 14일
초판 1쇄 펴낸 날 | 2021년 1월 21일

지은이 | 흙수저
펴낸이 | 예경원

기획 | 위시북스
편집책임 | 이은송
편집 | 위시북스

펴낸곳 | 예원북스
등록번호 | 제396-2012-000132호
등록일자 | 2012. 7. 25
KFN | 제1-583호

주소 | 경기도 고양시 일산동구 호수로 646-24 위너스21Ⅱ빌딩 206A호 (우)10401
전화 | 031-819-9431 팩스 | 031-817-9432
E-mail | yewonbooks@naver.com

ⓒ흙수저, 2018

ISBN 979-11-365-4955-6 04810
　　　 979-11-6098-877-2 (set)

30

회귀자 사용설명서

흙수저 판타지 장편소설

WISHBOOKS FANTASY STORY

Wish Books

회귀자
사용설명서

CONTENTS

220장
마지막(2)

분명히.

[살아가세요.]

목소리가 들렸다.

[더 이상 스스로를 괴롭게 하지 마세요. 고통스러운 짐을 떠 안지 마세요. 이제는 짐을 완전히 내려놓으시고 원하시는 삶 을 살아가세요. 당신은 행복한 삶을 영위할 자격이 있습니다.]

분명히 들려왔다.

[당신은 그 누구보다도 행복한 삶을 살아갈 자격이 있는 사 람입니다. 스스로를 미워하지 마세요. 스스로를 자책하지 마 세요. 그 누구도 당신을 원망하지 않을 겁니다. 이 땅을 살아 가는 수많은 이들과 앞으로 이 대륙에서 살아갈 이들을 구한 업적은 오래도록 그들의 가슴과 영혼 속에 기억될 것입니다.

대륙이 사라지는 그 날까지, 모든 신의 피조물들이 당신을 축복할 것입니다.]

천천히 상반신을 일으킨다. 어두운 방 안에 희미한 빛이 조금씩 차오르고 있다. 누군가 램프를 껐다가 켠 것처럼 작은 빛이 계속해서 깜빡이고 있었다.

혹시나 잘못 들은 것은 아닌가 하는 생각이 머릿속을 스쳐 지나갔지만 들려오는 목소리는 분명히 착각이 아니었다.

머릿속이 아니라 영혼 속에서 울리는 것만 같이 느껴지는 목소리. 몸 전체에서 울려 퍼지는 듯한 목소리가 계속해서 들려오기 시작했다.

"알…… 타누스?"

[기나긴 전투였습니다. 당신에게는 특히 가혹한 투쟁의 나날이었을 겁니다.]

"아니, 베니고어?"

[많은 것을 잃어버리며 원하지 않는 전장에 섞여 들어가야 하는 힘든 나날이었습니다. 고통과 시련을 감당하며 성장해야 했던 나날이었습니다. 당신은 그 힘들고 어려웠던 시간을 훌륭히 견뎌내 많은 이들을 구해냈습니다. 당신의 투쟁과 희생정신, 용기와 찬란한 노을빛에 찬사를 보냅니다. 당신의 이겨낸 그 모든 것들에 진심 가득한 존경을 표합니다.]

"알타누스…… 베니고어…… 아니, 누구라도 상관없어…… 보고 있다면 나를 회귀시켜 줘…… 부탁이야. 베니고어."

계속해서 희미한 빛이 어둠을 밝힌다.

"제발…… 부탁이야. 베니고어. 제발……."

[대륙의 위협은 완전히 사라졌습니다. 이제는 고통을 겪을 이유도, 당신이 새로운 희생을 할 이유도 존재하지 않습니다. 당신이 지옥 같은 삶을 다시 한번 시작해야 할 이유는 그 어디에도 존재하지 않습니다.]

"지금 내가 있는 곳이…… 여기가 바로 지옥이야. 차라리 한 번 만 더 기회를 줘. 제발…… 그게 불가능하다면 나를 죽여 줘…… 제발…… 최대한 고통스럽게. 끔찍한 고통을 느낄 수 있도록……."

계속해서 희미한 빛이 어둠을 밝힌다.

[당신의 부탁은 들어드릴 수 없습니다. 힘든 시간이라는 것에는 공감할 수 있습니다. 하지만, 당신이라면 틀림없이 커다란 슬픔을 딛고 일어설 수 있을 것입니다. 아무렇지도 않게 일어나 행복한 삶을 살아갈 수 있을 것입니다.]

"웃기지 마……."

[당신은 자격이 있는 사람입니다.]

"내가 그럴 자격이 없다는 거 알고 있잖아……."

계속해서 희미한 빛이 어둠을 밝힌다.

[아니요. 당신은 자격이 있는 사람입니다.]

"당신은 알고 있잖아. 내가 무슨 짓을 저질렀는지…… 내가 금수만도 못한 짓을 저질렀다는 거 알고 있잖아."

[당신의 탓이 아닙니다. 그 누구도 당신을 원망하지 않을 겁니다.]

"웃기지 마. 웃기지……."

[그 역시…… 당신을 원망하지 않을 겁니다.]

"그 입 닥쳐! 네가…… 네가 뭘 알아."

[맹세컨대 그 역시 당신을 원망하지 않을 겁니다. 그는 당신이 행복하기를 바라고 있습니다. 모든 것을 떨쳐내고 과거의 굴레와 죄악감에서 벗어나 새로운 삶을 살아가기를 기대하고 있습니다. 당신이 앞으로 살아갈 삶과 당신이 앞으로 겪을 일상을 기대하고 있습니다.]

"웃기지 마! 제기랄! 개 같은 놈들! 개새끼들! 개새끼들아!! 너희들이 그런 말을 할 자격이 있다고 생각해? 다른 놈들도 아니고 너희 개 같은 새끼들이! 너희 쓰레기 같은 새끼들이! 감히 그 사람에 대해 떠들 수 있어? 너희 개새끼들이……흐윽……."

서둘러 몸을 일으켜 세웠던 바로 그때였다. 다시 한번 희미한 빛이 어두운 방 안을 밝힌다.

천천히 옆을 바라본다.

[진심으로 저는 당신이 앞으로 살아갈 행복한 삶들을 기대하고 있습니다. 당신과 당신의 친구와 가족들이 함께 만들어갈 이야기들을 기다리고 있습니다.]

거울에 비친 한쪽 눈에서 빛이 깜빡이고 있었다.

[당신의 이야기는 아직 끝나지 않았습니다.]

다시 한번 눈에서 빛이 깜빡인다.

[고개를 들어 당신이 지킨 대륙을 둘러보세요. 많은 것이 달라진 앞으로의 대륙을 경험하세요. 원정이 아닌 여행을 떠

나고 전우가 아닌 친구들과 함께 새로운 풍경을 눈에 담으세요. 새로운 일상을 즐기고 그 이야기들을 보여주세요.]

목소리가 들려올 때마다 계속해서 빛이 깜빡이고 있었다.

"흐…… 흐으윽…… 흐으으으윽…… 흐윽……."

[많은 것들을 누리고 경험하세요. 당신의 이야기를 완성하세요.]

계속해서 깜빡이고 있었다.

"흐윽…… 흐으으으윽…… 흐윽…… 끄으윽……."

[당신이 하지 못한 일들은 아직 많이 남아 있습니다. 당신이 경험할 것들이 아직도 많이 남아 있습니다. 모두가 당신이 이룬 것들입니다. 당신 때문에 존재할 수 있었던 것들입니다. 당신은 그 누구보다도 행복한 삶을 영위할 자격이 있습니다.]

"흐으윽…… 흐윽……."

[나아가세요. 이전의 일들을 잊고 새로운 시작을…….]

"그럴 수 없습니다. 그럴 수 없어요. 기영 씨."

[…….]

"절대로…… 그럴 수 없어요. 새로운 대륙도, 여행도, 새로운 풍경도, 새로운 일상도 상상할 수 없어요. 아무것도…… 흐윽…… 아무것도 떠오르지 않아요. 절대로 잊을 수 없을 겁니다. 저는 그 모든 것들을 누릴 자격이 없어요."

[새로운 시작을 위해 문을 박차고 나아가세요.]

황급히 문을 박차고 나간다.

소란스러운 소리가 들려오기는 하지만 무작정 발걸음을 옮긴다.

"혼자서였다면 절대로 불가능했을 겁니다. 저 혼자만이었다면 이렇게 되지 않았을 거예요. 기영 씨야말로 행복을 누릴 자격이 있는 사람이에요. 당신이야말로 저보다 더 많은 것을 희생한 사람입니다. 진정으로 이 대륙을 위하고 이 풍경을 지키고 싶어 한 사람이에요. 네."

계속해서 빛이 번쩍인다.

[더 이상 주저앉지 마세요. 제발 스스로를 상처 입히지 마세요.]

"저야말로 기영 씨의 이야기가 아직 끝나지 않았다고 생각하고 있습니다. 앞으로 기영 씨가 어떤 삶을 살아갈지, 어떤 이야기를 써 내려갈지 보고 싶어요. 새로운 풍경, 새로운 삶, 덕구 씨와 함께 평소처럼 떠드는 것도, 길드원들과 함께 여행을 떠나는 것도…… 하…… 하하…… 그런 것도 상상해 보세요. 조금 먼 미래가 될지도 모르겠지만 이후에 하얀 씨와 함께 맺어진다면…… 두 분이 어떻게 될지, 두 분의 아이가 어떨지, 그런 생각을 하는 것만으로도…… 저는…… 저는…… 즐거워집니다. 앞으로 기영 씨가 써 내려갈 이야기들입니다. 당신이 마땅히 누려야 할 것들이에요. 제가 아닌 당신이 누려야 할 삶입니다."

[…….]

"아니, 가능하다면 함께 누리고 싶습니다. 제가…… 제가 자격이 없다는 건 알고 있지만…… 조금만…… 아주 조금만 욕심을 내본다면 이 모든 것들을 함께 누리고 싶어요."

계속해서 발걸음을 옮긴다. 조금씩 조금씩 풍경이 뒤바뀐다. 별로 수놓인 밤하늘이 눈에 들어온다. 건물들이 계속해서 옆으로 지나간다. 사람들이 스쳐 지나간다.

조금 더 빠르게 발걸음을 옮기다 이내 날개를 펼치자 밝은 노을빛이 쏟아졌다.

순식간에 하늘로 몸이 떠오르자 광활한 대륙이 한눈에 들어왔다. 전쟁으로 인해 폐허가 된 북부의 아래에 보이는 대륙의 풍경은 눈부시게 아름다웠다.

작은 빛들이 눈에 보인다. 수없이 많은 숫자의 아주 작은 불들이 대륙을 비추고 있었다. 마치 대륙에 별이라도 깔린 것 같지 않은가. 미치도록 아름다운 밤하늘의 풍경이었다.

"보고 계십니까?"

어제 봤던 풍경과 마찬가지다. 완전히 무너져 내린 북부의 성벽 아래의 풍경은 싸움이 난 흔적조차 보이지 않는다. 거울 호수, 균열 박물관, 라이오스, 공화국, 그 외에도 아름다운 풍경들에 작은 빛들이 수놓여 있었다.

"기영 씨가 지킨 것들입니다."

서둘러 하늘을 가로지른다. 시원한 바람이 얼굴을 향해 쏟아진다.

[당신이 지킨 것들입니다.]

"기영 씨를 위해 기도하고 있는 거예요."

[당신을 위한 것들입니다. 이 모든 것들이 당신을 위한 것입

니다.]

몸은 어느덧 린델을 벗어난다. 빛이 계속해서 깜빡인다.

조용히 하늘에 내려앉자 수많은 시선이 쏟아져 내렸다.

"노을빛……."

"노을빛의 검사다."

안으로 들어서자 익숙한 얼굴들이 시야에 비친다.

"길드마스터?"

"여기는 어떻게……."

"파란 길드마스터."

많은 사람이 몰려 있는 곳이다. 조용히 발걸음을 옮기자 천천히 길이 열리기 시작했다.

"오빠? 이 새끼들이…… 지금…… 이 개새끼들이……."

오랜만에 보는 것 같은 예리도 눈에 비친다.

"길드마스터. 여기는 어떻게……."

뭔가 초조해하는 김미영 씨의 모습도 보였다. 살짝 고개를 끄덕이며 어깨를 두드리자 조용히 길을 비켜주는 모습이 시야에 들어왔다.

앞을 가로막는 성기사들이 눈에 보였다. 초조하게 보이는 얼굴들이 이곳에 오기 전 뭔가가 있었다는 걸 말해주고 있는 것 같았지만…….

"파란 길드마스터, 여기는 어쩐 일로 오신 겁니까. 미리 말씀을 해주셨더라면……."

"……."

"현재 명예추기경님을 모시고 있는 중입니다. 아무리 노을빛의 영웅이라고 한들, 이런 식의 무례는 교단에서 용납할 수 없습니다."

"……."

"명예추기경님을 봐서라도……."

"목소리가 들려왔습니다."

"네? 그건……."

"목소리가 들려왔습니다. 그러니 데리고 가겠습니다."

"……."

"제가 데리고 가겠습니다."

"……."

조용히 이쪽을 바라보는 바젤 교황의 모습도 보인다.

"그렇게 하게. 노을빛의 검사."

"바젤 교황님. 하지만 명예추기경님은…… 우리 교단에서……."

"내가…… 내가…… 데려가도 된다고 이야기하지 않았나! 이 멍청하고 아둔한 것아!!"

"네? 그건…… 그러니까……."

"우리 명예추기경도…… 그편이 더 행복할 게야."

"진심으로 감사드립니다. 바젤 교황님."

"신경 쓰지 말게나. 노을빛의 검사. 명예추기경을 잘 부탁하네."

조용히 아래를 바라보자 누워 있는 이의 모습이 눈에 담겼다. 새하얀 색의 옷을 입고 조용히 미소 짓고 있는 얼굴은 너무나도 편안해 보인다. 정말로 이 모든 것이 만족스러운 것만 같다.

천천히 시신을 안아 든 이후에 다시 발걸음을 옮긴다.

"길드마스터……."

"늦어서 죄송합니다. 혜진 씨."

"아니요. 정말로 잘 와주셨습니다. 흐윽…… 네……."

"다른 사람들은……."

"하얀 씨와 소라 씨는 먼저 돌아가셨습니다. 아마 가까운 곳에서 일이 끝나기를 기다리고 있을 겁니다."

"지금 연락해 주세요."

"네."

"길드원들을 전부 소집해 주세요. 덕구 씨도 마찬가지입니다. 아니, 조금이라도 기영 씨와 접점이 있었던 분이라면 전부 다 불러주세요."

"네."

"……."

"길드마스터."

"네."

"실례지만…… 방금 전에 하셨던 이야기는……."

"네. 목소리가 들려왔습니다. 분명히 기영 씨였습니다."

"……."

"기영 씨가 제게 말을 걸어줬습니다."

"……."

"방법은 알 수 없지만…… 어쩌면…… 어쩌면 되살릴 수 있을지도 모릅니다."

"그건……."

"기영 씨도 기다리고 있을 겁니다…… 분명히요."

"진짜 이런 상황이랑 이런 분위기에서 이런 말 하기는 싫은데…… 조금 감동적이기도 하고…… 근데 이게 살살 녹기는 하네요. 그렇지 않습니까? 디아루기아?"

"이 미친 쓰레기 새끼."

"……."

"구역질 나는 자식."

"대륙을 구한 영웅한테 말이 조금……."

"개새끼. 저주받을 쓰레기 같은 놈."

"아무리 그래도 너무……."

"개새끼."

항상 그렇기는 했지만 디아루기아가 나를 바라보는 눈빛에는 뭐라 설명하기 힘든 혐오감이 뒤섞여 있었다.

조금 억울한 면이 없지 않아 있기는 했지만 슬그머니 눈치를 살핀 이후에는 괜스레 아래를 내려다볼 수밖에 없었다.

졸지에 이곳에 묶여 버리게 된 디아루기아의 마음이 이해가 가기도 했고…… 현시점에서 중요한 건 이쪽이 아니라 아래쪽이었으니까.

'진짜 죽여주자녀…… 그럼 죽여주자녀. 시바.'

우리 사랑스러운 회귀자가 성스러운 육신을 안은 채로 신전을 내려오는 저 모습을 보라.

'없던 신앙심도 생기겠다. 진짜.'

너무나도 숭고한 장면이라 뭐라 설명하기도 어렵다.

밝은 빛이 쏟아지고 길이 열린다. 마치 모세가 바다를 가르는 것처럼 김현성이 걸어가는 길에 인파들이 갈라지는 것이 시야에 비친다.

이미 죽었다는 걸 말해주듯 성스러운 육신의 고개와 팔이 땅으로 떨어지려 하고 있었지만 김현성이 다시 한번 이쪽을 제대로 안아 드는 것이 눈에 보였다.

'내가 저거 어울릴 줄 알았자녀.'

교단에서 나오는 수의 잘 어울릴 줄 알았자녀. 진짜.

베니고어 교단에서도 교황들만 입을 수 있다는 수의를 입고 있는 것을 보면 우리 바젤 교황님이 제대로 신경 좀 써준 모양. 사실 추기경급들이 입는 수의는 성스러운 느낌이 덜해 걱정하기도 했었는데 그런 내 걱정은 기우에 불과했던 것 같았다.

무려 대륙을 위해 스스로를 희생한 영웅의 죽음이었다. 자신의 모든 것을 버리고 오직 힘없는 자들을 위해 살아왔던 성자의 죽음이었다. 평범한 장례를 치러줄 리가 없지 않은가.

교단에서 얼마나 이 이기영의 추도식을 신경 썼는지 눈에 보인다. 이마에 그려져 있는 베니고어와 같은 문양은 사실 잘 어울리는지는 모르겠지만 자세히 보니 기존의 수의보다 더 화려한 것 같다. 베니고어가 입고 있는 옷과 뭔가 느낌이 비슷하기도 했고 디테일적인 부분에서 유사한 면들이 시야에 비친다.

오직 베니고어의 아들만이 가능한 복장 양식. 누가 저 모습을 보고 빛기영의 빛에 의심을 품을 수가 있을까.

그럼에도 불구하고 뭔가 충족되지 않은 것 같은 느낌이 있었지만 김현성의 등장으로 인해 모든 그림이 완벽해진 것만 같다. 노을빛의 등장은 단언컨대 저 장면에 정점을 찍었다고 자부할 수 있다.

'얼마나 벌렸지. 이거 대체 얼마나 벌린 거냐구.'

방금의 그림으로 벌린 신성이 지금까지 모아놓은 신성보다 많다.

확실히 죽는 게 좋기는 좋아. 일단 그렇잖아.

어울리는 예는 아니지만 예술가가 숨을 거둔 이후 작품이 떡상하는 것과 비슷한 이치다. 이쪽의 경우에는 오히려 더하면 더했지 부족하지도 않다. 성자의 죽음으로 이루어낸 평화. 이미 우상화되기 좋은 조건을 모두 갖추고 있었다.

베니고어의 아들이라는 수식어만 봐도 대륙의 빛이 어느 정도 위치에 있는지 예상해 볼 수 있다.

-베니고어의 아들…….

-노을빛의 검사가 베니고어의 아들을…….

이유는 알 수 없지만 김현성을 향하는 신성까지 들어오고 있는 중, 회귀자 사용설명서의 효과인지는 모르겠지만 벌리는 족족 자동 이체되듯 신성이 이동되고 있는 것이 느껴졌다.

'회귀자 사용설명서의 효과는 아닌 것 같은데.'

다단계 같은 느낌일 수도 있고…… 뭐 아무렴 어떠랴. 계속해서 신성이 쏟아지고 있다는 게 중요한 거지.

"이런 상황에서…… 웃음이 나오는 겁니까?"

"이런 상황이니까 웃는 거죠. 왜 저라고 불안하지 않겠습니까. 밑에 있는 얘들도 걱정되는 건 물론이거니와 지금 우리가 여기 어째서 있는 건지도 모르는 상황인데. 정황상 하늘나라에 있는 것 같기는 한데 생각한 거랑 조금 다른 것 같기도 하고…… 앞으로 무슨 일이 벌어질지 모르니 일단 벌어둬야죠. 보험이라는 건 그런 거잖습니까. 디아루기아."

"……."

"보시다시피 아무것도 없는 공간인데 신성이라도 있어야 먹고 살죠. 이번에는 뭐로 드시겠습니까?"

"……다시 돌아갈 수는 있는 겁니까?"

"다시 돌아가야죠. 아마 돌아갈 수 있을 겁니다."

당장 해결해야 할 일이 많았으니까.

다들 걱정이 되기도 한다. 우리 하얀이, 돼지 새끼, 사랑스러운 김현성의 멘탈도 멘탈이었지만 지혜 누나가 선희영, 카스가노와 함께 여단을 재창설할 거라고는 생각하지도 못했다.

김현성에게 메시지를 보내는 것에 성공했으니 아마 이지혜라면 소식을 듣지 않았을까. 상황이 달라졌다는 걸 깨달았을 테니 금방 합류해서 방법을 찾아주겠지, 뭐.

다시 한번 생각해도 살려달라고 말하지 않기를 백번 잘했다는 생각이 든다. 추잡하게 다시 살고 싶다고 부활시켜 달라고 떼쓰는 것보다는 이렇게 담담하게 아직 희망이 있다는 메시지를 주는 게 정답이었다.

말로 표현할 수 없는 끈끈한 교감. 어차피 이 새끼가 날 살릴 거라면 이런 방식이 더 좋지 않은가.

"정말로…… 정말로 다시 살아날 수 있는 겁니까? 디아루리아를 다시 볼 수 있는 겁니까?"

"우리 디아루리아한테는 제대로 상황을 설명했으니 괜찮을 겁니다. 그나저나 드래곤들이 정말 신기하기는 하더라고요. 저야 특성 때문에 현성이한테 메시지를 보낼 수 있다고는 하더라도……."

"저 역시 갑자기 쌓인 이상한 기운이 아니었다면…… 상황을 전할 수 없었을 겁니다."

"이제 신성한 용, 디아루기아니까요. 신의 아들과 함께 싸운 빛의 드래곤 디아루기아. 좋은 울림이네요."

"……."

"아무튼 가장 걱정하고 있던 게 일단락됐으니 안심입니다. 일단 저쪽에서도 방법을 찾아야 여기서도 뭔가 희망이 생기는 거니까요."

"아직도 여기가 어떤 곳인지……."

"……잘 모르겠습니다. 솔직히."

"……."

"일반적인 공간은 아니니까요. 대충 예상해 보자면 뭔가……
누군가 준비해 둔 것 같은 느낌도 듭니다."

"누군가 말입니까?"

"네. 누군가가 준비해 놓은 공간이라고 말하는 게 편하겠네
요. 본래대로라면 눈을 감은 이후에는 아예 사라지거나 베니
고어가 있는 곳으로 올라가는 걸 상상했었는데 여기는…… 누
가 봐도 이질적이니까요."

"대체 누가……."

"글쎄요."

기억을 지우기 전의 이기영? 아니면 1기영?

누가 됐든 간에 이 공간은 인공적으로 만들어진 공간이라
는 데는 반론의 여지가 없을 것이다.

"그럼…… 저 빛들은 어째서……."

시선을 돌리자 은색의 빛과 푸른빛 갈색빛이 덩그러니 놓여
있는 것이 시야에 비쳤다.

쓰로누스, 케루빔, 도미니온스.

"글쎄요. 근데 생각나는 건 있네요."

"뭡니까."

"아무래도 제가 신이 될 준비를 하고 있나 봅니다."

"정신 나간 새끼."

"뭐 정신 나간 소리니 그렇게 들으시고 싶으시면 그렇게 들
으셔도 됩니다. 제가 기억을 잃기 전의 저에 대해 이야기한 거.
기억하십니까?"

"……."

"그냥 이 공간을 준비한 게 저라면 어떨까 싶은 생각에 망상 한번 해본 거예요."

"……."

"제가 죽을 거라는 걸 제가 미리 알고 있을 거라고 가정해 봅시다. 아니, 실제로 알고 있었으니 가정이 아닙니다. 무언가 준비를 해야 된다고 생각했을 테고…… 어디론가 이동되거나 완전히 사라지기 전에 잠깐 체류할 수 있는 장소가 필요했을 겁니다."

"그게…… 이곳이라는 겁니까?"

"아래에서 일어나는 일들을 지켜보고 우리 현성이를 인도할 컨트롤 타워라고 가정해 보면…… 네…… 뭐. 대충 말이 끼워 맞춰지는 기분이 들기도 하고…… 아닐 수도 있지만…… 가능성이 아예 없지는 않아요."

"그게 저 빛들과 무슨 상관입니까? 저들은 지금의 사태를 만든 이들입니다."

"지금은 단순한 빛 덩어리죠. 그 이질적인 프로그램, 그 괴물 새끼가 사라지고 난 이후에 남은 것들이에요."

가까이 달라붙으려고 하는 은색 빛을 손으로 쳐낸 이후에 다시금 말을 잇는다.

"그러니까. 어째서……."

"글쎄요. 어쩌면 기억을 잃기 전의 이기영은 이렇게 생각했을 거예요."

"뭐라고."

"지긋지긋하다고 말입니다."

"……."

"기억을 잃기 전의 이기영은 지금의 이기영과 다르게 컨트롤 프릭 같은 성향이 있었을 겁니다. 자신이 상황을 통제하지 않고서는 절대로 견딜 수 없는 성향을 가지고 있었을 게 분명합니다."

"당신은 지금도 그렇습니다."

"……아무튼 그래서 지긋지긋하다고 생각했을지도 모른다 이겁니다. 누군가가 대륙을 관리하는 게 아니꼽게 비친 거겠죠. 자기도 모르는 일이 일어나고 있다는 게 짜증 나지 않겠어요? 뭐. 제가 그렇다는 게 아니라 기억을 잃기 전의 이기영이 그렇다는 거니 오해는 하지 마세요. 그래서…… 바꾸고 싶다고 생각했을 겁니다. 직접 대륙을 관리하고 싶다고, 직접 하는 게 속이 편할 것 같다고 느꼈을지도 모르죠. 손이 많이 가는 일이니 혼자 힘으로는 힘들다고 느껴…… 애네들을 준비했나 봅니다."

"하지만 그들은……."

"메인 시스템이 달라졌으니 이들의 생각이나 행동에도 변화가 있을 겁니다. 물론 특유의 성향이나 만들어진 성격은 고치지 못할지는 몰라도 긍정적인 방법으로 교정할 수는 있겠죠. 아마 이전에 일어났던 일들을 기억하지 못하게 할 수도 있을 겁니다. 중요한 건 애네들이 귀찮은 일을 떠맡아준다는 거죠.

실제로 대륙을 관리하기 위해 태어난 이들이니 효율이 나쁘지는 않을 겁니다. 뭐가 어찌 됐든 간에 간부급의 자원을 만든다는 건 어마어마한 신성을 필요로 하는 일이니까요. 알맹이를 건질 수 있다는 것만으로도 가성비가 내려온다는 거예요. 누군가가 파산해서 경매에 내놓은 물건을 욜라 싸게 가져온 거라니까요."

"정말로…… 괜찮겠습니까?"

"안 괜찮을 이유가 뭐가 있겠어요? 메인 시스템이 옮겨진 건데. 무슨 문제가 생기겠습니까. 디아루기아 님도 제 작은 실험에 참가해 주시지 않았습니까. 이미 한 놈한테 육체를 만들어 줬는데도 별문제가 안 생기잖아요. 혹시라도 문제가 생길 걸 대비해서…… 계획한 일들도 많아요."

디아루기아의 옆에서 초조하게 입술을 물어뜯고 있는 백금색의 녀석을 보고 말을 이었다.

"이들이 인간처럼 되고 싶다고 느끼고 있는 거 알고 계셨습니까? 얘네들이 창조주에게 비상식적인 애정 결핍을 느끼고 있는 건 알고 계셨어요?"

"……."

"천사들은 인간을 부러워하고 동경했습니다. 그래서 저는 이들을 인간처럼 키울 생각입니다. 아주 어린 육체를 만들어 이들이 인간처럼 자랄 수 있게 배려할 거예요. 주어진 역할은 다르겠지만 아마 케루빔, 쓰로누스, 도미니온스는 인간처럼 자랄 겁니다. 과거를 잊고 행복하게 살아가겠죠? 저는 이들의 창조주가 하지 못했던 일들을 이들에게 베풀 생각입니다. 이전의 이질적인 괴물 창조주와는 다르게 저는 다시 태어난 우리 천사들에게 무한한 사랑을 줄 생각입니다."

다시 한번 힐끗 녀석을 바라본 이후에는 다시 말을 잇는다.

"지금 디아루기아 님께 맹세코 말하건대 저는 정말로 제 몸을 바쳐 제 손발이 되어줄 이 천사들을 사랑할 겁니다. 사랑하고 또 사랑하고 사랑할 거예요. 이 천사들이 지칠 때까지 저는 이들에게 사랑을 베풀 거라니까요?"

"악취미…… 로군요. 당신은……."

"한 놈만 빼고 말입니다."

"정말로…… 악취미예요."

"푸…… 흐…… 푸흐하헤하하하핫! 딱 한 놈만 빼고! 딱 한 놈만 빼고…… 모두에게 평등한 사랑을 내릴 겁니다. 딱 한 놈만 빼고요. 시바…… 그 새끼는 안 살릴 거예요. 그 새끼는 태어나지도 못하고 뒈질 겁니다. 우리가 다 이곳을 빠져나가도 그 새끼는 영원히 여기를 못 빠져나갈 거라니까요. 푸훗…… 푸…… 푸훗……."

"……."

"푸훕! 푸흐흐핫…… 들었어? 세라핌? 나는 절대로 너를 다시 태어나게 하지 않을 거야. 이미 네게 육신을 내리기는 했지만 너를 다시 만들지도 너를 데려가지도 너를 사랑하지도 않을 거라고……."

"죄송…… 합니다."

"응? 뭐라고?"

"죄송…… 죄송…… 합니다."

"응? 안 들리는데?"

"제가…… 잘못했습니다. 흐으윽…… 제가…… 제가 진심으로 잘못했습니다. 부디 한 번만 더 기회를 주세요. 제발……."

무릎을 꿇은 채 이곳을 바라보고 있는 세라핌이 시야에 비쳤다. 나는 녀석을 내려다보며 다시 한번 말을 이었다.

"싫어. 새끼야."

절망으로 물든 녀석의 얼굴이 보인다.

'통쾌하네.'

이런 식으로 세라핌에게 한 방 먹일 수 있었을지는 예상하지 못했지만 그렇게 나쁜 기분은 아니었다.

'이렇게 될 줄은 누가 알았겠어.'

비 맞은 강아지처럼 바들바들 떨고 있는 세라핌의 모습이 눈에 띈다.

그동안 수많은 빌런과 얼굴을 맞댔지만 이렇게까지 절망적인 표정을 본 적은 없었다. 의연하고 명예로운 선택을 했던 진청, 마지막까지 분노와 광기를 보여줬던 이토 소우타, 그 밖에도 기억이 잘 나지 않는 몇몇 녀석들과 대비되는 모습이었으니 무슨 말이 더 필요할까.

굴복하기 전과 분위기가 너무 달라진 건 아닌가 싶기도 했지만 솔직히 그럴 만하다는 생각이 들어와 꽂힌다. 뭐 많은 이유야 있겠지만 내가 지금 녀석의 창조주라는 게 가장 커다랗

게 작용하지 않았을까.

물론 녀석의 정신까지 내가 만든 것은 아니었지만, 현재의 세라핌은 내가 자신을 만들었다는 사실 정도는 인지하고 있기도 하고…… 결정적으로 놈이 원하는 것을 내가 줄 수 있다는 걸 녀석이 알고 있기 때문일 것이다.

인간처럼 살아가는 삶. 그리고 창조주 혹은 부모님의 사랑.

어째서 놈들이 이것들에 집착하는지도 대충이나마 이해할 수 있다. 놈들의 탄생 배경을 논하기 이전에 나와 율하 역시 비슷한 시기를 겪은 적이 있었으니까.

조금 의외였던 것은 형식적으로나마 자신의 치부를 부정했던 세라핌이 무척 빠른 태세 전환을 보여줬다는 것. 녀석이 정말로 원하는 삶에 대한 비전을 슬쩍 보여준 것만으로 세라핌은 완벽하게 굴복해 버렸다.

내가 놈을 입양한 순간부터 반항의 여지는 없었겠지만 육체뿐만이 아니라 정신적으로도 굴복했다는 건 의미가 크다.

슬그머니 잔을 내밀자 허겁지겁 자리에서 일어나 잔을 채우는 모습은 가관, 그 와중에서 파란색 빛은 은근슬쩍 세라핌을 맴돌고 있었다.

'아. 쟤는 또 왜 저래?'

"거기서 뭐 하고 있어. 케루빔."

"……"

"너도 참 배알도 좋아. 세라핌한테 뒤통수를 그렇게 맞고도 쟤를 두둔하고 싶어? 너도 남겨지고 싶은 건 아니지?"

"……"

"참 어디에서도 본 적 없는 세기의 형제애에 눈시울이 붉어지네……. 네가 세라핌을 얼마나 두둔하고 아끼는지는 내 알바 아니지만 네가 비협조적으로 나오면 네 다른 형제들도 가슴 아픈 꼴을 당하게 될 거야. 아주 아주 불행해질 거라니까?"

"……"

"쓰로누스와 도미니온스에게도 함께 책임을 물을 거야. 네 잘못된 선택이 다른 두 사람의 행복과 미래에도 영향을 끼치는 거야. 그걸 잘 기억하고 행동해."

"……"

"용서한다는 선택지는 없어, 케루빔. 나는 그렇게 아량이 넓은 사람이 아니야. 저 새끼가 무슨 짓을 했는지는 알고 있지? 타협한다는 선택지는 없다고."

계속해서 푸른빛이 번쩍이는 것이 눈에 들어온다. 세라핌에게 말을 거는 것 같이 느껴진다.

서둘러 고개를 숙이고 엎드린 세라핌이 다시 한번 말을 이었다.

"어리석은 행동이었습니다. 아, 아, 아버지시여."

아버지라고 불러보라고 조언이라도 해줬나 보다.

"부디…… 다시 한번 기회를 주신다면 제 모든 것을 걸고 아버님께 평생을 감사하고, 봉사하며 살아가겠습니다. 이 대륙에 평생을 헌신하고…… 흐윽…… 제 죄를 가슴 속에 품고."

"나는 네 아버지가 아니야. 세라핌. 그리고 나는 네가 말하는 것을 허락한 적이 없는데……."

"……."

"뭐 하고 있어? 케루빔?"

"……."

"쓰로누스와 도미니온스가 슬퍼하겠네. 누구 하나 때문에 새로운 기회를 박탈당하게 생겼어. 나한테도 참 손실이 크겠지?"

다시 한번 은색의 빛을 손으로 밀어낸 이후에 말을 잇는다.

당연하지만 케루빔이 이들을 버리지 못할 거라는 건 알고 있다. 계속해서 내 주위를 맴돌고 있는 쓰로누스와 도미니온스를 버릴 수 있을 리가 없다.

결국 세라핌 주변을 떠돌아다녔던 녀석이 이쪽에 합류하기까지는 그리 오랜 시간이 걸리지 않았다. 닭똥 같은 눈물을 계속해서 떨어뜨리고 있는 세라핌이 시야에 비쳐오기는 했지만 이쪽은 저런 모습이 더 보고 싶어서 견딜 수가 없다.

슬쩍 옆을 바라보니 디아루기아가 조용히 나를 바라보고 있는 것이 눈에 띈다. 뭔가 할 말은 많았지만 굳이 입 밖으로 꺼내지 않는 것 같은 느낌. 하지만 참지 못했는지 천천히 입을 여는 모습이 시야에 비쳤다.

"솔직히 제가 이런 말을 꺼내는 것도 조금 그렇습니다만…… 다른 목적 없이 본인 기분을 위해 이런 행동을 하는 게 좋아 보이지는 않습니다."

"……."

"저도 지금 많이 초조하고 당황스럽지만 필요 이상으로 몰아붙이고 있는 것처럼 보여요. 악의적으로 괴롭히는 있는 것처럼 느껴집니다."

"악의적으로 괴롭히고 있는 거 맞아요. 화풀이하는 게 맞기는 한데……."

솔직히 조금 정곡을 찔린 것 같은 느낌이라 할 말이 없다. 세라핌에 대한 분노 때문에 화풀이를 하고 있다기보다는 아무것도 할 수 있는 게 없다는 현 상황에 대한 분노하고 있다는 표현이 어울리리라.

디아루기아가 이쪽의 상태를 눈치챌 거라고는 생각하지 못했지만 아무래도 계속 함께 있다 보니 느껴지는 게 있는 모양, 은연중에 티를 내고 있었던 것 같았다.

괜스레 세라핌을 한번 바라보자 여전히 눈을 마주치지 못하는 놈의 모습이 시야에 비쳤다.

김현성의 몸을 벌집으로 만들었던 빌런 주제에 이제 와 피해자인 척하는 모습은 가관. 한번 발로 차버리고 싶기는 했지만 디아루기아의 말처럼 그다지 생산성이 있는 일은 아니다.

대신이라고 하기에는 뭣 하지만 마음의 안정을 위해 내 미래의 피조물들을 사랑해 줘야지. 절대로 세라핌이 보라고 하는 행동도 아니고 화풀이하기 위한 행동이 아니라 앞으로 함께 대륙을 관리할 내 아이들을 미리 사랑해 주기 위한 행동이었다.

잠깐 동안 밀쳐냈던 은색의 빛에게 손짓하자 허겁지겁 날아붙어오는 것이 보인다.

"이리로 와 쓰로누스. 우리 쓰로누스. 내가 그동안 너무 무

심했나 봐. 사랑스러운 케루빔도 와야지?"

"치졸한 인간……."

'그렇게 대놓고 말하지 마.'

"도미니온스 거기서 뭐 해? 우리 도미니온스랑 케루빔 너무 예쁘네. 반짝이는 게 꼭 별 같이 예쁘다. 왜 이렇게 예뻐? 그래. 이리로 와."

"정말로 치졸한 인간……."

"조금 더 가까이 와도 돼. 쓰로누스. 그래 여기로."

"지금 당신이 얼마나 치졸해 보이는지 알기는 하는 겁니까?"

"옳지. 우리 케루빔. 아까는 내가 말이 너무 심했네. 너도 이리로 올래? 같이 놀아도 돼. 괜히 다른 사람 눈치 보지 말고…… 아무 눈치 볼 필요도 없다니까?"

최대한 달콤한 목소리로 말해야 하자녀.

"정말로……."

하하 호호 행복한 모습을 연출해 주는 것만으로도 세라핌은 부러워 죽는다.

그냥 아무것도 없는 빛에 볼을 부비거나 어루만지고 쓰다듬어 주는 행위 자체가 조금 자괴감이 느껴지기는 하지만 뭐 어떤가. 모르긴 몰라도 세라핌에게는 이 모습이 공원에서 뛰노는 행복한 가족을 보는 것 같은 기분을 느끼게 해줄 것이다. 본인도 여기 와서 행복한 한때를 같이 누리고 싶은데 그럴 수 없다는 게 절망스럽겠지 뭐.

파란색 빛은 여전히 세라핌의 눈치를 보고 있는 것 같기는 했지만 그래도 기뻐 보이는 것이 눈에 띈다.

'그래 우리 조금 안 좋기는 했었는데. 이제 새 출발 해야지. 솔직히 너도 좋잖아. 그지? 기생충이라고 그렇게 매도하고 욕할 때는 언제고 기분 좋다고 반짝이고 있자녀. 기생충 손짓에 반짝반짝거리고 있자녀.'

눈치 없는 은색 빛은 물 만난 물고기처럼 이곳저곳을 날아다니며 달라붙어 오고 있다. 갈색빛은 크게 반응은 없지만 그래도 맞춰주는 것 같이 느껴진다.

나는 이 빛들이 무슨 소리를 하는지 알 수 없었지만 이 광경을 지켜보고 있는 하나뿐인 갤러리를 위해서라도 놈들이 행복해했으면 좋겠다.

슬쩍 곁눈질로 놈을 바라보자 부들부들 떨고 있는 모습이 눈에 보였다. 계속해서 눈물을 뚝뚝 떨어뜨릴 뿐 아무것도 할 수 있는 게 없다는 현실이 놈을 더욱더 슬프게 만드는 것만 같다.

디아루기아의 말처럼 별로 도움이 되는 행동이 아니라는 것은 알고 있었지만 뭔가 등 뒤를 스치고 지나가는 쾌감 같은 것이 있다. 사이다 한 모금을 들이켜는 것처럼 속이 뻥 뚫리는 것 같았으니 다른 표현이 필요하겠는가.

여전히 인간쓰레기를 바라보는 것 같은 디아루기아의 눈이 신경 쓰이기는 했지만……

'치졸한 행동은 아니지.'

절대로 치졸한 행동은 아니다. 그냥 단란한 한때를 보내는 건데 뭐.

"대륙을 구한 영웅이라고 하지 않았습니까. 조금은 어른스러운 모습을 보이세요. 쓸데없는 짓 그만하고 지금 이 상황을 어떻게 해결해야 할지 생각하는 게 먼저가 돼야죠. 그렇지 않습니까?"

"네. 뭐……."

"그래서…… 다음 계획은 어떤 겁니까?"

"……."

"당신이 신이 된다고 칩시다. 그래서 이질적인 빛이 만든 이들을 관리자로 사용하려 한다는 것도 이해할 수 있습니다. 되돌아갈 수 있는 힌트가 있기는 있는 겁니까? 만약 당신이 스스로 기억을 지운 게 맞고, 현재의 상황에 대해서도 안배를 해 놓은 게 맞다면…… 되돌아갈 방법에 대해서도 분명히 생각해 놓지 않았겠습니까?"

"믿어주시는 거예요?"

"모든 정황이 그렇다고 말하고 있으니까요. 저도 믿기지는 않지만…… 일리가 없는 가설은 아닌 것 같습니다."

"솔직히 기억나는 게 없어요."

"……."

"저도 뭐라도 힌트가 있었으면 좋겠는데. 지금으로써는 기억나는 게 하나도 없습니다. 어떤 특정 행동이나 특정 생각을 떠올리는 게 트리거가 될지도 모른다고 판단해서 이것저것 시도를 해보기는 했지만 정말로 아무것도 떠오르는 게 없네요."

"방법을 밑에서 찾아야 한다는 겁니까?"

디아루가이아의 말에 슬쩍 고개를 끄덕이며 아래를 내려다보자 어느덧 신전에 나와 파란 길드에 모여 있는 이들을 눈에 담을 수 있었다.

-저한테 말을 걸어준 것은 분명히…… 분명히 기영 씨였습니다. 지금도 저희를 지켜보고 있을 겁니다.

-맞, 맞아요. 저, 저도 틀림없이 오빠 목소리를 들, 들었어요.

길드원들이 심각한 대화를 나누고 있는 모습이 눈에 보인다.

하얀이에게도 메시지를 보내려고 몇 번이나 시도해 봤지만 성공하지 못했는데…… 내가 모르는 오류가 있었는지 몇 개는 도착한 모양이다.

-그럼 부길드마스터를 살릴 수 있다는 겁니까?

-형, 형님을 살릴 수 있는 거요? 그게 정말인 거요?

아이고, 박덕구 이 새끼는 왜 이렇게 수척해졌어.

-명확하게 말할 수 있는 것은 아무것도 없습니다만…… 확실한 것은 기영 씨가 어딘가에서 분명히 도움을 바라고 있을 거라는 겁니다. 일단 우리가 할 수 있는 것들이 뭐가 있는지 차근차근 살펴보는 게 좋을 것 같습니다. 기영 씨라면 분명 그렇게 말했을 겁니다.

그래. 나라면 그렇게 말했겠지.

"다른 인간들이 우리를 살릴 방법을 찾아야 한다는 겁니까?"

"솔직히 그것도 모르겠습니다. 뭔가 방법이 있기야 있을 것 같지만…… 아! 혹시 기억을 잃기 전의 이기영이 루시퍼와 내기를 했다는 것도 말했었나요?"

"네."

"어쩌면 그것 때문일지도 모릅니다."

"네?"

"의도적으로 기억을 되찾지 못하게 만들었을 가능성도 생각해 봐야 할 것 같습니다. 굳이 찾을 필요가 없거나 떠올리지 않는 게 더 유리하다고 판단하고 있을 수도 있다는 거예요. 지금에 와서는 내기가 어떤 내용이었는지도 알 수 없지만……."

"그게 무슨……."

"단순히 되살아나는 게 전부였다면 저도 다른 생각을 하지 않았겠지만 컨트롤 프릭 이기영이 정말로 대륙을 관리하고 싶어 하는 게 맞다면 루시퍼의 눈을 가릴 필요성도 있지 않겠어요? 대륙을 관리한다는 건 독립한다는 걸 의미할 테니…… 루시퍼나 다른 악마, 다른 신들의 눈에서도 완전히 벗어난다는 걸 원하고 있을 겁니다."

"그 말은…… 베니고어나 기존 대륙의 신들도 배제해야 한다는 겁니까?"

"배제라기보다는……. 음…… 솔직히 저도 초조하기는 합니다. 생각해 볼 수 있는 건 전부 다 가설이고 확실한 건 아무것도 없고, 뭐가 어떻게 되고 있는지도 잘 모르겠지만 일단은 할 수 있는 걸 하는 게 맞는 것 같습니다. 너무 큰 그림을 그리지 말고 당장 눈앞에 있는 것부터……."

"……."

김현성 말처럼.

"일단 우리가 할 수 있는 것들이 뭐가 있는지 차근차근 살펴보는 게 좋을 것 같습니다. 아니, 곧바로 행동합시다."

신성을 떼어내자 천천히 공간이 열린다. 그 안에서 오랜만에 보는 반가운 얼굴이 시야에 비쳤다.

"어? 어?"

그 반가운 얼굴도 믿기 어렵다는 듯 손가락질을 하며 나를 바라보고 있는 중, 뭔가 수척해진 얼굴이다.

얘네들이 잠을 자는지는 모르겠지만 잠도 제대로 자지 못한 것 같은 상태, 손에 있는 서류 더미가 눈에 보인다. 방금 전까지 업무를 해결하고 있었던 것이 분명하리라. 한차례 커다란 사건이 끝난 이후에 바쁜 것은 아래에 있는 이들뿐만이 아니었을 테니까.

"이, 이기영 후배?"

시간이 얼마나 남아 있을지 모르겠다. 일단은 단도직입적으로 입을 열 수밖에 없었다.

"존경하고 사랑해 마지않는 베니고어 여신님."

"여기가 어디…… 여기가 어디야?"

"지금 일하고 계시는 곳에서 얼마나 받으시면서 일하고 계십니까?"

밝은 미소를 지으며 말이다.

"어? 어?"

"일단 자리에 앉으시죠. 베니고어 님."

"여기가…… 어디야? 아니…… 그것보다…… 어? 어? 어……

진짜로 이기영 후배야? 진짜?"

"네."

"어…… 이, 이기영 후배…… *끄윽*…… *끄으윽*…… 이기영 후배에……."

'뭐야. 얘 왜 이래?'

"이기영 후배에…… *끄윽*……."

'뭐야?'

팔을 벌리며 다가오고 있는 베니고어가 눈에 들어왔다. 이쪽을 껴안으려는 건지는 모르겠지만 조금은 당황할 수밖에 없는 상황. 얘가 깜짝 놀랄 거라고는 생각했지만 이렇게까지 극적인 반응을 보여줄 거라고는 생각하지 못했기 때문이다. 저런 반응이 좋냐 나쁘냐를 묻는다면 좋은 쪽이기는 했지만 이쪽이 정말로 그리웠기 때문은 아니었을 거라고 생각했다.

"여기 있었구나. 이기영. 후배. *끄윽*…… 나, 나는 믿고 있었어. 모두가 이기영 후배의 존재가 사라졌다고, 대륙이, 아니, 차원이 이기영 후배를 견디지 못해 아예 밖으로 뱉어버렸을 거라고 엘룬이 말했지만 나는 이기영 후배가 이렇게 버젓이 존재할 거라고 믿고 있었다구. *끄윽*……."

계속해서 울먹이는 듯한 얼굴이었지만 이내 그 울먹이는 얼굴도 보이지 않는다. 쫘악 하고 나무에 달라붙은 매미처럼 이쪽을 껴안는 것이 느껴졌기 때문이다.

눈물을 질질 흘리는 것으로도 모자라 계속해서 *끄윽 끄윽* 소리가 들려온다. 얘도 은근 정이 많은 타입인 모양이다.

"이기영 후배에…… 끄윽……."

'이제 그만 좀 해.'

뭔가 본격적으로 이야기를 하고 싶었지만 그렇게 할 수 없는 것이 문제였다.

"베니고어 님?"

"이렇게 다시 보게 돼서 정말로 다행이야. 끄윽…… 내가 할 수 있는 게 없어서 미안해. 많이 도움을 주지 못해서 너무너무 미안해."

'아니, 그렇게 미안할 건 없는데.'

자꾸 이러니까 조금 적응이 되지 않는다. 이제야 떨어지나 싶었지만 살짝 몸을 떨어뜨린 이후에 세라핌을 바라보는 것이 시야에 비친다. 다시 한번 내 얼굴을 확인하고, 주변을 떠돌아다니는 빛을 본 이후에는 손바닥으로 푸른색 빛과 은색 빛을 쳐내기 시작.

"너희들! 너희들이 감히! 또?"

조막만 한 손바닥으로 빛들을 찰싹찰싹 쳐내고 있는 모습을 뭐라고 설명해야 할지 모르겠다. 파리나 모기들을 잡는 것 같다.

"여기가 어디라고! 당장 떨어지지 못해? 이기영 후배한테는 손가락 하나 대지 못하게 할 테니까! 이기영 후배! 내 뒤로 와! 내가 지, 지켜줄게!"

'얘 진짜 왜 이래. 뭐 잘못 먹고 왔어?'

"너희가 이곳에 이기영 후배를 가두고 있었구나! 못, 못된 놈들! 이 추악한 피조물들! 이 더러운 괴물들아!"

'대놓고 추악한 피조물들이라고 하면 얘들 상처 받잖녀……
더러운 괴물도 좀 너무했어…….'

"너희들이 이기영 후배를 괴롭히게 내가 내버려 둘 것 같아!!"

'아니, 진짜 얘 왜 이래…….'

한 손에는 화려한 디자인의 방패가. 나머지 한쪽 손에는 성
스러운 창이 소환된다.

'뭐야. 저건…… 방패는 처음 보네.'

베니고어의 방패. 신전에 있는 도서관에서도 저것에 대해서
는 제대로 들은 바가 없다. 애초에 사용하지 않았기 때문이겠
지만 눈이 휘둥그레지는 광경이기는 했다.

솔직히 얘가 싸울 수 있을 거라고는 생각하지 않았지만 그
래도 멋있기는 하다.

'아무리 봐도 전투형은 아닌데…….'

겉모습은 그럴듯하지만 뭔가 자세를 잡는 게 어색하게 느껴
지기는 한다. 생각해 보면 벨리알과 싸웠던 것도 전부 연기였
으니까.

조금 더 내버려 둘까 싶기도 했지만 한 대륙의 신을 자처할
만큼의 신성이 창끝에 모이는 걸 확인한 이후에는 급하게 그
녀를 부를 수밖에 없었다. 혹시나 힘 조절을 못 해서 이 공간
을 날려 버리면 안 되니 말이다.

"아니요. 그런 게 아닙니다. 베니고어 님. 진정하시고 자리에
앉아주세요. 이제 이들은 적이 아니에요. 아. 한 놈만 빼고요.

아마 궁금하신 게 많을 거라고 생각합니다. 차근차근 이야기를 나누는 게 좋을 것 같은데…… 일단은……."

근황 정도는 물어보는 게 좋을 것 같다. 곧바로 일 이야기부터 하면 조금 정 없어 보이잖니.

"그동안 어떻게 지내셨습니까?"

"끄윽…… 그으윽……."

"잘 지내고 계셨어요?"

"이기영 후…… 후배에……."

아, 시바. 다시 처음으로 되돌아갔잖니.

괜스레 입꼬리를 올리며 등을 토닥인다. 얼마나 시간이 지났는지는 모르겠지만 끄윽 끄윽 소리가 줄어들 때 즈음에 본격적으로 입을 여는 모습이 눈에 들어온다.

"너무 힘들었어. 진짜! 진짜로 너무 힘들었다니까! 위에서는 자꾸 뭐라고 하지. 손에 신성은 없는데 처리해야 할 일들은 많지! 지원도 안 해주면서 이래라저래라! 제대로 쉬어본 게 얼마만인지 모르겠어서…… 끄윽…… 이기영 후배는 어디로 갔냐고 계속 압박하는데 내가 진짜…… 서러워서……."

"힘들었겠네요……."

"응. 다들 비상이야. 바깥 신이 벌려놓은 균열을 닫는 것도 문제고…… 갑자기 예전에 신성을 빌려줬던 애들마저 찾아오는 바람에…… 정말로 다들 배려라는 게 없다구. 우리 쪽이 힘든 상황이라는 걸 알면서도 굳이 찾아와서 바로 갚으라고 하는 거 있지? 조금만 참으면 되는데…… 몇백 년만 기다리면 되는데. 그것도 기다리기 힘드나? 소송하겠다고 으름장도 내놓더라니까? 이런 상황에서 분쟁까지 일어나면 우리가 얼마나 힘들어지는지 알면서!"

"그러게 말이에요."

"그 와중에 엘룬은 다른 곳으로 이직 준비한다고 하는 거 있지? 얼마나 외롭고 힘들었는지…… 진짜. 이기영 후배가 너무 보고 싶더라고……"

'생각보다 쉽게 풀리나.'

"뭐. 그것도 이제 옛날이야기지만…… 이기영 후배가 왔으니까. 이제 만사 해결이지. 기, 기왕 이렇게 된 거 이것 좀 같이 봐줄 수 있을까? 지금 우리가 가지고 있는 예산이 딱 이 정도거든. 더 이상은 다른 지원도 없고…… 솔직히 여기에서 더 축소해야 할지도 몰라. 따지고 보니까 여러 가지로 밀린 것도 많았어서…… 이번에 벌린 거로 어떻게 해결할 수 있겠거니 했는데…… 생각보다 들어온 게 얼마 없어서…… 노, 노을빛의 신에게 많이 들어갔을 거야."

'그거 나한테 들어왔어. 그나저나 우리 현성이는 벌써 노을빛의 신 됐잖녀.'

"아! 그, 그러고 보니까 이기영 후배도 많이 받았겠구나? 이, 이기영 후배. 이럴 게 아니라 잠깐…… 목마르지 않아? 아니면 어디 불편한 데는 없고? 내가…… 선배가 돼서 이런 말 하기는 조금 부끄럽지만 혹시 괜찮으면 투자 좀 할 수 있을까? 이기영 후배도 알다시피 지금 대륙 상황이 그렇게 나쁜 것도 아니고…… 조금만 더 시간이 지나면 앞으로 고생 끝 행복 시작이잖아. 이기영 후배가 조금만 도움을 주면 두 배, 아니, 세 배로 되돌려 줄 수 있어!"

절대로 빌려주면 안 될 것 같다.

"저도 베니고어 님의 얼굴을 보면 투자하고 싶지만 그다지 비전이 있는 것 같지는 않네요."

"그, 그런 말 하지 말구…… 이기영 후배. 비전이 왜 없어! 이기영 후배가 있는데 비전이 없을 리가 없잖아."

"저도 베니고어 님을 믿고 있어요. 만약 베니고어 님께서 온전히 대륙을 관리하고 계신다면 당연히 베니고어 님께 투자해 드렸을 겁니다. 하지만 그게 아니지 않습니까. 위쪽에서 떼가는 게 많은 걸 알고 있으니 드리는 말씀입니다. 베니고어 님께서 방금 말씀하신 대로…… 내야 할 세금도 많고…… 결국에 대륙이 잘 된다고 한들, 소위 말하는 윗분들만 배부르게 하는 구조가 형성되어 있는 것 같아서……."

"……."

"그동안 베니고어 님이 이 대륙에 얼마나 헌신적이었는지를 생각해 보면 금방 답이 나오지 않아요? 제대로 된 휴식도 취하지 못하고 손이 저릴 정도로 펜을 움직였지만 남는 게 없지 않습니까. 여전히 대륙은 가난하고, 베니고어 님도 가난합니다. 제대로 된 업데이트도 할 수 없잖아요. 예산이라고 날아오는 것도 쥐꼬리 정도고…… 일하면 일할수록 벌리는 게 아니라 손해 보는 구조로 되어 있다 이 말이에요. 솔직히 투자한다고 해도 원금이나 제대로 회수할 수 있을지 모르겠어서…… 확신이 없습니다."

"솔직히 틀린 말은 아니지만……."

"어떻게 봐도 비상식적인 구조로 보입니다."

베니고어를 포섭하는 게 가능할 거라고 생각은 했지만 기존에 예상했던 것보다 일이 더 쉬워질 것 같다는 느낌이 들었다.

본래 독립이라는 건 누구나 한 번쯤은 하는 생각이 아니었던가. 현재 다니고 있는 직장이 만족스럽지 못하다면 더욱더 그렇다.

베니고어야 신입도 아니고 한 대륙을 책임질 정도였으니 여러 가지로 더러운 꼴도 많이 봤을 테고, 현재 이 시스템이 어떻게 돌아가고 있는지에 대해서 나보다도 더 잘 알고 있을 게 분명했다. 구태여 이 시스템 안에서 놀아야 하는지에 대한 의문도 느끼고 있겠지.

얘도 바보가 아니니 내가 무슨 말을 하려고 하는 건지 슬슬 눈치채지 않을까.

슬쩍 주변을 둘러보는 것이 보인다.

외부와 완전히 단절된 공간. 그리고 누가 봐도 관리직으로 쓸 것처럼 대기하고 있는 사대 천사, 아니, 삼대 천사들이 다시 한번 조용히 내 얼굴을 바라본다.

베니고어의 눈이 가늘어지는 것이 시야에 비쳤다. 익숙하지 않은 표정이었다.

"불가능해. 이기영 후배. 나도 이기영 후배의 마음은 이해하지만 그렇게 간단한 일이 아니야."

"저도 간단한 일이 될 거라고는 생각하지 않아요."

"……."

"어려운 일이 될 거라는 걸 알고 있기 때문에 제가 베니고어 님을 원하고 있는 겁니다. 지금 대륙은 새로운 기로에 서 있습니다. 이질적인 빛을 열고 새로운 노을을 연 우리 현성이를 보세요. 본래 새로운 신화라는 건 이렇게 탄생하는 법 아니겠어요?"

살짝 불안해하는 베니고어의 모습이 눈에 보인다.

어떤 걸 상상하는지 알 것 같다. 아마 베니고어 교단이 점차적으로 쇠퇴하는 걸 걱정하고 있을 것이다.

그렇게 생각하기를 바라고 던진 말이었으니 의도대로 된 것 같아 기쁘기는 했지만 쟤가 저런 심각한 표정을 짓는 것을 보니 기분이 미묘해지기도 한다.

뭐 당연한 현상이다. 지금 당장은 베니고어 교단에 문제가 생기지는 않겠지만 몇백 년이 지난 이후에도 베니고어 교단이 여전하리라는 보장은 없다. 대륙에 새로운 신화가 자리를 잡으면 기존의 신화로 자리 잡고 있던 것은 점차 사람들의 기억 속에서 흐릿해질지도 모른다. 심지어 내가 마음만 먹는다면 그 시기를 조금 더 가속화할 수도 있을 것이다.

"그건……."

"하지만 굳이 그런 슬픈 방법은 선택하고 싶지는 않았습니다. 새로운 대륙을 위해 만들고 싶지만 베니고어 님이 없는 대륙에서 일하고 싶지는 않았어요."

"이, 이기영 후배……."

"베니고어 님 없이는 해낼 자신이 없었습니다."

"이기영…… 후배에……."

'뭐야. 왜 그래. 베니고어.'

"나, 나 사실은…… 사실은 이기영 후배가 쓰레기라고 생각했었어."

"……."

"교화의 여지가 없는 타락한 영혼이라고 생각했었는데…… 끄윽……."

"……."

"이렇게까지 나를 생각하고 있을 줄은 몰랐어."

"그럼……."

"그래도……."

자꾸만 시선을 회피하는 것이 눈에 보인다. 연봉이라든지, 수익 배분이라든지, 뭔가 현실적인 부분에 대해 자세한 이야기를 나눠야 될까 싶기도 했지만 아마 본능적으로 꺼림칙하다고 느끼는 상태로 들어간 것 같다.

'이거 안 되나.'

내가 베니고어였어도 쉽게 마음을 결정하기 어려웠을 것이다. 베니고어는 테두리 안을 벗어난 적이 없었고 벗어날 생각도 없었다. 나름대로 본인의 커리어에 자부심을 가지고 있는 것처럼 보였고…… 직장을 바꾸라기보다는 가치관을 바꿔달라고 부탁하는 것이나 다름없다고 느껴진다.

물론 내가 아는 베니고어라면 떨어지는 신성에 혹하기야 하겠지만……

"60 대 40으로. 제가 60이고 베니고어 님이 40입니다."

아니 솔직히 좀 많이 흔들리는 것 같기는 하지만……

"앞으로 이후 백 년간 베니고어 님께서 받으실 신성은 약……이 정도가 되겠네요."

동공이 흔들리는 게 실시간으로 눈에 보이기는 했지만……

"여러 가지 추가 조건 사항은 제가 지금 보내 드린 문서에 전부 적혀 있어요."

문서를 읽고 있는 손이 덜덜덜 떨리는 게 보이기는 한다. 침을 꼴깍꼴깍 삼키는 모습도 시야에 비친다.

하지만 이걸로도 부족할 것 같다. 나와 어울리는 행동은 아니지만 조금 더 진심을 담아서 말해보는 게 어떨까.

"제가 자회사를 세우는 게 아니라 우리가 자회사를 세우는 거예요."

"……."

"진심으로 베니고어 님이 함께해 주셨으면 합니다."

본격적인 협상에 들어가기 전에 일단 이빨을 털어놔야 하니 말이다.

'긴 싸움이 될 것 같은데……'

생각보다 쉽지 않을 것 같으니 준비를 다시 하는 게 좋을 것 같다. 괜스레 디아루기아 쪽을 바라보면서 입을 열었다.

"일단 조금 쉬시면서……"

"할…… 할게!!"

'어?'

"할 거야! 할래! 무조건 할 거야! 이기영 후배!"

'아니, 같이 해준다니까 고맙기는 한데…….'

"무조건 할 거야. 계약서는 지금 쓰면 되는 거지? 그렇지?"

'왜 이렇게 불안하지.'

"여기에 서명하면 되는 거지? 그런 거지? 이기영 후배?"

'왜 이렇게 의욕적인 거야.'

함께 해준다는 말이 이렇게까지 불안해지기는 또 처음이다.

'얘 이거 무슨 빚이라도 있는 거 아니야?'

아니, 애초에 빚이 있다는 것은 알고 있었지만 그 규모가 걱정되는 것도 무리가 아니리라.

베니고어의 채무는 회사에서 떠안아줄 수 있고, 또 떠안을 수밖에 없다고 생각을 하기는 했지만 이쪽에서 해결할 수 없을 정도의 채무는 독이 될 수밖에 없다. 창업한 이후에 빚더미에 파묻혀 파산하고 싶은 마음은 없다. 앞으로 벌릴 신성이 많다고는 해도…….

"잠깐……."

"지금 여기에 사인하면 돼?"

"혹시 재정 상태를 제가 잠깐 볼 수 있겠습니까?"

"물론이야. 이기영 후배. 조, 조금 깨끗하지 않기는 한데…… 그, 그래도 그렇게까지 엉망은 아니야."

슬그머니 베니고어가 손을 뻗는 것이 눈에 보였다. 작은 파일 같은 것이 베니고어의 손에서 생성되기 시작, 생겨난 파일을 받아 훑어 내리자 저절로 고개를 끄덕이게 된다.

이쪽의 눈치를 보던 베니고어는 내가 고개를 끄덕이자 안도의 한숨을 내쉬는 중이다.

"그렇게까지…… 나쁘지는 않지?"

라는 말을 내뱉고 있지만 솔직히 안심할 수 있을 정도는 아니었다.

'그래 네 말대로…… 그렇게 나쁘지는 않은데.'

충분히 대륙에서 감당할 수 있을 정도의 채무…… 하지만 베니고어 개인으로서는 감당할 수 없었던 채무이기도 했다.

'얘 도대체 어떻게 먹고살았어? 밥은 제대로 먹고 다닌 거야? 아니, 신성을 빌린 건 빌린 건데 이율은 또 왜 이렇게 높아?'

제대로 눈을 뜨고 볼 수 없을 정도로 참혹한 현장.

'이 정도면 사기당한 수준 아니야?'

사기당했다는 말로도 부족하다. 쓸데없는 곳에 신성을 탕진한다고 생각했었는데 그건 또 아니었던 모양, 애초에 사치를 부릴 신성도 존재하지 않았다.

"나도 열심히 할게. 이기영 신도. 빚, 빚 갚아달라는 소리도 안 할 거야. 내가 다 알아서 할 테니까. 응! 앞으로가 정말 기대되는걸?"

'아니야. 네가 뭘 알아서 해.'

지금 당장은 불가능하겠지만 베니고어한테 신성 빌려준 놈들 상판대기나 한번 구경해 봐야지. 뭐 이딴 사기꾼 같은 놈들이 다 있어? 있는 놈들이, 시바 더한다더니만. 악마보다 더한 새끼들이 여기 있었네.

"사, 사실 이게 맞는 행동인지는 잘 모르겠지만…… 그래도 이기영 후배가 이렇게 나를 진심으로 원하고 있을 줄은 생각 못 했어서…… 이기영 후배가 나를 믿어줬던 만큼 나도 이기영 후배를 믿기로 결심한 거야."

말하는 걸 보니 무언가 다른 이유가 있었던 건 아니었던 것 같다. 그냥 진심을 담은 말 한마디가 그녀의 마음을 움직인 것이 아닐까.

'이거 좋네.'

작지만 머리 아픈 부분이 하나 해결됐으니까.

"그, 그런데 이기영 후배. 이거 안전하기는 한 거지? 다른 계획이 있기는 있는 거지? 이기영 후배도 알 거라고 생각은 하지만 위의 보호 밖에서 대륙은 운영한다는 건 쉽지 않은 일이라서…… 물론 사례가 아예 없는 건 아니지만…… 여러 가지 위협에 노출되기 쉬울 테니까."

"네. 저도 예상하고 있습니다."

조금만 생각해 보면 떠올릴 수 있는 문제다.

독립한다고 해서 딱히 다른 문제가 생길 거라고는 생각하지 않는다. 막말로 베니고어가 말하는 윗분들이 대륙에 찾아와 행패를 부린다는 선택지는 없다.

서류상으로 정리해야 할 문제로 골머리 좀 썩히거나 여러 가지 소송이 들어올 일이야 많겠지만 악의적인 보복을 할 가능성은 없다는 거다. 이러니저러니 해도 놈들은 빛의 편이라 본인들을 포장하고 있었으니까.

문제가 되는 것은 의외의 사건이 생겼을 경우였다. 시스템에 구멍이 생겼을 경우나 악마 놈들이 대놓고 들어와 깽판을 쳤을 경우 말이다.

물론 이놈들이 직접적인 개입을 최소화하는 방침을 가지고 있다는 건 알고 있었지만 그게 녀석들이 필요 없다는 의미는 아니다. 루시퍼와 같은 격을 지닌 악마들을 견제하고 그들이 자유롭게 활동하는 걸 최소화한다는 것만 해도 그들의 필요성은 충분하다 못해 넘친다.

이번 외신 역시 마찬가지. 놈들이 내게 신성을 따로 투자하지 않았더라면 지금처럼 일이 풀리지 않았을 가능성도 있다. 위에 계신 놈들이 결정적인 역할을 한 것은 아니지만 놈들이 책정한 예산은 대륙의 차원 관리비로 사용되고 있었고, 외신들이 진입하는 시기를 최대한 낮추고 있었다.

쉽게 말하자면 보험이라는 거다. 놈들은 최소한의 안전을 보장하는 것으로 세를 받고 개입할 명분을 만든다. 완전히 독립한다는 건 놈들의 보호를 완전히 벗어난다는 일이고 그 말인즉슨 우리가 커다란 위험부담을 떠안게 된다는 걸 의미한다.

뭐, 사실 이 대륙과는 그다지 상관없는 가정이지만······.

왜냐고? 우리 전술 김현성 보유국이자너.

"준비된 거 맞지?"

"현성이 있잖습니까."

"아!"

"파바박 하고 하늘 갈라 버리는 거 못 봤어요?"

"그, 그러네! 그러네!"

"현성이가 해결하지 못하는 일을 위에 있는 놈들이 해결해 줄 거라는 생각이 들지는 않습니다. 안보에 대해서는 크게 신경 쓰지 않아도 돼요. 노을빛의 검사가 우리와 함께한다는 거 아닙니까. 푸…… 푸흡!"

"푸…… 푸흡…… 그렇네! 노을빛의 신이 해결해 주겠지? 악마 놈들이 나타나도 파바바박 하고 막 전부 다 없애 버릴 거야."

얘는 왜 나를 따라 하고 그래?

'우리 회귀자 하나는 정말로 잘 키웠어.'

"위에 있는 놈들은 필요 없겠는걸. 그렇지 이기영 후배?"

상관이 하루아침에 놈으로 변해 버리는 기적. 여전히 태세 전환은 이쪽 못지않다.

"하여간 그놈들 원래부터 마음에 안 들었다니까? 제대로 해 주는 것도 없으면서 말만, 말만 하고 말이야. 조금 도와주면 어디가 덧나? 맨날 맨날 규정 어쩌구 절차 어쩌구, 이제 너희들 도움은 필요 없다 이거야! 우리 노을빛의 신이 함께하고 있잖아. 푸……히히힛."

"……."

"지금 와서 하는 말이지만 참 노을빛의 신이라는 네이밍이랑 컨셉도 완전 제대로인 것 같더라구. 전략적인 선택이었어. 사람들이 하늘을 올려볼 때마다 노을빛의 신에 대해 떠올릴 텐데…… 풍경 자체도 예쁘고 뭔가 신비로운 느낌도 있구…… 쏟아지는 신성도 어마어마할 것 같구…… 또 이렇게 막 신화를 써 내려간 경우의 사례들을 찾아보면 기존에 자리 잡은 애들보다 충성도가 높아."

"어쩐지 많이 들어오는 것 같더라고요."

"……그걸 이기영 후배가 어떻게 알아?"

"현성이가 벌어들이는 신성이 제게 쏟아지고 있는 것 같습니다. 어째서 인지는 모르겠지만 거의 백 퍼센트 들어오고 있는 것 같기는 한데…… 안 그래도 궁금했는데 잘됐네요. 이건 도대체 어떻게 된 겁니까?"

"그렇구나……."

"이런 경우가 있기는 합니까?"

"흔하지는 않은 경우지만……."

"……."

"아마 노을빛의 신이 이기영 후배를 믿고 있어서일 거야."

"……."

"하위 신과 상위 신의 개념으로 이해하고 편할걸? 노을빛의 신이 이기영 후배를 신앙의 대상으로 생각하고 있나 봐. 아니, 신앙의 대상은 아닌가? 조금은 다를 수도 있을 것 같은데…… 나도 뭐라고 단어를 규정짓지 못하겠어. 요지는 노을빛의 신이 이기영 후배를 믿고 있다는 거지. 보통 이런 경우에는 이기영 후배가 노을빛의 신에게 일정량을 다시 떼어주는 방식으로 신성을 재정산하기는 하지만…… 지금 노을빛의 신은 일이 어떻게 돌아가고 있는지 모르니까. 노을빛의 신이 정식으로 임관하면 이야기를 나눠보는 게 좋겠네."

천천히 고개를 끄덕이기는 했지만 굳이 김현성에게 신성을 떼어줄 필요는 없을 것 같다.

'내가 관리해 준다고 생각하면 되잖녀.'

신성이 욕심이 난다기보다는 김현성과 대륙을 위한 일이다. 이 새끼가 낭비벽이 심하다는 걸 떠올려 보면 더욱더 내 생각이 옳다는 판단이 선다.

'자기 연봉도 제대로 관리 못 해서 길드 공금까지 횡령하는 새끼가 무슨 신성을 관리한다고…… 오버자녀. 암만 생각해도 오버자녀.'

녀석의 재무 상태만 봐도 답이 나온다. 그 많은 연봉을 어디에다가 태워 버렸는지 모르겠지만 이미 통장은 마이너스가 된 지 오래다. 녀석은 내가 모르는 줄 알고 있겠지만 김미영 팀장에게 따로 연락해 비자금을 받았다는 소식도 이미 몇 차례나 전해 받지 않았던가.

가장 최근에 들려온 소식란에는 눈치가 보였는지 몰래 대출까지 받았던 전적도 있다. 결국에는 길드 자금으로 메워 문제가 생기지는 않았지만 김현성에게 신성을 맡긴다는 건 돈을 땅바닥에 버리는 것이나 다름없다.

'완전 개오버자녀.'

필요할 때 용돈 주는 식으로 조금씩 떼어주면서…….

'생색도 내야지.'

아껴 쓰라고 요즘 살기 팍팍하다고 경고도 조금 해주면서 이 정도도 많이 주는 거라고 하는 게 좋을 것 같네.

반항하면 쥐꼬리만큼 쌓이는 신성인데 뭐 그렇게 원하는 게 많냐고 짜증 내면서 윽박도 한번 질러줘야지. 찔렸던 배때기 한번 부여잡고 막 숨 몰아쉬면서 이야기하면 거기서 게임 끝이야. 어차피 애는 지가 얼마나 버는지도 모른다.

솔직히 조금 너무한 거 아닌가 싶기도 했지만 이게 맞지. 재무 설계사가 괜히 있겠어? 자산 관리는 할 수 있는 사람이 하는 게 좋아. 괜히 애 기분 맞춰준다고 신성 뿌리면 이 새끼가 분명히 하루아침에 말아먹을걸.

'장담할 수 있자너. 진짜.'

정 크게 쓸 일이 생기면 그때 모아뒀던 거 조금 풀면 되는 거고, 혹시 악마 새끼들 쳐들어오면 그때 또 떼어주면 되는 거고.

김현성한테 맡겼다가 정작 쓸 일 있을 때 못 쓰는 상황이 올 수도 있으니 내가 관리하는 게 합리적인 선택 아닌가. 어차피 현성이는 당장 필요하지도 않으니까.

구태여 뭐 나눠줄 필요가 있나? 생각해 보면 김현성이 신성 쓸 데가 어디 있어? 자기가 대륙을 직접 유지 보수 하는 것도 아니고……. 그냥 아무 말 안 하고 묻어두는 게 좋을 것 같은데…….

조금 귀찮아지기야 하겠지만 원활한 관리를 위해서라도 이건 내가 맡아야 할 것 같았다. 전부 다 노을빛의 신을 위한 일이다.

"노을빛의 신에게는 제가 따로 이야기하겠습니다."

"웅. 너무 섭섭하게 하지는 마. 그래도 80%는 재정산해 주는 게 일반적인 관례니까. 아무리 못 줘도 최소 75% 정도는 정산해 줘야 돼. 노을빛의 신이 받아야 할 신성이 이기영 후배에게 갔다는 건 그만큼 노을빛의 신이 이기영 후배를 믿고 따르고 있다는 거니까. 그만큼 존경하고 믿고 있다는 걸 표현한 거라구. 그거에 대한 예의를 표현해야 하는 거야. 내가 무슨 말 하는지 알고 있지?"

무슨 말을 하는지 알 것 같았지만 악습과 관례는 유지하기 위해서가 아니라 깨부수기 위해 존재한다. 들어오는 신성으로 미루어 볼 때 일 년에 3% 정도가 적당하지 않을까 싶다. 아니, 3%도 많다. 1.5% 정도가 좋을 것 같다.

"네, 물론입니다. 베니고어 님. 그럼 일단 도장 찍으시죠. 아, 그리고 인력이 조금 부족할 것 같은데…… 혹시…….'

"으웅! 아마 내가 부탁하면 로렌은 와줄 거야. 엘룬은…… 한번 설득을 해봐야 될 것 같구…… 바리안은…… 잘 모르겠네. 인력 걱정은 크게 하지 않아도 될걸? 이미 대륙에 몇 명 있잖아."

"네?"

"그…… 정하얀이랑 그…… 무섭게 싸우는 빨간 머리 언니."

'네가 언니일 텐데?'

"아직 불완전하기는 하지만 그 둘, 아니, 한 명과 한 분이 보여준 업적은…….'

신화 속의 장면이었다고 해도 부족함이 없기는 했다. 누가 봐도 경외감을 느낄 수밖에 없는 모습이었으니 몇몇 이들이 그녀들에게 신앙심을 느끼는 것도 어찌 보면 당연하다.

물론 노을빛의 신처럼 신격화되기 위해서는 여러 가지 준비나 주작이 필요하기야 하겠지만 그 둘이 경계선에 발을 내디뎠다는 건 부정할 수 없는 사실이었다.

그리고······.

"조금 특수한 경우지만 로노베와 계약한 그 아이도 가능성이 있더군······."

"어?"

"오랜만이구나. 역겨운 인간아. 아니, 이제는 역겨운 인간이라고 부르기도 그렇군. 동업자? 파트너? 뭐라고 불러야 할까."

들려오는 목소리에 고개를 돌리자 어울리지 않는 안경을 쓴 남자를 확인할 수 있었다.

머리를 완전히 뒤로 넘겨 깔끔하고 단정해 보이는 인상, 본래의 모습은 아니었지만 누구인지 눈치채지 못할 리가 없다. 그에게 계약서를 보낸 것은 이쪽이기도 했고 저 목소리를 잊을 수 있을 리 만무했으니까.

"오랜만입니다. 친애하고 존경하는 벨리알 님."

"나는 이미 계약서에 사인을 한 채로 온 것이다. 사인하지 않았다면 이곳으로 오지도 못했겠지. 역겹고 더러운 빛아. 내게 그렇게 아부할 필요는 없다. 오히려 내가 네게 아부를 해야 하는 입장이 아닌가."

"누가 위에 있는 관계라고 할 수 없으니 맞는 표현은 아니지요. 하핫."

"네 말도 옳다."

"······루시퍼 님을 배신해도 괜찮으시겠습니까?"

"그분도 기뻐하실 것이다. 이 벨리알이 이렇게까지 성장했다는 것에 감격하시겠지."

"잘됐군요."

눈을 가늘게 뜬 채로 히죽 웃는 얼굴이 눈에 들어왔다.

"27군단이 그대와 뜻을 함께할 것이다."

"이제는 27군단이 아니지 않습니까. 새롭게 태어난 대륙은 벨리알 님을 유일무이한 만마의 지배자로 기억할 것입니다."

"네가 보낸 계약서의 내용이 마음에 들었을 뿐이다."

"부족한 비전을 믿고 제의를 수락해 주셔서 정말로 감사드립니다."

'여러 가지로 고민하기는 했을 거야.'

당연히 쉽지 않은 결정이었으리라. 나름대로 궁지에 몰렸던 상황에 있었던 베니고어와는 다르게 벨리알은 그런 게 아니었으니까. 대륙 이외에도 몇 개의 사업체를 가지고 있다는 걸 생각해 보면 벨리알이 의외의 결정을 했다고 느껴질 수밖에 없었다.

물론 이 사업체들을 완전히 버릴 생각은 없었지만······.

'솔직히 기대도 안 했잖아.'

베니고어처럼 초대한 것이 아니라 계약서를 따로 보낸 것 역시 그런 이유였으니 무슨 말이 더 필요할까.

계속해서 히죽거리는 표정은 무슨 생각을 하는지 알기 어려웠지만 구태여 먼저 나서서 벨리알을 의심할 필요는 없다. 계약서에 서명한 순간 이 자리에 있는 이들은 운명 공동체가 된 것이나 다름없기도 했고……. 사실 녀석의 입장에서도 그렇게 손해 보는 장사는 아니었을 테니까.

여러 곳에 분산 투자를 하는 것보다는 똑똑한 한 곳에 직접 투자하고 싶은 마음도 있었겠지. 어쩌면 천사의 탈을 쓴 악마들의 침공의 배후에 벨리알이 있었다고 발표한다는 딜이 마음에 들었을지도 몰라.

확실한 것은 벨리알의 태도가 이전과 많이 달라졌다는 것. 별것 아닌 행동이기는 하지만 인간형으로 이곳을 방문했다는 것부터가 나를 배려하고 있다고 느껴진다. 뭐라 형용할 수 없게 느껴졌던 악마의 모습보다는 지금의 모습이 경계심을 풀게 하거나 호감을 주기 쉽다고 계산했을 것이다. 아마 그렇게 탄생한 것이 지금 저 모습이리라.

'안경은 왜 쓴 거야?'

동업자한테 똑똑해 보이고 싶었던 건 아니지?

그런 시답지 않은 이유일 것 같지는 않다. 아티팩트를 변형해서 가져온 거일 수도 있고……. 뭔가 필요한 이유가 있기야 하겠지만 이것 역시 내가 신경 쓸 일은 아니다. 중요한 것은 그나마 믿을 수 있는 동업자가 함께해 준다는 것 하나였다.

슬그머니 고개를 돌리자 베니고어가 배신당했다는 표정으

로 나를 바라보는 것이 시야에 비쳤다. 본래부터 악마들을 혐오하고 있었던 천사들, 아니, 빛 덩이들은 대놓고 녀석을 둘러싸고 있다.

디아루기아의 반응도 그다지 다르지 않다. 조용히 자리에서 일어나 녀석을 경계하고 있었고 은색의 빛은 최선을 다해 벨리알을 공격하고 있다. 저걸 공격이라고 불러야 할지는 모르겠지만 필사적으로 반짝거리며 몸통 박치기를 하고 있다는 게 느껴진다.

어처구니없지만 도망치라고 외치고 있는 것만 같다.

"아무래도 환영받지 못하고 있는 것 같군."

"이기영 후배? 이게 어떻게 된 일이야? 쟤, 쟤는 또 왜 온 거야?"

"당신이 지금 무슨 짓을 하는 건지 알고 있는 겁니까? 악마 군단장을 끌어들이다니요."

디아루기아 너까지 그러지 마.

"날 원하고 있는 것 같지 않은데…… 본래 있던 곳으로 다시 되돌아가면 되는 건지 물어봐도 되겠나?"

"그럴 리가 있겠습니까. 어서 자리에 앉으시죠. 벨리알 님. 베니고어 님도 진정하세요. 제가 다 설명해 드릴 수 있습니다."

"오랜만이구나. 베니고어."

"악마와는 말을 섞지 않을 거야."

"지금 섞지 않았나."

"안 들려. 하나도 안 들리거든? 하나도 안 들려요."

"그렇게 민감하게 반응할 필요는 없다. 베니고어. 굳이 이번 일이 아니더라도 너와 나는 계약으로 묶인 사이가 아닌가. 그 연장선이라고 생각한다면 그리 기분이 나쁘지 않을지도 모르지. 한 가지 더 말하자면 네가 그렇게 부정한다고 해도 우리 사이에 있었던 일이 사라지는 것은 아니야. 네가 더 잘 기억하리라고 생각하는데……."

"그, 그건……."

"벨리알 님의 말대로입니다. 베니고어 님. 계약의 연장선입니다."

"저번에…… 했던 그거?"

'그래, 우리 저번에 주작했던 거, 그거. 그때 신성이 얼마나 쌓였는지 기억하고 있지?'

당연히 기억하고 있을 거라고 믿는다.

"요즘 같은 시대에 성과를 내는 게 쉬운 일은 아니지 않습니까. 어둠이 있어야 빛이 있고 빛이 있어야 어둠이 있는 법입니다. 그 균형을 맞추는 게 무엇보다 중요하다고 판단했을 뿐입니다. 같은 대륙을 놓고 일하는 처지이기는 하지만 부서가 다르니 마주칠 일도 많지 않을 겁니다."

"아무리 그래도……."

"흑과 백을 나누고 서로 대립하는 시대는 이미 지나갔습니다. 공통된 이익을 위해 함께 일하는 공동체야말로 우리들이 지향해야 할 대륙의 미래입니다."

"벨리알은 악, 악마잖아."

"벨리알 님이 대륙을 위협하고 있다는 사실은 대륙 안에서 살아가는 이들이 우리를 찾게 되는 원동력이 될 것입니다. 그들이 감당해야 할 두려움과 공포가 안타깝지 않은 것은 아니지만 그들의 어둠은 대륙을 밝게 비추는 햇볕이 될 것입니다. 이미 베니고어 님께서 겪지 않으셨습니까. 우리가 그 신성을 가지고 할 수 있는 일들을 떠올려 보세요. 대륙은 눈 깜빡할 사이에 어마어마하게 발전할 거예요. 5년에 한 번 주기로 이벤트를 열어도 100년 동안 대륙을 관리할 만한 예산을 얻을 수 있다고 저희 측 재무팀에서도 판단하고 있습니다."

슬그머니 디아루기아를 바라본다.

억지로 시선을 피하고는 있지만 계속해서 바라보자 천천히 고개를 끄덕이며 입을 여는 모습이 시야에 비쳤다.

"네. 정확히는 132년입니다. 겨, 겨, 겨, 겨우 5년으로 132년을 벌 수 있는 거로……."

"수고했어요. 루 팀장."

"……."

"아, 아무리 그래도…… 그건 조금…… 내가 그래도 체면이 있고……."

"그것뿐만이 아닙니다. 베니고어 님. 벨 이사님의 합류는 우리 자회사가 더 커다란 시장으로 나가는 원동력이 될 것입니다."

"……."

"벨 이사님, 현재 가지고 있는 사업체가 몇 개쯤……."

"글쎄…… 하나하나 세어보지 않았지만…… 부족하지는 않을 것이다."

"자, 우리 한번 함께 눈을 감아봅시다. 그리고 한번 떠올려 봅시다."

"……."

"……."

"우리 대륙의 이야기가 아니라 벨리알 님이 가지고 계시는 타차원의 이야기입니다. 그곳은 이미 황폐화되어 있는 대륙일 겁니다. 꿈과 희망도 없고, 모든 것을 악마들에게 유린당한…… 이미 어둠으로 잠식당한 대륙일 겁니다. 인간들은 꿈을 꾸는 것을 포기하고 하루하루를 살아가는 것조차 힘겨워하는 대륙이지요. 흔히 말하는 아포칼립스 세계관이라고 가정합시다."

"더, 더러운 악마들…… 이 비열한……."

'너 왜 이렇게 몰입했어…….'

"신들조차 포기한 대륙입니다. 더 이상 회생이 불가능한 대륙이에요."

"아, 안 돼…… 포기하면 안 된다구."

"아무런 희망도 없는 그 장소에 다시 한번 27군단이 나타납니다. 벨리알 님이 악마의 군세를 이끌고 티끌만큼 남아 있는 희망을 짓밟기 위해 강림합니다."

"나쁜 자식…… 나쁜 자식! 이 역겨운 악마 놈들!"

"벨리알 님은 인간들을 향해 외칠 겁니다."

"나를 막을 수 있는 것은 베니고어뿐이다. 그 찬란하고 빛나는 여신의 눈이 이곳까지 닿지 않는다는 걸 감사해야겠구나. 바스러지거라, 필멸자들이여."

티키타카 좋네요. 합이 잘 맞아요.

"미안해……. 내, 내 눈이 닿지 않아서 미안해……."

눈을 감고 완전히 몰입한 베니고어의 모습이 시야에 비친다. 주먹을 꽉 쥔 채로 바들바들 떨고 있는 것을 보니 어지간히 분한 모양. 심지어 코끝이 찡해진 것 같다.

"인간들은 기도하기 시작할 겁니다. 베니고어시여. 우리들을 구원해 주소서. 저 공포스러운 벨리알에게서 우리들을 지켜주시옵소서. 당신은 도대체 어디에 있습니까. 어디에 계십니까. 찬란하고 빛나는 여신이시여."

"나…… 나 여기 있어! 여기 있다구!"

"그리고."

짝!

"이미 폐허가 된 땅에 아름다운 빛이 모습을 드러냅니다."

"아아아아앗!"

"베니고어의 신화는 그 땅 위에 영원히 기억될 것이며 오래도록 황폐화된 대륙에 신화로 남을 것입니다. 새로운 신화의 등장에 기존에 있던 신앙은 무뎌질 것이며 베니고어 님께서는 현재의 대륙뿐만이 아니라 벨리알 님의 손안에 있는 대륙의 가장 위대한 빛으로 남을 것입니다. 그들의 희망이 되는 것이지요."

'얘 진짜 돈 좋아한다.'

이렇게까지 솔직한 얼굴을 본 적이 없다.

천천히 뜬 눈이 흔들리는 것이 시야에 비친다. 틀림없이 동공이 흔들리고 있다. 자존심 때문에 당장은 오케이 사인을 보내고 있지 않지만 한 번 더 자신을 압박해 주기를 바라고 있는 것 같다. 마지 못해 고개를 끄덕이는 그림을 그리고 있지 않을까. 아니, 그렇지 않더라도 잘 구슬리면 넘어올 것만 같은 얼굴이었다.

"빛을 널리 퍼뜨리기 위한 일보 후퇴입니다."

치고 나와야지 벨 이사.

"알고 있겠지만 나 역시 온건파에 몸을 담고 있다. 인간들이 멸망하고 희망을 잃는 것은 진심으로 내가 원하는 바가 아니야. 희망이 있기 때문에 두려움이 있는 것이다. 잃을 것이 없는 인간은 아무것도 두려워하지 않아. 지금의 신들이 우리를 부정하지 않았더라면 아마 현재 차원들의 상태가 지금보다는 나았겠지. 빛과 어둠의 싸움에서 고통받는 것은 인간들뿐이다. 나는 이 오랜 싸움에 종지부를 찍고 싶다. 베니고어."

"새로운 한 발자국을 위해 결단을 내리셔야 합니다. 베니고어 님."

"그들이 희망을 얻는 것을 원한다고 말하지 않겠다. 하지만 나는 그들이 어둠 속에서만 살아가는 것을 원하지 않아."

"그 어둠을 밝힐 빛이 바로 베니고어 님이십니다."

"빛과 어둠의 화합. 우리들이 새로운 길을 제시하는 것이다."

"결단을……"

"결단을!"

"……어…… 어쩔 수 없나. 그렇게까지 말하면…… 어쩔 수 없겠네."

슬그머니 시선을 회피한 채로 계약서에 사인을 하는 모습은 가관, 베니고어의 탄생 비화가 궁금해질 지경이었다.

'원래부터 위 출신인 건가? 아니면 대륙에서부터 위로 올라간 거야?'

후자라면 인간이었을 때 어떤 삶을 살았던 걸까.

교단에도 제대로 적혀 있지 않은 것을 보면 무언가 비화가 있을 것 같기는 했지만 캐물을 정도로 중요한 일은 아닌 것 같았다. 본인도 그다지 중요하게 생각하고 있지 않은 것 같고…….

일단은 함께 일하기로 했다는 게 중요한 거니까.

"대륙을 위해서는…… 어쩔 수 없는 거네. 그렇지? 이기영 후배?"

벨리알과 눈을 마주치지 않는 것은 그녀의 마지막 남은 자존심일 것이다.

솔직히 마주치지 않는 게 좋을 것 같다. 지금 벨리알의 표정은 왜 베니고어가 악마군단장으로 자리 잡지 않았는지 의아해하는 표정이었으니까. 단언컨대 베니고어는 저 표정을 견딜 수 없을 것이다.

애매한 웃음을 보내며 어쩔 수 없다는 말을 계속 중얼거리고 있었지만 이걸 보니 사대 천사들이 어째서 기존의 신들을 비판했는지 알 것 같은 기분도 든다.

슬그머니 고개를 돌리다 벨리알과 눈이 마주치자 지금 본인이 어떤 모습인지 깨달은 모양.

"탐욕의 악마보다 더 욕심이 많군."

작은 목소리였지만 분명히 들렸을 것이다.

"그럼…… 이렇게 결정된 거지? 그런 거지? 앞으로가 기대되네. 으응……."

"군단의 인사팀은 어디서 뭘 하고 있었던 건지 궁금하지 않은가. 이제는 나와 상관없는 곳이지만 제대로 일을 하고 있는게 맞는지 의문스러울 지경이야."

혼잣말하지 마. 쟤 듣잖아.

"그, 그러면 이제 어떻게 하는 거지? 아! 이기영 후배는 이곳에 계속 있을 건 아니지? 일단 대륙을 어떻게 운영할지 회의라도 해보는 게 좋겠네."

필사적으로 말을 돌리려고 하고 있다.

"이기영 후배는 내려가고 싶을 테니까. 으응. 이해할 수 있어. 나는 용기가 없어서 그렇게 하지 못하겠지만…… 쉽지는 않을 거야…… 그래도…… 신성을 열심히 모은다면 가능하지 않을까 싶은데. 아니, 가능한 건가? 불가능한가?"

애써 무시하기 어려운 주제.

"그게 가능한 겁니까?"

내가 질문해 봤지만 멍청한 질문이다. 루시퍼가 나를 되살릴 수 있다면 신성을 사용해 아래로 내려가는 것도 가능할지도 모른다. 문제가 있다면…….

"글쎄…… 나도 아직 모르는 게 많아서…… 하지만 아마 가능하지 않을까. 한……."

"……."

"5만 년 정도만 신성을 모으면……."

뭐?

뭔가 잘못 들은 건가 싶어 베니고어를 바라보자 농담이 아니라는 듯 고개를 끄덕이는 모습이 보였다.

괜스레 아래로 고개를 내리자 아직도 회의를 진행 중인 이들이 시야에 비쳐왔다.

-무조건 기영 씨를 되살릴 겁니다. 시간이 얼마나 지나던지는 상관하지 않겠습니다.

무슨 개소리야. 내가 상관있어. 현성아.

-그래야지. 형님은 분명히 기다리고 있을 거요. 언제까지고 기다리고 있을 거라니까!

나 그렇게 참을성이 많은 성격은 아니야.

'뭔데 이거 시바…….'

솔직히 다른 방법이 있을 거라고 생각했었다. 근데 그게…… 5만 년 이후에 재회하는 엔딩이었다고?

헛웃음도 나오지 않았다.

'아무리 그래도 5만 년은 아니지.'

"그럼 회의는 이걸로 마무리하면 되는 거지? 그렇지? 우리 또, 또 언제 모일까? 일단 이 공간에 내 사무실을 만들어놓는 게 좋겠네! 아! 그리고 로렌이랑 다른 얘들한테도 한번 연락을 넣어볼게."

"네. 부탁드리겠습니다."

"열심히 일해보자구. 이기영 후배! 이제 시작이니까 힘차게!"

고개를 끄덕였지만 방금 전에 끝마쳤던 회의 내용이 머릿속에 들어오지 않았다.

'시바, 5만 년은 아니잖너.'

5만 년 발언이 충격적이었는지 가까운 자리에 있던 디아루기아도 뭐 씹은 표정을 보내오고 있는 중.

당연하지만 디아루리아가 생을 마치는 것을 이곳에서 보고 싶지 않을 것이다. 다소 창백해진 얼굴은 아무 생각 없이 웃음을 보내고 있는 베니고어의 얼굴과 무척 대비되는 표정이었다.

아마 나 역시 디아루기아와 비슷한 표정을 하고 있지 않을까.

'그 정도는 아닐 거야.'

베니고어가 계산한 것보다는 기간을 단축시킬 수 있을 것이다. 그녀가 예상하고 있는 것보다 더 큰 신성이 벌어들일 수 있을 테니까.

하지만 그걸 가정하더라도 많은 시간이 걸릴 것이라는 건 부정할 수 없다. 정확히 어느 정도의 기간이 필요한 건지는 쉽게 계산할 수 없었지만 한 번의 강림에도 어마어마한 신성을 소모하는 것을 생각해 보면 그녀의 계산이 이상하게 느껴지지도 않는다.

"나도 돌아가 보겠다."

"고생하셨습니다. 벨리알 님."

'정확히 어느 정도지? 얼마나 기간을 줄일 수 있지?'

1만 년? 아니, 최대한 줄인다면 몇천 년까지는 단축시킬 수 있을지도 모른다. 운이 좋으면 몇백 년이 걸릴지도 모르지.

하지만 그걸로도 위로가 되지 않는다. 차라리 애들을 이쪽으로 부르는 것이 더 좋을지도 모른다는 생각이 들기는 했지만 그것 역시 쉽지 않은 일이다. 신성을 얻는다는 건 결코 쉬운 일이 아니고……. 내 입으로 말하기 부끄럽지만 결정적으로 파란 길드로 돌아가고 싶은 마음이 크다.

"정말로 기다려야 하는 겁니까?"

"계획을 빠르게 실행한다면 만 년 안으로 돌아갈 수 있을지도 모릅니다. 하지만……."

"기다릴 수 없습니다."

"저도 같은 생각입니다. 디아루기아 님."

"다른 방법은 없는 겁니까?"

"생각 중이에요."

루시퍼와 했던 내기의 보상이 뭔지 알 수 있을 것 같다.

'이기영을 살리는 거?'

아마 이게 맞지 않을까?

내가 이렇게 숨어 있는 공간을 만든 이유는 그녀에게 보상받지 않기 위해서겠지. 루시퍼에게 보상을 받아 대륙에 다시 진입한다면 필연적으로 그녀가 대륙에 개입할 수밖에 없을 테니까.

자력으로 부활하는 그림을 그렸다고 생각하는 것이 맞으리라. 삼대 천사를 관리직으로 만들고, 완전히 대륙을 외부와 독립시키고 벨리알과 베니고어를 포섭해 스스로 신성을 버는 것이 목적일 것이다.

하지만…….

'이렇게 시간이 오래 걸릴 거라고는 예상하지 못했던 건가?'

예상하지 못했을 거라는 생각은 들지 않는다. 분명히 알고 있었을 것이다.

'그렇게 오랜 시간을 참을 수 있을 거라고 생각한 건 아니지?'

절대로 아닐 것이다.

'아니, 도대체 왜 기억을 지워야 했던 거야?'

계획하고 있는 것을 루시퍼에게 들키면 안 되니까. 모든 일을 그녀가 모르게 진행해야 했으니까.

'그럼 지금은? 어차피 지금은 루시퍼의 시선이 닿지 않고 있잖아. 만약에 정말로 내가 스스로 신성을 벌어 아래로 내려가는 게 맞다면 아무것도 떠올리지 못할 이유가 없어. 여기서 5만 년 동안 버티는 게 엔딩이었다면 지금 이 순간까지 아무것도 기억하지 못할 이유가 없다고. 어차피 루시퍼랑 마주칠 일이 없는데…….'

어쩌면 할 일이 더 있을지도 모른다. 쉽게 생각해 보면 다시 한번 내가 루시퍼와 접촉해야 하기 때문일지도 모른다.

"루시퍼를 만나야 되는 건가."

"네?"

"루시퍼를 만나야 돼……."

아직까지 기억을 되찾지 못하고 있는 이유가 루시퍼를 속이기 위해서라면 해답이야 뻔하지 않은가. 그녀와 대화를 나눠봐야 한다. 계약에 대한 이야기를 나누고 보상에 대해서도 이야기를 나누는 게 좋겠지. 내가 기억을 잃는 게 어떻게 그녀를 속이는 것이 되는 건지는 모르겠지만 해답은 루시퍼에게 있다.

문제가 있다면 이 모든 것이 불확실하다는 것. 내 가설이 정답이라고 확신할 수 있는 물증들이 부족하다는 것. 아니, 부족한 정도가 아니라 아예 없다. 심증 말고는 확실한 것이 아무것도 없다.

위험한 도박이다. 확률이 높은 도박에 주사위를 던지지 않을 정도로 바보는 아니었지만 현재의 내 판단이 맞을지에 대한 확신이 없었다.

"루시퍼를…… 말입니까?"

"그게 첫 번째 단서가 될 것 같습니다."

'지금 당장 연락을 취해봐야 하나?'

아무것도 확실한 게 없는데 곧바로 본론으로 들어가야 된다고?

정보가 부족하다. 최소한 뭔가 힌트로 사용할 수 있는 것이 있을지도 모른다.

'내가 놓친 게 뭐가 있지? 아니, 지금 곧바로 놓친 걸 확인해본다고 해서 뭔가를 해결할 수 있는 건 아니잖아.'

내가 이 공간을 만든 이유는 준비하기 위해서일 것이다. 그 누구의 눈에도 띄지 않고 대륙을 관리와 되돌아갈 준비를 위해 만들었을 것이다.

현시점에서 모든 준비가 끝났느냐고 묻는다면 당연히 아니라고 대답할 수 있다. 이제 막 벨리알과 베니고어를 포섭한 시점이었고 내 손으로 이룬 것은 아무것도 없다.

루시퍼를 만나는 것은 나 스스로가 만족스러울 정도로 기반이 다져진 이후가 될 것이다. 5만 년을 기다리지는 않겠지만 아주 조금의 시간이 더 필요할지도 모른다.

'도움이 필요해.'

누나. 이지혜는 뭘 하고 있는 거지. 만약 소식을 들었다면 모습을 드러내야 하는 거 아닌가.

망원경으로 계속해서 주변을 둘러봤지만 보이는 것이 없다. 계속해서 그녀를 찾아봤지만 얼마나 꼭꼭 숨었는지 단서조차 보이지 않는다. 선희영과 함께 떠났을 테니 그녀를 대상으로 찾아보는 게 더 빠를 것이다.

'며칠 전까지만 해도 분명히 보였었는데. 시발.'

"도대체 어디로 꺼진 거야?"

한낱 인간이 빛의 망원경을 피한다는 게 가당키나 한가.

로노베를 통해서 연락을 넣을 수 있는 방법을 찾아봤지만 로노베의 자취도 찾을 수 없었다.

벨리알이라면 알 수도 있지 않을까 싶기도 했지만 절로 고개를 저을 수밖에 없었다. 로노베는 27군단 소속이 아니다. 그녀가 루시퍼 쪽에 붙지 않았을 거라는 보장은 없다.

'대화 창구가 필요해.'

회귀자 사용설명서가 유지되고 있고 김현성에게 메시지를 보낼 수 있지만 그것뿐이다. 조금 더 직접적인 연락 창구가 필요하다. 베니고어를 통해서 신탁을 내리는 방향도 있지만 아무래도 위쪽의 눈이 신경 쓰일 수밖에 없었다.

괜스레 아래를 내려다본다. 아직까지 모여 이야기를 나누고 있는 파란 길드원들이 시야에 비친다. 멀리 떨어져 있는 곳에 있던 엘레나도 파란 길드로 돌아온 모양, 눈물을 닦으며 입을 열고 있는 모습이 눈에 보였다.

아까보다 인원이 더 불어나 있다. 현성이와 박덕구, 조혜진. 안기모와 황정연, 김예리. 우리 하얀이, 한소라. 박리안. 알프스. 김창렬. 유아영. 김미영 팀장.

이지혜를 따라나선 선희영을 제외하면 모든 길드원이 모여 있었고 모두 대화를 나누고 있었다.

괜스레 웃음이 나온다. 보기 좋은 풍경이었으니 그럴 만도 하다.

이미 회의 내용이 꽤 진행됐는지 어느 정도 내용을 정리하고 있는 모습이다.

-정리하자면 부길드마스터가 대륙을 관장하는 신이 되셨다는 거군요.

-네.

-그리고 우리가 부길드마스터를 다시 데려올 방법을 찾아야 하는 거고요.

-간단히 말하자면 그렇습니다.

-형님이 정말로 우리를 지켜보고 있다고 생각하니 그래도 조금 힘이 나는 기분이요. 거, 분명히 지금도 바라보고 있을지

도 모르지.

-부길드마스터님이 정말로 돌아오는 걸 원하시고 계실까요?

당연하지.

-원하고 계실 겁니다. 분명히요.

당연히 원하고 있다.

정하얀과 한소라가 귓속말을 주고받는 게 들려온다.

-이건 소라한테만 이야기해 줄게. 만약에 오빠가 안 내려오면 내, 내가 위로 올라갈 거야. 소라도 같이 갈 거지?

-아…… 네. 정하얀 님. 물론 저도 같이 가야죠. 가능하다면…….

-시, 시간은 조금 걸릴 것 같아. 소라까지 데려가려면 조금 더 시간이 걸릴걸. 힘들지만 참을 수 있어. 물론 오, 오빠가 먼저 내려오면 갈 필요가 없겠지만…… 그래도 혹시 모르니까. 소라도 같이 올라갈 준비를 하자, 알겠지?

위로 올라오라는 메시지를 보낸 적은 없지만 힌트를 얻은 것만 같다. 본인에게 신성이 쌓이고 있다는 걸 눈치챈 것이다.

한소라는 고개를 끄덕이고 있지만 조금은 창백해진 눈치였다. 저 위로 올라가자는 표현이 함께 죽자는 말로 들려왔기 때문일지도 모른다.

-아…… 네. 그래도 저희가 올라가는 것보다는 부길드마스터를 데려오는 게 더 쉽지 않을까요?

-으…… 응. 그게 좋지. 난 그냥 혹시나 해서 말한 거야. 소라도 마음의 준비를 하, 하, 하고 있으라구…….

저 상황을 보니 다시 한번 웃음이 나온다. 아까까지만 해도 초조했던 마음이 조금은 사라진 것 같다.

엘레나와 조혜진도 이야기를 나누고 있다. 본래 사제였던 엘레나의 입장에서는 위로 올라간 신을 다시 불러오는 게 맞는지, 정말로 내가 아래로 내려오는 것을 원하고 있는지 궁금할 것이다.

-만약에 이기영 님께서 내려오는 걸 원하지 않는다 하시면…… 엘룬 님의 곁에 있고 싶으시다 하시면…….

다시 한번 생각해 봤지만 역시 내려가고 싶다. 나중에 기회를 봐서 현성이한테 메시지 한 번 더 보내야지.

뭔가 많은 이야기를 나누고 있는 것 같았지만 쉽사리 다른 아이디어가 떠오르지 않는 모양.

나도 제대로 감을 잡을 수 없으니 오죽할까. 얘네들이 방법을 찾는다는 건 기대하기 힘들 것 같았다.

-뭐 쓸데없는 말 할 필요 없다니까. 형님은 분명 기다리고 있을 거라고 내가 말하지 않았소. 그냥 우리는 방법이나 찾으면 되는 거요.

-저도 덕구 씨 말에 동의합니다.

-나도.

박기리 삼 남매.

-신을 다시 아래로 불러온다는 건 들어본 적이 없지만요. 여러 가지 책을 기억하고 있지만 비슷한 내용이 떠올리지 않네요. 베니고어 교단에 있는 서적을 다시 한번 읽어보는 게 좋겠

어요.

아마 황정연의 기억력은 도움이 될 것이다.

-저도 뭔가 도울 수 있을 게 있는지 알아볼게요.

유아영이랑 김창렬은 사실 도움이 될 것 같지 않다. 근데 너네 왜 그렇게 붙어 있어.

아래쪽 역시 단기간에 결론을 내기는 어려울 것이다. 지금 계속해서 바라보고 있는 건 내게도 도움이 되지 않으니 일에 조금 더 집중하는 게 좋으려나.

막 고개를 돌리려던 찰나 김현성의 목소리가 들려온다.

-일단은…….

-네.

-신전을 먼저 지어야 할 것 같습니다.

-…….

-조각상을 만든다면 기영 씨와 소통할 수 있을지도 모릅니다.

오.

-그거 좋은 생각이요. 신전은 거, 우리한테 맡겨주쇼. 전진기지도 우리가 만든 거 아니요.

-나랑 기모 아저씨랑 덕구 아저씨 셋이서 만든 적이 있으니까. 도움. 될 거야.

그래도 전문가한테 맡기는 게 좋지 않겠어?

-조, 조각상은 소, 소라가 만들면 되겠다.

얘는 전문가 맞아. 인정해.

-허가를 받을 수 있는지 알아보겠습니다. 예산은…….

김미영 팀장 행동력 빨라.

-예산은 신경 쓰지 않으셔도 됩니다. 길드의 자금을 총동원하셔도 됩니다. 자금이 부족하다면 제가 따로 방법을 찾겠습니다.

-……

-연줄이 있습니다. 믿을 만한 사람들이에요.

거기가 혹시 가로쉬앤캐쉬나 미주사랑은 아니지? 역시 쟤는 안 돼. 시바.

평소와 같은 모습들에 잠깐 동안 다운됐던 기분이 좀 나아진 것 같다.

'그래. 차근차근 하나씩 해야지, 시바. 괜히 먼저 나서서 초조해할 필요 없잖녀.'

아래쪽에서는 할 수 있는 일을 하고 있었다.

"신전이 지어진답니다. 디아루기아 님."

221장
마지막(3)

"이기영 후배…… 그럼 당분간 다른 업데이트는 하지 않는 거야?"

"네. 일단 균열을 막는 걸 최우선으로 두는 게 좋을 것 같습니다. 불안정한 시스템부터 손을 본 이후에 추가하는 게 더 합리적이에요."

"그, 그래도 모험가들이 새로운 던전을 기다리고 있지 않을까? 대륙에 숨겨져 있는 던전들과 이스터 에그들을 몇 개 가지고 왔는데 한번 체크해 볼래? 일단 이것부터 봐. 오랫동안 묻혀 있었던 전설 중에 하나거든……. 고대의 전사들이 잠든 대지, 매일 밤 고대의 전사들이 검을 부딪치는 소리가 들려온다는 거로 시작되는 이야기야. 클리어 보상도 인간들한테 도움이 될 것 같고…… 신성도 조금만 투자하면 바로 활성화될 것 같아. 완전 거저라니까?"

"……일없습니다."

"서사 페이지를 채우는 건 중요한 일이라구, 이기영 후배. 당장은 눈앞에 커다란 이득이 떨어지지 않을지는 몰라도…… 이런 전설들이 살아 숨 쉬는 대륙이라는 건…… 기본적으로 인간들의 신앙심에……."

"던전 위치가 어딥니까?"

"인……간들이 캐슬락이라고 부르는 지역이야."

"신성 교국이네요."

"으응……."

"클리어하는 모험가는 베니고어 님의 신자일 가능성이 높겠습니다."

"아니, 꼭 그렇지 않을지도……. 모르지. 그건 모르는 거니까…… 굳이 내 신자가 이름을 남기는 게 보고 싶어서 그런 게 아니라…… 그냥 그렇잖아. 이기영 후배도 알고 있잖아. 안 그래도 컨텐츠가 바닥나서 할 게 없는데…… 이런 시간이 너무 길게 지속되면 안 좋아. 대륙 발전에 도움이 안 된다니까. 인간들도 점점 무기력해질 거구…… 슬슬 새로운 페이를……."

"그래도 안 됩니다."

"내가 괜히 이런 말을 하는 게 아니야. 그냥 장난삼아서 이걸 가지고 온 줄 알아? 보상에서 전설 등급의 석재나 광석을 얻을 수 있을 것 같아서 그런 건데…… 보석도 나올지도 모른다니까. 지금 전설 등급의 광석들이 모조리 소진돼서……."

'뭐라고 할 말이 없네.'

이게 전부 다 네 탓이라는 듯이 나를 바라보고 있는 베니고어의 얼굴이 보였다. 솔직히 뭐라고 할 말이 없다.

"그렇게 좋은 상황은 아니야. 안 그래도 인간들이 발전이다 수복이다 뭐다 해서 대륙의 자원들이 빠르게 소진되고 있는데…… 기본적으로 전설 등급으로 책정된 것들은 주변에 영향을 끼치게 되어 있다는 거 알고 있는 거지? 이렇게 마구잡이로 소비하면 대륙의 균형이 무너지는 건 순식간일걸. 극단적으로 예를 들어봐. 세계수가 사라진다고 생각해 보라니까."

"……."

"아! 이미 극단적인 예가 있구나? 이기영 후배 신전 짓는 데 요정의 호수 조약돌이 들어갔었네. 요정의 호수가 오염될 뻔한 걸 막느라 빠져나간 신성이 얼마였더라…… 그리고 보니까 태양의 보석도 들어갔네. 일대 지역의 온도가 조금 내려갔었지 아마?"

"……."

"오리하르콘이 씨가 말라서 드워프들이 힘들어한대. 그 소식을 들은 거 맞는 거지? 이기영 후배? 무분별하게 광산 채굴하다가 지반도 많이 약해졌네. 주변 몬스터 생태계도 완전히 무너져 버렸고…… 진짜 너무한다니까…… 진짜로 너무해."

"몇 개…… 정도는 나쁘지 않겠네요. 기획서 가져오시면 검토해 보도록 하겠습니다."

힘차게 고개를 끄덕이는 얼굴에는 이겼다는 승자의 미소가 걸려 있었다.

"그럴 줄 알고 가져왔어. 이기영 후배."

심지어 이미 계획이 되어 있었단다. 슬그머니 기획서를 받아 읽어보니 나쁘지 않을 것 같다는 생각이 들어와 꽂힌다.

석재나 광석 같은 것들을 얻을 수 있다면 지금 대륙에서 일어나고 있는 현상에 대처할 수 있을 것 같다는 생각이 들기도 하고……. 조금 더 넓게 보면 베니고어의 말도 틀린 게 없었기 때문이다.

문제가 있다면 이 기획서 안에 몇 가지 속임수가 들어가 있었다는 것. 뭉텅이로 함께 넘긴 제안서 중에는 그다지 필요 없을 것 같은 것들도 눈에 띄었다. 기왕 결재받는 김에 은근슬쩍 함께 결재받겠다는 거겠지.

[등급 외 던전]
[두더지 성녀의 포근한 안식처]

두더지들의 성녀라는 의미는 아닌 것 같다.

지하 신전의 밖을 한 번도 빠져나오지 못한 성녀. 삶의 평생을 지하 신전에서 지내며 추대받은 성녀의 신화를 기반으로 만들어진 던전이었다.

위치는…….

'베니고어 신전 지하.'

던전 활성화에 들어가는 신성의 비용도 만만치 않다. 오히려 고대 전사들이 잠든 대지가 싸게 먹히지는 않을까 하는 생각도 든다. 보상도 정확하지 않고 기획서 자체도 빈약하다.

살짝 베니고어의 눈을 보다 필사적으로 이쪽의 눈을 피하고 있는 것 같은 느낌. 얘가 무슨 생각인지, 두더지 성녀는 뭔지, 무슨 목적이 있는지는 모르겠지만 이건 수락할 수밖에 없을 것 같았다. 나도 잘못한 게 있었으니 말이다.

아니, 엄밀히 말하자면 내 잘못이 아니었지만…… 그래도 내 잘못이기는 하니까…….

'김현성 시바.'

아까 베니고어가 서술한 그대로, 이기영의 신전을 짓기 위해 여러 가지 자본들이 투입된 것이 문제였다.

자금 문제를 겪게 되는 것은 파란 길드와 김현성 개인일 거라고 판단했지만 그게 위까지 영향이 오게 될 거라고는 전혀 예상하지 못했다. 대륙을 위해 스스로를 희생한 빛의 성자의 신전 건설이 대륙 균형에 문제를 일으킬 줄은 누가 알았을까.

물론 치명적인 오류가 발생했다고 말할 정도는 아니었지만 그래도 문제가 생겼다는 건 부정할 수 없는 사실이다.

요정의 호수에서 조약돌을 꺼내 왔을 때는 내가 다 황당해 입을 벌렸을 정도, 호수를 지키는 가디언은 애초에 활성화하지도 않았다. 어차피 김현아의 검 한 번에 부서져 버렸을 테니까. 그것뿐만이 아니다. 광석을 구하겠다고 광산의 끝까지 기어들어 가다 활성화되지 않은 대지의 정령을 깨워 놈을 부숴 버렸다.

온갖 자금을 끌어모으는 것으로도 모자라 직접 발로 뛰기 시작한 것이다.

문제는 이 새끼가 움직일 때마다 이곳에서 처리해야 할 일이 늘어났다는 것. 기왕이면 화려하게 짓는 것도 나쁘지 않겠다는 생각을 하기야 했지만 이 정도까지 내가 처리해야 할 일이 많아지니 얼굴을 구길 수밖에 없었다.

'그래, 시바, 이해는 해.'

정확히 어떻게 해야 신전을 완성할 수 있는지, 어떻게 해야 조각상에 내가 깃드는 게 가능한지 궁금했을 테니까.

대륙의 빛이 머물 장소였고 인간과 신의 유일한 소통 창구였다. 대충 짓는다고 해서 시스템이 신전 판정을 내린다는 보장이 없었으니 김현성 입장에서도 애가 타는 것도 무리가 아닐 것이다.

'조각상에 내가 들어갈 수 있을지도 걱정됐을 테고……'

아무 곳에나 냉큼 들어갈 수 있었다면 좋았겠지만 그렇게 간단한 문제가 아니었다.

이를테면 시스템에 영업 신청을 하는 것이나 다름없다.

유아영이 아이템을 만들 때 등급 판정을 받는 것처럼 신전 역시 등급 판정을 받는다. 어느 정도 등급을 받느냐에 따라 신전에서 할 수 있는 일들이 많아지고 잘못된 경우 등급 판정을 받지 못하는 경우도 존재한다.

김현성이 이런 복잡한 상황을 알고 있을 거라는 생각이 들지는 않았지만 아마 본능적으로 알고 있지 않을까.

잘못 만들면 소통이 불가능해지는 거야.

물론 그게 돈과 전설 등급의 자재들로 처바른다고 되는 건지는 모르겠지만 확률이 올라갈 거라고 생각한 모양이다.

결재를 받고 희희낙락 뛰어가는 베니고어의 뒷모습이 눈에 보인다. 재무팀의 루 팀장은 그런 베니고어를 바라보며 한숨을 내쉬는 중.

나 역시 괜스레 고개를 아래로 내렸다. 슬슬 파란 길드원들이 움직이는 것이 눈에 보였기 때문이다.

'오늘은 완성되려나.'

거의 6개월이 지난 시점, 파란 길드의 신전 건설 계획은 완성을 눈앞에 두고 있었다.

다시 한번 시선을 돌리자 지나치게 화려한 신전이 눈에 띈다.

'이거, 시바 너무 사치스럽다고 까이는 거 아니야?'

농담 하나 보태지 않고 베니고어의 신전보다 더 화려하다. 휘황찬란한 보석들이 복도를 가득 메우고 있었고 누가 보기에도 값비싼 자재들로 만들어져 있다. 누가 보면 신전이 아니라 재력가가 사치를 위해 만든 공간이라 착각하지 않을까.

그나마 신전 같은 느낌을 주는 포인트는 천장 전체가 스테인드글라스로 되어 있다는 것, 어떻게 설계한 건지는 모르겠지만 빛이 들어오면 마치 신전 전체에 노을이 내려앉은 것만 같은 모습이다.

뭔가 마법적인 설계가 들어간 것 같기는 했지만 정확히 어떤 원리인지는 나도 알 수가 없다. 어마어마한 자금이 들어갔다는 것 정도만 확신할 수 있었다.

'파란 길드 자금 상황 괜찮은 것 맞지?'

어두운 김미영 팀장의 얼굴을 보니 전혀 괜찮지 않은 모양이다.

빛의 성자의 신전을 짓기 위해 교국과 타국의 지원 요청까지 했지만 그래도 자금 상황이 여의치 않은 것 같았다. 파란 길드에서 관리하고 있었던 부동산도 팔아넘길 수밖에 없었으니 그녀의 심정도 충분히 이해할 수 있다.

한편에서는 한소라가 조각상을 깎아내리고 있었다.

'쟤는 진짜 전직해도 되겠다.'

아마 직업을 바꾸겠냐는 메시지도 받았던 것으로 기억한다. 본인의 미래를 위해 거절하기는 했지만 솔직히 직업을 바꿨어도 먹고사는 것에는 걱정이 없었을 것이다.

"진짜 어떻게 저렇게 똑같이 만들었을까?"

"많이 미화된 것처럼 보입니다."

"조금 미화되기야 했죠."

"아니요. 많이 미화됐습니다."

등 뒤로 활짝 펼쳐진 날개. 양팔을 교차시킨 이후에 가슴에 살짝 얹어놓은 포즈가 눈에 띈다. 살며시 뜬 눈에 박혀 있는 요정의 조약돌과 태양의 보석은 정말로 살아 있는 것 같은 느낌을 준다.

복장은 추모식 때 입은 복장을 입고 있다. 거장 조각가들이 깎은 것 같은 디테일이 인상적이다. 정말로 피부가 부드럽게 만져질 것 같고 입고 있는 옷은 당장에라도 바람에 날려 나풀거릴 것만 같다. 살짝 벌어져 있는 입에서도 달콤한 목소리가 흘러나올 것 같지 않은가.

식은땀을 삘삘 흘리며 정신을 집중하고 있는 한소라가 새삼스레 대단하게 느껴진다.

'생명력을 담아서 조각하고 있는 것 같자너……'

정하얀이 그런 한소라를 조용히 지켜보고 있었다.

몇 개월이나 떨어져 있었기 때문인지 정하얀의 상태가 그다지 좋지 않아 보인다. 그나마 한소라가 있었다면 여러 가지로 챙겨줬겠지만 아무리 그녀라 하더라도 저런 걸 만들면서까지 신경 써줄 수는 없었겠지.

-거, 거, 거의 다 끝난 거야? 소라야?

-네, 일단은…… 하지만 끝났다고 말해야 할지…… 모르겠어요. 사실 어떻게 끝을 내야 할지 모르겠어서…… 끝이 있는지, 마무리 짓는다고 마무리 지어지는지 모르겠네요…….

-조, 조금 쉬면서 할까?

-아…… 네…… 쉬는 게 좋겠네요. 식사는 하고 오셨어요?

-아, 아니. 아직. 입, 입맛이 없어서.

-마침 제가 가져온 게 있는데 같이 드시면 되겠네요.

-그…… 그렇게 하자. 그, 그런데…… 오, 오빠가 저기 들어올까?

-아마 들어오시지 않을까요. 아직 완성은 안 됐지만 길드마스터가 걱정하시는 일은 일어나지 않을 거예요. 조각상 쪽이

조금 걱정되기는 하지만…….

-분, 분명히 들어올 거야. 그렇지?

-네.

조용히 있다가 갑작스레 눈물을 뚝뚝 떨어뜨리기 시작한 정하얀이 눈에 보인다.

-끄으윽…… 끄윽…… 끄으으으윽…… 들어올 거야. 그, 그…… 렇지?

갑자기 보고 싶어진 모양이다.

-끄윽…… 끄으윽…… 히끅…… 히끅…….

허겁지겁 정하얀의 눈물을 한소라가 닦아주기 시작했지만 본래 위로를 받으면 더 울고 싶어지는 법이다. 계속해서 뚝뚝 떨어지는 눈물에 가슴이 조금 아파졌다.

-분명히 돌아오실 거예요. 그러니 울지 마세요. 정하얀 님. 만약에 안 나타나시면 같이…… 네…… 같이 올라가면 되니까 요. 그렇죠?

-으응…… 끄으윽…….

-장거리…… 네. 장거리 연애를 한다고 생각하시면 돼요. 준비만 되면 보고 싶을 때 언제든지 볼 수 있고…… 장거리 연애나 다름없네요.

-히끅…… 으으응…….

'진짜 왜 저렇게 서럽게 울어…….'

어깨랑 턱이 부들부들 떨리고 있었다. 조금 희망차게 시작하기는 했지만 아무리 그래도 시간이 점점 길어지니 힘든 것은 어쩔 수 없나 보다.

　나도 힘든 상황이었으니 쟤는 오죽할까. 솔직히 이렇게 버티고 있는 것도 대단하게 느껴진다.

　-울지 마세요. 정하얀 님.

　"그래. 하얀아, 울지 마."

　-그래요. 울지 마세요…… 부길드마스터도…….

　-?

　-?

　정하얀과 한소라가 멍한 표정으로 조각상을 바라보는 것이 시야에 비쳤다.

　-오, 오빠?

[플레이어 한소라가 세기의 걸작을 완성시켰습니다.]

[보상을 등록하지 않았습니다.]

[플레이어 한소라는 보상을 받을 수 없습니다.]

[신화 등급의 조각상이 활성화됩니다.]

　'신화 등급?'

　이거 어떻게 한 거지?

[신화 등급의 조각상의 효과로 신전의 결계가 펼쳐집니다.]

[결계 안의 플레이어들의 체력과 마력이 자동적으로 회복됩니다. 결계 안 플레이어들의 저항력이 올라갑니다. 결계 안에 신성

이 깃들기 시작합니다. 결계 안의 대지가 정화됩니다. 기도를 드리는 신도들의 저주가 해주됩니다. 플레이어들은 결계 안에서 피로를 느끼지 않습니다.]

[신도들에게 무한한 신앙심이 깃듭니다. 추가 신성을 1.5배로 획득합니다.]

'추가 신성 1.5배?'

계속해서 떠오르는 메시지에 어안이 벙벙해질 지경이었다.

굳이 하나하나 읽어보지 않아도 알 수 있는 긍정적인 효과들은 입이 다 벌어질 정도로 인상적이다. 특히나 추가 신성을 얻을 수 있다는 부분은 내가 뭘 잘못 읽고 있나 하는 생각이 들 정도였다.

도대체 이걸 어떻게 설명해야 할지 모를 정도로 혼란스럽다.

찬란한 노을빛이 석상을 비추고 있는 것이 보인다. 후광 때문인지는 몰라도 왠지 모르게 더욱더 성스럽게 보이는 것만 같다.

한소라와 정하얀은 다시 한번 빤히 석상을 바라보고 있는 중. 눈물 콧물 다 흘리던 정하얀의 얼굴에 약간의 미소가 피어나는 것을 보니 기분이 조금 나아졌지만 한소라의 표정도 눈에 띈다. 본인이 만들고서도 믿기지 않는다는 얼굴. 자신의 결과물을 믿지 못하는 표정이었다.

'아니지. 시바, 이럴 게 아니지. 이러고 있을 게 아니라 일단 쟤부터 전직시켜야 되겠네. 너 흑마법사 왜 하구 있어? 재능을

찾았으면 새로운 길로 가야지. 안 그래?'

[플레이어 한소라에게 전직을 제안하시겠습니까?]
[신화 등급의 직업을 검색합니다. 적절한 직업을 찾을 수 없습니다.]
[고유 신화 등급의 직업이 생성됩니다.]

'시바, 고유 신화! 고유 신화야! 고유 신화!'

[생명을 깎는 조각사-고유 신화 등급]
[플레이어 한소라에게 고유 신화 등급의 직업 생명을 깎는 조각사를 제안합니다.]

생명을 깎는 조각사란다.
그 말이 틀린 게 아니다. 저 조각상을 보라. 마치 살아 움직일 것만 같지 않은가.
'가자. 소라야. 이런 거 몇 개 더 만들자!'

[플레이어 한소라가 제안을 거절합니다.]

'?'
서둘러 그녀의 표정을 살폈지만 이건 아닌 것 같다는 얼굴이 눈에 들어온다. 절대로 하고 싶지 않은 것만 같다.

김현성이랑 정하얀한테 압박당한 것 때문에 그래? 사사건 건 옆에서 끼어들고 고나리질 해서 그런 거야? 걔네 짜증 받아 내는 게 그렇게 힘들었어?

저거 만들어질 때 보면 내가 보기에도 조금 너무하기는 했 는데…… 솔직히 트라우마 생길 만하기도 했는데…….

지금 이것저것 따질 처지는 아니자너. 신화 등급의 직업이 자너! 추가 신성 1.5배자너.

[플레이어 한소라에게 고유 신화 등급의 직업 생명을 깎는 조 각사를 제안합니다.]
[플레이어 한소라가 제안을 완고히 거절합니다.]

눈을 꽉 감고 있다. 이건 아니라는 듯이 기도하고 있다. 다 시 한번 그런 고통을 겪기 싫다는 감정이 얼굴에 그대로 묻어 나온다.

[플레이어 한소라가 애원합니다. 전직하고 싶지 않다고 저항합 니다.]

'시바, 그냥 전직해.'

[플레이어 한소라가 죽어도 전직하고 싶지 않다고 합니다. 더 이상 전직을 권유할 수 없습니다.]

'한소라. 진짜. 아, 이럴 때가 아니지. 우리 하얀이 챙겨야지.'

한소라의 전직 때문에 더 중요한 게 있었다는 걸 까먹을 뻔했다. 신화 등급의 조각상이라고 한들 계속해서 연결할 수 있다고 보장된 게 아니니 빠르게 입을 여는 게 좋겠지.

뭐라고 말을 하면 좋을까. 솔직히 말하고 싶은 것은 많다. 어떻게 지내고 있는지는 봐왔지만 직접 안부를 묻는 건 또 다르니까.

조금 호들갑을 떨고 싶기는 했지만 명색이 신인데 그렇게 말하는 게 맞나 싶기도 하고…… 결정적으로 조각상에서 나오는 말은 신탁이나 다름이 없으니 눈치를 안 볼 수가 없다.

신전 안에 있던 이들이 조각상 앞으로 모이는 것이 눈에 보인다. 모두가 뭔가에 홀린 것처럼 조각상을 올려다보고 있다.

"울지 마세요. 정하얀 님."

존댓말을 쓰는 게 좋을 것 같다.

-오, 오빠…… 오빠. 끄으윽…… 오빠. 오빠아…….

"항상 당신을 지켜봐 왔습니다. 이 신전과 조각상이 만들어질 때부터, 당신을 지켜봐 왔습니다."

'이런 말 해주면 좋아 죽자녀.'

"외롭고 힘든 시간이라는 것은 이해할 수 있습니다. 하지만, 제 이름에 맹세코 말하건대 우리는 다시 만날 수 있을 겁니다. 언젠가 될지는 모르겠지만 틀림없이 만날 수 있을 겁니다. 그러니 슬퍼하지 마세요."

─……

그래도 닭똥 같은 눈물을 뚝뚝 떨어뜨리고 있는 것이 눈에 띈다.

'얘 왜 저렇게 서럽게 울어.'

"울음 그쳐야지?"

이제는 입술을 꽉 깨물고 있다. 도움이 됐을지는 모르겠지만 언젠가 만날 수 있다는 말이 그나마 위안이 되는 모양.

솔직히 정하얀은 이 말이 가장 듣고 싶었을 것이다. 본인 나름대로도 올라올 계획을 세우고 있었고, 또 만나지 못할 경우의 수에 대처할 경우의 수를 떠올리고는 있었겠지만 그래도 마음 한구석에는 불안한 점이 있었을 것이 분명하다. 그 불안감을 조금이나마 해소시켜 주는 것만으로도 충분히 안심하고 있지 않을까 싶다.

하고 싶은 말은 많은데 뭐라고 말을 해야 할지 모르겠다. 이렇게 대화하는 게 오랜만이라서 그런지는 몰라도 머릿속이 복잡해진다.

'다른 애들은 어디 있지? 아직 소식 못 들은 건가.'

아니나 다를까 허겁지겁 모습을 드러내는 이들이 눈에 띈다. 김미영 팀장이 연락을 돌린 것이리라.

─형님이요?

하는 목소리가 들려왔다.

'그래, 나다. 돼지 새끼야.'

─진짜로 형님 맞는 거요? 진짜로 형님인 거요?

박덕구의 저런 얼굴을 보는 건 정말로 오래간만인 것 같다. 얼굴이 일그러져 있다. 눈에서는 계속해서 눈물이 쏟아져 나온다.

-정말로 형님 맞느냐 이 말이요…… 흐윽…… 흐으으윽…….

커다란 손으로 눈을 비비는 게 어린애 같다.

-내가…… 내가 멍청해서…… 내가 멍청해서 정말로 미안합니다.

"당신의 잘못이 아닙니다."

-끝까지 형님 옆에 있어주지 못해서 정말로 미안…… 미안…… 뭐라고 말을 해야 할지…… 내가…… 정말로…….

이제는 목이 메는지 말도 제대로 하지 못하고 있다.

그러고 보면 얘도 김현성만큼이나 멘탈이 나가 있었던 거로 기억한다. 지금이야 억지로 밝은 모습을 보이고는 있었지만 결국 추도식에도 모습을 드러내지 않았으니 오죽할까.

솔직히 내 시체를 옮기는 것은 저 돼지 새끼의 역할이 될 줄 알았다. 가장 앞자리에서 사진이라도 들어줄 줄 알았지.

그렇게 하지 못한 것은 박덕구가 내 죽음을 부정하고 있었기 때문이리라.

한동안 방 안에 틀어박혀 나오지도 못했던 녀석이었으니 이해는 할 수 있다.

-형님이…… 형님이 그렇게 된 건 다 내 잘못이요.

"당신의 잘못이 아니에요. 그러니 자책하지 마세요."

-뭐라고 말하든 내 잘못이라니까…… 내가…… 미안합니

다. 형님을 그렇게 놔둬서 미안합니다. 마지막 가는 길까지 제대로 배웅해 주지 못해서 정말로…… 흐윽…… 미안합니다. 아무 능력도 없는 동생 하나 거두느라 고생만 했는데…… 내가 아무것도 도움 주지 못해서 정말로 미안합니다. 흐윽…… 끄으으으윽…… 바보 같은 놈이라 정말로…….

"당신은 대륙의 영웅입니다. 기억하세요. 제가 당신에게 전한 말을 항상 기억하세요."

울음을 그치라 말한 건데 오히려 두 손으로 얼굴을 가리고 있다. 쏟아지는 눈물을 주체할 수 없는 모양이다.

-흐어어어어엉…… 흐으으윽…… 흐어어어어어엉…….

아니, 왜 이렇게 소리 내서 울어. 그만해. 다른 사람들이 보자너.

-흐어어어어어엉…….

나름 성기사였던 안기모는 짧게 기도를 올리며 예를 표하고 있었고 김예리도 눈물을 뚝뚝 떨어뜨리고 있다.

같이 있을 때는 싫어하는 티를 냈었지만 역시 그렇지도 않은 모양, 어떻게든 참으려고 하고 있는 게 보이기는 했지만 코끝이 빨개진 게 보인다.

뭐라고 한마디라도 더 내뱉으려고 했을 때였다.

[잠시 후 조각상과의 연결이 해제됩니다.]

반갑지 않은 소식이 들려온 것.

어처구니없어 헛웃음이 다 나올 정도로 짧은 시간, 어째서 그 많은 신이 모습을 잘 드러내지 않는지 이해할 수 있었다.

현세 개입에 들어가는 신성 비용도 비용이거니와 애초에 쉽게 가능한 일도 아니다. 조각상 안에 숨어 있었던 베니고어의 선례가 있기는 하지만 나는 지금 자리를 비울 수 있는 입장도 아니지 않은가.

'특정 조건을 채우면 조각상과 연결할 수 있는 건가? 내 경우에는 노을빛이 쏟아지면 디스카운트되는 거야? 다른 조건도 더 있고…… 한번 읽어봐야겠는데.'

신화 등급의 조각상이기 때문에 그나마 비용이 적다고 느껴진다.

'이거 시바 그냥 아무 조건 없이 강림하고 연결하고 이러면……'

들어가는 추가 비용이 상상을 초월할 정도였다. 이 새끼들이 왜 현세에 개입하는 걸 최소화했는지 알겠다.

그냥, 시바 지불할 능력이 없었던 거였을지도 모른다.

물론 신이 현세에 개입하는 것을 반대하는 놈들의 입장도 이해는 가지만 어쩌면 이 법이 신들을 보호하기 위함이 아닌가 하는 생각도 든다.

솔직히 이건 도박이나 다름이 없다. 강림해서 뭔가 인상적인 모습을 보여주면 그나마 본전은 건질 수 있겠지만 그게 아니라면 죽 쓰고 파산 엔딩으로 갈 수도 있을 테니까.

대륙과 차원을 유지하고 관리하려면 개입을 최소화할 수밖에 없다는 거다.

[잠시 후 조각상과의 동기화가 해제됩니다.]

'김현성 이 새끼 왜 빨리 안 와?'

또 빨빨거리고 돌아다니고 있었을 게 뻔하다. 아직 신전이 완성되지 않았으니 자재들을 구하고 있겠지. 김미영 팀장의 연락을 받았다면 아마 지금 달려오는 중일 것이다.

아니나 다를까 허겁지겁 뛰어오는 놈의 모습이 보인다. 꽤 먼 거리라는 게 문제기는 했지만 말이다. 달려오던 김현성이 날개를 펼치는 게 느껴진다.

-지금 가겠습니다. 그러니 조금만 기다리라고 전해주세요. 팀장님.

여신의 손거울로 능숙하게 김미영 팀장과 통화하고 있다.

-지금 가고 있습니다. 10분 안에 도착할 것 같습니다. 네. 네. 지금 무슨 이야기를 하고 있습니까? 네. 네. 아니, 하얀 씨는 잠깐 이곳으로 부를 수 있습니까? 아…… 네. 알겠습니다. 최대한 빨리 가겠습니다.

이 새끼도 울려고 그런다.

-아직도 계시는 겁니까? 아직도 목소리가 들립니까?

'아, 근데 시간 안 될 것 같은데…… 무슨 드라마야 이거…… 꼭 어거지로 이렇게 못 만나게 해요. 진짜.'

현성이, 조혜진, 그리고 나머지 파란 길드원들과도 인사했으면 좋을 것 같지만 정말로 시간이 없다.

일단 강림한 이상 신탁은 내려야 하니까. 소통 창구가 있으면 그걸 활용할 생각을 해야지, 그렇지?

"나의 영혼의 단짝이여. 내 목소리가 들리신다면 이곳으로."

-네?

"나의 영혼의 단짝이여. 내 목소리가 들린다면 이곳으로."

검은 백조의 이지혜를 찾습니다. 라고 해봤자 나오지 않을 테니 이런 식으로 말하는 게 나을 것 같았다.

딱히 그녀를 지칭하지 않았지만 어디에선가 소식을 듣고 있다면 신전으로 와주겠지. 아니, 와야 한다. 지혜 누나의 도움 없이는 이 상황을 벗어나기 힘들 거라는 생각이 든다.

문제가 있었다면……

-네? 네? 아…… 네. 알겠습니다. 최대한 빨리 가겠습니다.

"……"

-아무래도…… 네. 아무래도…… 기영 씨가 저를 찾고 있는 것 같습니다. 김미영 팀장님.

김미영 팀장에게 실시간으로 상황을 보고받고 있었던 김현성이 뭔가를 단단히 착각하고 있었다는 것.

'아니야. 시바. 현성아.'

-아마 영혼의 단짝이라는 건……

'너 아니야. 이 새끼야.'

-네. 확실하지는 않습니다. 하지만 확률이 높을 겁니다.

"잠깐……"

[조각상과의 연결이 해제됩니다.]

"아……."

"……."

"너 아니라고…… 이 새끼야…… 지혜 누나 불러줘. 제발……."

-확실히 단정 지을 수 있는 것은 아닙니다만…… 아마도 제 영혼과 기영 씨의 영혼이 연결되어 있어서인 것 같습니다. 영혼의 단짝이라는 신탁이 뜻하는 바는…….

-길드마스터의 한쪽 눈의 색깔이 변한 이유도 그것 때문이었군요.

-네. 지금에서야 말씀드리는 거지만 특성의 영향일 겁니다. 어째서 이런 게 가능한지, 어째서 계속해서 이 특성이 유지되고 있는지는 모르겠지만…… 굳이 추측하자면 기영 씨와 제가 쌓아온 유대감…… 때문이라고 생각합니다. 심지어 지금 이 순간도 기영 씨와 연결되어 있는 것이 느껴집니다.

-그렇군요…….

-기영 씨가 다시 돌아오는 게 가능할지도 모른다고 생각했던 이유 역시 같습니다. 어쩌면 기영 씨도 현세에서의 끈을 완전히 놓지 못하고 있는 걸지도 모릅니다. 만약 정말로 모든 끈을 끊어버리셨다면…… 계속해서 이 눈이 유지될 리가 없으니까요.

-길드마스터님의 말씀도 일리가 있는 것 같습니다. 하지만 갑자기 조각상에서 부길드마스터의 기운이 사라진 건…….

-어쩌면 특정한 조건을 만족시켜야 할지도 모릅니다. 신탁이 내려오거나 신이 강림하는 건 흔한 일이 아니니까요. 정확히 기영 씨가 조각상에 강림한 시간대가 언제인지, 어떤 환경이었고 주변에는 뭐가 있었는지. 모두 체크해 주세요. 아마 제 생각이 맞다면 내일 다시 나타나실지도 모릅니다. 강림한 바로 다음 날 바로 다시 한번 강림했다는 선례는 없지만 기영 씨가 제게 전할 말이 있는 게 확실하다면 분명히 모습을 드러내 주실 겁니다.

'너 아니라니까…….'

무척 진지한 얼굴이 눈에 들어온다.

'진짜로 아니라구…….'

정말로 무슨 말을 해야 할지 모르겠다.

김미영 팀장은 왜 고개를 끄덕이고 있는지 모르겠지만 김현성의 저 발언이 그럴듯하게 들려오는 모양, 솔직히 내가 생각해도 그럴듯하게 느껴질 정도였으니 오죽할까. 다른 길드원들도 고개를 끄덕이고 있다.

조혜진이 입을 여는 것이 보인다.

-베니고어 넷을 비롯한 언론에 부길드마스터의 신탁이 퍼지고 있습니다. 이 문제는 어떻게…….

-굳이 막으실 필요 없습니다. 기영 씨가 신탁을 내린 이유가 있을 테니까요. 신전을 만든 것은 숨기기 위해서가 아닙니다.

-네. 알겠습니다.

심지어 여신의 거울에서도 온종일 특집으로 편성해 방영 중이었다.

그 장소에 파란 길드원들만 있는 것도 아니었고 애초에 내 목소리가 퍼져 나가는 걸 원하기는 했지만 이런 식으로는 아니었다. 누가 영상을 촬영한 건지는 모르겠지만 박기리 삼 남매와 정하얀, 한소라, 김미영 팀장을 비롯한 건설 인부들이 멍하니 조각상을 바라보고 신탁을 받아들이는 모습이 계속해서 나오는 중.

영혼의 단짝이 뜻하는 바가 무엇인지는 각 언론별로 다르게 해석하고 있었지만 김현성의 발언이 유출되었는지 노을빛의 검사를 가리킨다는 의견이 지배적이었다.

아니, 지금 보니 유출된 정도가 아니네.

'시바, 저건 또 언제 한 거야?'

김미영 팀장이 이미 공식 석상에 모습을 드러내 못을 박아 버린 모양. 구체적으로 신탁의 뜻이 무엇인지 밝히지는 않았지만 충분히 김현성이라는 것을 유추할 수 있을 정도로 말을 해 놓은 것 같았다.

심지어 바젤 교황도 그 누구보다 앞장서 지금의 기적을 홍보하고 있다. 베니고어의 아들이 대륙을 관장하는 신이 되었다고, 아니, 애초에 이기영 명예추기경은 베니고어가 인간을 가엾게 여겨 대륙에 내린 신이었다는 말을 중얼거리고 있다.

이미 신전과 조각상이 활성화되었지만 이기영 명예추기경

이 새로운 빛에 올라섰다는 걸 모두가 수긍하는 분위기였다.

사실 그럴 만도 하지 않은가. 한평생을 청렴하고 순수하게만 살아왔던 성자, 대륙을 지키기 위해 자신의 모든 것을 희생한 빛 그 자체. 하늘 위의 새로운 별이 되지 않았다는 게 이상하게 들려올 지경이다.

베니고어 님이 인간의 죄를 물으실 때 그녀의 왼편에 서 다시 한번 기회를 준다거나, 위에서도 대륙을 위해 자신을 희생한다거나. 여러 가지 이야기가 나오고 있어 신성이 벌리고는 있었지만 중요한 건 이게 아니었다.

사람들이. 사람들이 몰려들기 시작한 것이 문제였다. 각지에서 인파들이 미친 듯이 몰려들고 있었다.

-다시 한번 기적을 목도할 수 있으니 참 운도 좋아. 그렇지 않은가. 조지, 자네는 어떻게 생각하나? 정말로 이기영 님께서 모습을 드러내실 거라고 생각하나?

-글쎄…….

-최근에 자네 감이 좋다는 건 알고 있으니 빨리 대답하게. 이제 삼류 도박사 조지라는 말도 옛말 아닌가.

-아마 신탁대로라면 모습을 드러내겠지.

-너무 뻔한 대답이야. 조지. 재미없다고.

'시바…… 내려갈 신성 없다고. 제기랄. 진짜로 내려갈 신성 없단 말이야.'

어딜 가도 저 이야기뿐이다. 정말로 어딜 가도 저 이야기밖에 하지 않는다. 동네 주점이나 광장과 시장에서도 모두의 관심이 집중되고 있었다.

-이기영 님을 맞을 준비를 해야 합니다. 신탁이 사실이라면 그분께서 모습을 드러내실 겁니다. 오늘 잡혀 있는 일정은 전부 취소해 주세요. 그분을 모시는 데에 한 치의 실수도 있어서는 안 됩니다. 파란 길드와 이야기는 끝난 겁니까?

-네, 오스칼 님.

-국가적인 행사입니다. 시간이 촉박한 것은 알고 있지만 총력을 기울여 주세요.

-네, 오스칼 님.

-부탁드립니다.

-마지막으로 한 가지 더 보고드릴 것이 있습니다. 오늘을 국가 기념일로 지정해야 한다는 위원들의 목소리가 높아지고 있습니다.

-좋은 생각이로군요. 추진해도 괜찮을 것 같습니다.

심지어 쟤까지 저러고 있다. 이 와중에 이지혜는 눈에 보이지도 않는다.

추도식만큼이나 엄청난 인파의 행렬이 린델로 향하고 있다. 시바 대륙에 그리폰이 이렇게 많은 줄도 몰랐다. 하늘에 떠 있는 그리폰들이 쉴 새 없이 움직이며 여러 고위 관료나 재력가, 모험가들을 옮기고 있었고 마차들은 불이 나게 달리고 있다.

길이 막히는 건 또 처음 본다. 먼 거리에서부터 걸어서 오는 이들도 있었지만 곧 교국에서 자체적으로 이동 수단을 마련한다는 소식이 들려온다.

이미 도착한 놈들도 눈에 보인다. 신전 밖은 이미 인파로 꽉 채워져 있고 이들이 편하게 쉴 수 있게 파란 길드 직원들이 불이 나게 뛰어다니는 것이 보인다.

'시바. 왜 저 인파들 식사를 길드 자금으로 해결해? 아니, 안 그래도 돈 없는데 왜 그렇게 돈을 써? 진짜?'

이미 파산 상태다. 김미영 팀장도 이제 될 대로 되라 상태로 들어간 것만 같다.

'와, 진짜 시바, 다시 돌아가기 싫다. 저거 재정 어떻게 하지……'

-분명히 빛이 쏟아지는 순간이었어요.

-노을빛이었던 것 같다니까. 석상의 뒤로 후광이 막 쏟아지고 막 조각상이 빛나고 그러는데 어찌나 성스러운 기분이 들던지……. 거, 형님이 좀 달라 보였을 정도였다니까. 목소리가 조금 차가워진 것 같기는 한 것 같은데…… 그래도 뭔가 우리를 그리워하고 있다는 느낌이 들었소.

-오, 오빠가 분명히 만날 수 있을 거라고 이야기해 줬어요. 그, 그렇지 소라야?

-아…… 그렇죠.

-그리고 그 조각상 안에만 서면 마음이 편안해지고 막 힘든 것도 날아가는 것 같은 기분이었다니까. 신전이 완성되자마자 결계가 쫙 펼쳐졌다는 거 아니요. 이게 무얼 의미하는 건지 다들 알고 있을 거요. 형님이 우리를 잊지 않았다는 거겠지. 계속해서 우리를 떠올리고 있었던 거요. 이렇게라도 도움을 주고

싶어서 필사적으로 조각상에 자신의 힘을 불어넣었던 거요.

심지어 조혜진도 조금 들뜬 것 같다. 첫날 보지 못해 아쉬운 얼굴이었지만 계속해서 고개를 끄덕이는 모습이 눈에 띈다.

-부길드마스터라면 분명히 그랬을 겁니다. 그는 그런 사람이니까요.

회의실 문이 열리며 김창렬이 모습을 드러냈다.

-길드마스터. 교황청에서 예복을 전해 왔습니다. 불편하시다면 거절하겠습니다.

이제는 예복까지 등장했단다.

대충 무슨 옷인지 예상이 간다. 아마 사제복이겠지. 아직 이기영 교단이 자리를 잡았다고 하기에는 무리가 있고 신을 모시는 데에는 적절한 복장이 필요하다고 생각했을 테니 바젤 교황이 배려 아닌 배려를 해준 것이리라.

물론 어느 정도 정치적인 입장도 섞여 있을 거라고 생각했다. 바젤 교황의 뜻은 아니겠지만 이기영 교단이 베니고어 교단의 하위에 있다는 걸 알아주기를 바라고 있는 거겠지. 교단에서 준비한 예복을 입으라는 건 아마 그런 이유일 것이다.

파란 길드의 입장에서도 나쁜 것은 아니다. 성기사인 안기모가 있었지만 뭐 쥐뿔도 아는 게 없고, 사람들이 이만큼 몰렸을 테니 하나의 교단으로 완성됐다는 느낌을 풍기기 위해서는 통일성도 중요하다.

어버버하면서 신을 모실 수는 없지 않은가. 분명히 베니고어 교단에서 파견된 사제들이 기본적인 예법이나 동선 같은 것을 알려줄 것이다.

'이건 해야 되겠는데.'

거절의 여지가 있다는 것부터가 강압성을 띄지 않는다는 걸 의미하지만 이 경우에는 어쩔 수가 없다. 김미영 팀장도 그걸 알고 있는지 조용히 김현성을 바라보는 것이 보인다.

-길드마스터.

-…….

-부길드마스터를 본 따 만든 사제복이라고 들었습니다. 불편하시다면 거절하셔도 상관없지만 아무래도 기본적인 예의를 갖추는 게 좋을 것 같습니다. 다른 사람들의 눈도 있으니까요.

-어쩔 수 없군요.

'아, 진짜 큰일 났다.'

일이 점점 커지는 것 같다. 이걸 어디서부터 어떻게 막아야 하는지도 모르겠다.

뭔가 김현성은 내가 정말 저걸 입을 자격이 있나, 따위의 생각을 하고 있는 것 같았지만 그래도 마음이 동하기는 하는 모양. 쟤도 완전 맹탕이 아닌 만큼 저런 게 필요하다는 것 정도는 인지하고 있을 것이다.

결국에 슬그머니 회의실을 빠져나가는 것이 눈에 띈다. 본인 앞에 놓인 옷을 보고도 뭔가 주저하고 있는 것 같았지만, 방에 준비된 옷을 천천히 갈아입고 있는 것이 시야에 비쳤다.

솔직히 잘 어울리는지는 모르겠다. 본래 사제복은 조금 펑퍼짐한 게 맛인데 꽉 끼는 것처럼 보였으니까.

김현성도 어색한지 이리저리 본인의 모습을 둘러보고 있었지만 결국에는 전해 받은 로자리오를 만지작거리기 시작했다.

'아, 진짜 망했다. 아…… 큰일 났다.'

시간이 너무 빠르게 흐르고 있다. 결국에 베니고어 교단에서 사제들이 도착해 김현성과 리허설을 하고 있었고 파란 길드원들도 대부분이 사제복으로 갈아입었다.

모두가 조금 어색한 것만 같다. 기도를 올리는 자세가 어색해 안기모가 박덕구의 자세를 잡아주고 있었지만 사실 안기모도 뭔가 익숙하지 않아 보인다.

한번 피 맛을 보면 멈추지 않는 아르기르모를 연기하던 녀석이었으니 저 모습이 이상하게 보이지도 않는다.

정하얀은 나름대로 열심히 배우려고 하고 있다. 뭔가 대단히 관심이 많아 보인다.

-이, 이거 어때요?

-아, 제가 조금 잡아드릴까요?

-네. 감, 감, 감사합니다.

엘레나에게 도움을 받는 모습, 모두가 엉성한 가운데 엘레나만이 중심을 잡아주고 있었다.

김예리는 이 과정들이 지루했는지 박리안과 알프스 옆에서 시간을 보내는 중, 유아영도 나름 열심히 연습하는 것 같기는 했지만 박덕구와 별반 다르지 않았다.

대체적으로는 무척 진지한 분위기. 그 가운데에서 사제들에게 둘러싸여 이것저것 주의사항을 듣는 김현성의 얼굴이 가장 진지해 보인다.

조금 흥분한 거 같기도 하고 두려워하고 있는 것 같기도 하다. 나올지 안 나올지에 대한 두려움보다 나를 직접 대면한다는 종류의 두려움으로 보인다.

이유야 어찌 됐든 내 배때기를 찌른 것은 녀석이었으니 그 것에 대한 죄책감이 남아 있으리라. 비난을 받지는 않을까 하는 생각도 하는 것 같다. 지금 그걸 걱정하고 있을 때가 아니었기 때문에 괜스레 얼굴이 구겨졌다.

-이렇게 하면 되는 겁니까?

-네, 그렇습니다. 슬슬 시간이 된 것 같은데 함께 나가시죠. 노을빛의 검사님.

-한 번 만 더 해보겠습니다.

-네, 그럼 이제……

-한 번 만 더…….

-네.

-한 번 만…….

-이제 나가셔야 합니다.

결국에는 하늘이 조금 붉어졌을 때. 녀석이 조용히 신전 안을 거니는 것이 보였다.

싸울 때는 긴장하지 않았던 파란 길드원들 모두가 긴장하고 있는 것이 눈에 띈다. 모인 인파들도 쥐 죽은 듯이 녀석들을 바라보고 있었으니 긴장이 안 되는 게 이상하다.

걸음걸이가 신경 쓰이는지 박덕구는 뒤뚱거리고 있었고 정하얀은 입술을 꽉 깨물고 있다.

베니고어 교단의 사제가 김현성의 머리 위로 성수를 떨어뜨리고 김현성은 조용히 고개를 숙인다. 신을 영접하기 위한 준비를 하는 것이리라.

저렇게 엄숙한 모습은 또 처음 본다. 자신 있게 영혼의 단짝이 자기라고 말한 주제에 발걸음을 주저하는 김현성. 내가 갑자기 튀어나와 자신에게 저주의 목소리를 퍼부으면 어쩌나 하는 종류의 두려움일 것이다.

하지만 그것마저 감내할 수 있다는 듯 조용히 발걸음을 옮긴다.

신을 위하는 노래가 퍼져 나오고 파란 길드의 사제들이 양옆으로 갈라진다. 김현성은 발걸음과 보폭에 신경 쓰며 최대한 조심스럽게 무릎을 꿇었다. 기도를 드리며 조용히 조각상을 올려다본다.

때마침 지는 노을이 신전을 환하게 비춘다. 붉은색의 빛이 이 공간을 가득 메우고 조각상에서 후광이 쏟아진다.

모두가 기다리는 것 같다.

'아, 시바…… 이거 진짜 어떻게 해. 지금 나가야 되는 거냐고……'

잠깐 동안 아무 일도 생기지 않았지만 동요하는 이들은 없다. 모두 내가 나타난다는 걸 확신하고 있는 느낌. 조금만 더 기다리면 분명히 나타날 거라고 믿고 있는 것 같이 느껴졌다.

그 와중에 시바, 조혜진이 작게 소곤거리는 목소리가 들려왔다.

"어쩌면……"

"네? 조혜진 님?"

"어쩌면…… 길드마스터가 아니라…… 저일지도 모릅니다."

'……'

"아무래도 저인 것 같습니다. 이거 어떻게 해야……"

식은땀을 뻘뻘 흘리며 알프스에게 입을 열고 있었다.

'그래, 시바. 고맙기는 하다. 우리 단짝이었자녀. 잊은 거 아니었자녀.'

조혜진의 저런 반응이야 고맙다. 얘가 나랑 시간을 보내는 걸 즐거워하고 있다는 건 알고 있었지만 이 정도로 이쪽을 생각해 주고 있을 줄은 몰랐기 때문이다.

'베스트 프렌드라니까.'

하지만 미소가 지어지지는 않는다. 조혜진의 반응이 즐거운 것과는 별개로 식은땀이 흐르고 있는 건 나도 마찬가지였기 때문이다. 아니, 내가 더하면 더했지 덜하지는 않을 것이다.

'하얀이도 가만히 있는데 왜 그러는 거야, 진짜……'

말 그대로 정하얀도 잠자코 있는 상황이었다. 영혼의 단짝이 자신이라고 주장할 거라고 예상했던 것과 반대로 무척이나 온화한 모습을 유지해 주고 있다.

박덕구와 정하얀이 있는 자리에서 신탁을 내렸으니 본인들을 뜻하는 말이 아니라는 걸 알고 있었겠지만, 평소의 정하얀이라면 한 번쯤 고집을 부릴 만하지 않았던가.

지금 정하얀이 보여주고 있는 모습은 그녀가 얼마나 성숙해 졌는지 말해주고 있었다.

'하얀이를 본받으라고……'

사실 조금 관심을 가지고 있는 것 같기는 했지만 신탁이 뜻하는 인물이 김현성이라는 사실이 밝혀진 이후에는 완전히 관심을 꺼버렸다. 김현성이 내 영혼의 단짝이라는 말에 어느 정도 수긍한 것이리라. 정하얀보다 얘네가 더 난리를 칠 줄은 예상하지 못했다.

"아, 어떻게 하지……."

계속해서 기다리지만 달라지는 것이 없자 조혜진은 괜스레 불안한 표정으로 주변을 살피는 중, 눈을 뜬 채로 조각상을 올려다보고 있는 김현성의 얼굴에는 아직도 확신이 들어차 있었다.

'시바……'

조혜진이 조용히 조금씩 조금씩 위치를 옮기는 것이 눈에 보인다. 조금이라도 조각상에 가까워지면 뭔가 반응이 올 수도 있다고 생각한 거겠지.

대놓고 김현성의 옆으로 다가가 '길드마스터가 아니라 저인 것 같습니다'라고 말할 용기는 조혜진에게 없었다.

아니, 아마 그 누구라도 용기를 내기 쉽지 않았을 것이다. 무척이나 엄숙한 종교적 행사에 돌발 행동을 한다는 게 어디 가당키나 한가.

자신이 영혼의 단짝이라고 철석같이 믿고 있는 김현성의 기대를 배신하지 않고 싶다는 마음도 마음이거니와 애초에 조혜진은 남의 눈에 띄는 행동을 즐기는 타입은 아니다.

조각상에서 반응이 없자 신도들은 더 열렬한 기도를 보내오는 중. 찬송가는 더욱더 커졌고 강림을 기다리는 축제가 다시 한번 활기를 띠기 시작했다.

천천히 해가 지는 시간대라 하늘이 색을 바꾸고 있었지만 완전히 해가 지기 전까지는 모습을 드러낼 거라고 생각하고 있는 것 같았다. 저 해가 저물 때까지는 무조건 내가 등장하리라고 확신하고 있다.

"못 내려간다니까. 진짜로……."

분위기가 조금 달라지기 시작한 것은 몇 분이 더 지난 이후, 너무 반응이 없자 실망한 군중들이 웅성거리는 소리가 조금씩 들려온다. 아쉬워하는 이들도 보였고, 교단에서 파견된 사제들은 심각한 얼굴로 뭔가를 중얼거리고 있다.

아직까지 파란 길드원들이 열을 맞추고 있는 것이 눈에 보이는 가운데 조혜진만 유독 앞으로 삐져나와 조각상 쪽으로 붙고 있다.

김현성 이 새끼는 여전히 한 치의 의심도 없는 듯한 얼굴이다. 나타나지 않을 리가 없다고 생각하는 것 같다.

-기영 씨…… 제 목소리가 들리신다면…….

'그래 목소리가 들리기는 들리는데.'

-대답해 주시겠습니까?

'대답하기 조금 그래.'

다시 한번 로자리오를 꼭 쥐고 기도를 올린다.

여러 가지 복합적인 감정이 섞여 들어오는 기도는 저곳에 모인 인파들의 기도들을 모조리 튕겨내고 가장 앞 열에 설 정도로 열정적이다.

-꼭 전하고 싶은 말이 있습니다. 부디······.

약간의 시간이 지난 이후에 사제단은 대놓고 대책 회의를 하는 중. 일을 크게 벌인 만큼 뒷수습을 어떻게 해야 할지에 대해 의견을 나누고 있는 거겠지.

조혜진이 자리에서 일어나 사제단 쪽으로 발걸음을 옮긴 것은 바로 그때였다.

-어쩌면 신탁이 뜻하는 영혼의 단짝이 노을빛의 검사가 아닐 수도 있겠습니다. 이 일을 어찌해야······.

-교황님께 소식을 전하기는 하셨습니까?

-네. 하지만 반드시 모습을 드러내실 거라는 말씀밖에는······ 믿음이 확고하신 것 같았습니다. 교황님의 말씀을 부정하는 것은 아니지만 만약의 경우를 대비해서라도 다른 대책을 세워야 하지 않겠습니까? 실망한 신도들을 달랠 방법을 찾아야지요. 제 생각에도 신탁이 뜻하는 영혼의 단짝은 노을빛의 검사가······.

-아마 노을빛의 검사가 맞을 겁니다. 그가 주장한 게 틀린 말은 아니니까요. 뭔가 다른 사정이 있을 수도 있습니다. 신께서 연달아 강림하는 게 흔한 일은 아니니······ 조금 더 시간이 필요할 수도 있겠지요. 아니면 무언가 공물이 필요할 수도 있습니다. 흔한 예는 아니지만 엘프들의 경우에는 엘룬 님께 공

물을 바친다고 하더군요.

-이기영 님께서는 욕심이 없는 분이셨습니다. 공물이라니요. 현세에서도 물욕 하나 없으셨던 분께 공물이라니 그게 무슨 망발입니까. 말조심하세요! 베리놈 사제! 그분의 화를 사게 될 겁니다. 노하실 게 분명합니다! 베니고어의 아들에게 공물이라니! 공물이라니요!

-죄, 죄송합니다. 아무래도 제가 말실수를······.

사제단 쪽으로 다가간 조혜진이 입을 연 것은 바로 그때였다.

-꼭 그런 것만도 아니었습니다.

-그 말씀은······.

-물론 부길드마스터께서 욕심이 많으셨다는 말을 드린 것은 아닙니다. 자신의 것을 챙기기보다는 남을 도우시는 걸 즐기시기는 했지만······ 제 기억에 부길드마스터께서는 가방을 모으시는 소소한 취미가 있었던 것으로 기억합니다. 따로 장식장을 두실 정도로 매번 같은 가방을 수집하셨습니다.

-허허······ 그런 일이······.

-길드마스터께서도 그 사실을 알고 계셨기 때문에 항상 선물을 해주셨던 게 기억이 납니다. 어쩌면······.

-우리가······ 우리가 그분에 대해 너무 모르고 있었던 모양입니다. 허······허허······.

-······.

-뭔가를 담아두고 싶으셨던 것 일 수도 있습니다. 인간들의 대한 믿음과 사랑을 보관하고 싶으신 거겠지요. 정말로 소박

한 취미라는 생각도 듭니다. 새삼스레 기분이 이상해지는 것 같기도 하고요. 그래도 그분께서도 인간이었구나…… 하는 생각이 말입니다. 생각해 보면 그렇지요. 홀로 대륙을 지키시고 모든 짐을 떠안으신 분이 아닙니까. 마음속과 머릿속에 있는 커다란 압박감을 떨쳐낼 수 있는 뭔가가 필요했을 겁니다. 그게…… 그게 고작 가방 수집이라니……. 눈물이 나올 것 같습니다. 베리놈 사제님.

-…….

-이기영 님께서 현세에서 보낸 시간을 위로할 수 있었던 게 고작 가방 수집이었다니…… 그 소박한 취미가 그분을 달래주던 유일한 탈출구였다고 생각하니…… 어떻게 눈물을 참을 수 있겠습니까.

'진짜 사제라는 놈들은 진짜 무섭다니까. 와…….'

어떻게 인간들의 믿음과 사랑을 보관하기 위해 가방을 수집한다는 생각까지 나온 건지 모르겠다.

'말조심하고 행동 조심해야 돼. 시바.'

영혼의 단짝 발언으로 이 사달이 난 것만 봐도 답이 나온다.

실제로 눈물을 뚝뚝 떨구며 진심 어린 기도를 올리고 있는 사제들의 모습은 가관, 그 와중에 조혜진이 뭘 노리려고 했는지 알 수 있을 것 같았다.

-길드마스터가 최근에 같은 종류의 가방을 입수하셨던 것으로 기억합니다.

'시바, 그 와중에 또 샀다고? 아니, 김현성 정신 나갔어?'

-아! 그걸 전해 드리면 되겠군요.

-네. 그렇지 않아도 전해 드리는 게 어떨지 여쭙고 싶었던 참이었습니다.

-당연히 전해 드려야지요. 당연히요.

-제가 길드마스터께 직접 전해 드리겠습니다.

-그렇게 하시지요. 조혜진 님.

"진짜 미치겠다, 시바."

진짜 미치겠다, 이 새끼들. 시바.

조혜진 얘는 도저히 영혼의 단짝이 자신이라고 말할 용기가 나지 않는 모양이다. 결국에 선택한 방법은 공물을 전해주는 척하며 김현성의 옆에 서성거리는 것, 조금이라도 조각상 가까이에 닿으면 내가 반응할 거라고 여기고 있는 것 같았다.

'미치고 팔짝 뛰겠다.'

나쁜 작전은 아니었지만 가방을 공물로 받아먹는 신이 되고 싶지는 않다.

조혜진도 생각이라는 걸 하는지 하얀 천으로 공물을 가리기는 했지만 천천히 다가오는 조혜진의 모습을 본 김현성의 얼굴이 환하게 펴지는 것이 눈에 보였다. 부족한 게 뭐였는지 깨달은 듯한 얼굴, 어째서 저걸 깜빡했을까 하는 표정이었다.

'내가 저런 이미지였다고?'

-기영 씨에게 드릴 것이 있습니다.

'주지 마……. 시바, 주지 말라고.'

애초에 튀어나갈 수도 없지만 내가 저걸 받고 튀어나오는 일은 없을 것이다.

아무래도 파란 길드 이 새끼들이 단체로 나를 먹으려고 작전이라도 짜놓은 것 같다. 굉장히 성스러운 물건이라도 들고 오는 양 뚜벅뚜벅 발걸음을 옮기는 조혜진, 신께 보내는 감사의 선물일 거라고 웅성거리는 갤러리들. 생각이 있는 신이라면 이 타이밍에 등장하고 싶지는 않을 것이다.

내가 예상하지 못하고 있었던 문제가 있었다면…….

한소라의 몸이 덜덜덜 떨려오고 있었다는 것 하나.

'아…… 하얀아…… 시바…… 아…….'

영혼의 단짝이 김현성이 아닐 수도 있다는 것을 예감한 정하얀이었다.

'아…… 아니야. 아…….'

자신도 아니고, 박덕구도 아니고, 김현성도 아니다. 그렇다면 내가 말한 영혼의 단짝이 누구일까에 대한 생각을 하는 것 같다.

자신이 모르는 제삼자가 있다는 생각을 하고 있을까. 어쩌면 제2차 박미진 사태에 대해 떠올리고 있을지도 모르겠다. 그만큼 표정이 굳어가고 있는 것이 보인다.

위험을 감지하는 한소라의 얼굴이 점점 더 창백해지는 것이 시야에 비쳤다. 지금 이대로 놔두면 틀림없이 크게 한번 터질 것만 같은 얼굴이었다.

그 와중에 조혜진은 김현성에게 공물을 넘겼고 둘 모두가 기대하는 표정으로 조각상을 바라보고 있다.

조혜진은 자신이 왔으니 이제 내가 나타날 거라는 믿음이었고 김현성은 공물로 내가 모습을 드러낼 거라는 믿음이었다.

원숭이가 아기 사자 들어 올리듯 공물을 하늘 높이 들어 올리는 김현성, 그래도 모습을 드러내지 않자 이빨을 뿌득거리기 시작한 정하얀.

드높이 울려 퍼지는 찬송가. 천천히 지는 해. 환호성을 지르는 신도들, 바람 잡기 시작한 사제단과 언제 일어났는지 박수를 보내고 있는 박기리 삼 남매.

쟤네들이 제일 나쁘다. 엘레나는 왜 울고 있는지 모르겠다. 심지어 아직 등장하지도 않았잖아. 왜 우는 거야 도대체, 시바.

모든 게 나를 궁지로 몰아넣고 있는 것만 같다. 장담하건대 마지막 전투보다 지금 이 상황이 더욱더 참기 힘들다.

옆을 바라보자 즐겁다는 듯이 웃고 있는 베니고어의 얼굴이 보인다.

'얘는 또 언제 왔어.'

틀림없이 비웃음이 뒤섞인 얼굴이었다.

'시바……'

"쉽지 않다니까. 대륙을 관리하는 게 쉬운 일은 아니야. 이기영 후배. 말 한마디가 얼마나 중요한지…… 참…… 나도 실수할까 봐 말 잘 안 하잖아. 너무 실망하지 마…… 원래 신입들은 대부분 그런다니까."

'……'

"물, 물론 이기영 후배는 조금 다를 거라고 생각했지만 그래도 아직 신입이기는 신입인 모양이네. 아직 애송이야. 푸……
푸히힛. 내가 이것저것 가르쳐서 올바른 길로 이기영 후배를
인도해야겠어. 표정 좀 풀어 이기영 후배. 원래 실수하면서 배
운다고 그랬잖아. 그렇지?"

뭐라고 할 말이 없다.

괜스레 고개를 숙이니 아래의 상황은 더욱더 점입가경으로
흘러가는 중, 더 이상 선택의 여지가 없을 것 같다.

결국에는 입술을 꽉 깨물 수밖에 없었다.

-이기영 님이시다…….

-이기영 님께서 강림하셨다!

-정말로 강림하셨다고!

-우와아아아아아아아아아!!!

-베니고어의 아들이다!

-신이시여 언제나 항상 저희를 굽어살피소서.

-신이시여! 대륙의 평화를 위해 목숨을 바친 당신께…… 평
생을 당신만을 위해 기도하겠나이다.

-절대로 당신의 희생을 잊지 않겠습니다.

"……."

-기영 씨?

"……."

-기영 씨…….

눈물을 뚝뚝 떨어뜨리고 있는 녀석.

뭐라고 입을 열어야 이 손해를 복구할 수 있을지 걱정되기

시작했다. 머릿속이 새하얗게 변하는 기분을 오랜만에 느껴보는 것만 같다. 기억을 지우기 전의 이기영의 존재를 깨달았을 때만큼이나 당황스럽다.

무대 공포증이 있다거나 신도들의 환호성이 부담스러운 것은 아니다. 솔직히 뭐라고 설명해야 할지도 모르겠다. 그냥 이 모든 상황이 나를 당황스럽게 하고 있었으니 무슨 말이 더 필요할까.

본래 예정에 없던 일인 것은 물론이거니와 나를 여기까지 내몰아 버린 파란 길드원들에게 박수라도 보내고 싶은 심정, 아무런 악의 없이 사람을 × 되게 만드는 게 어떻게 가능한지에 대해서도 진지하게 고민할 수밖에 없었다.

'이럴 거면 진작 튀어나올걸.'

정말로 가방 받고 강림한 졸렬한 신이 되고 싶지는 않다.

주변을 둘러보니 모두가 눈물을 흘리고 있는 것이 눈에 띈다. 환호성을 보내는 이들도 섞여 있었지만 대륙을 위해 자신의 모든 걸 바친 성자의 진실 된 모습이 군중의 눈물샘을 훔쳐 버린 모양, 계속해서 신성이 쌓이고 있는 것이 느껴진다.

사소한 기도들 역시 계속해서 쏟아진다.

'와, 시바. 여기서 균열 랜드 대박이랑 모험가 대학 합격시켜 달라고 기도하는 놈들은 뭐야. 대륙의 성자가 나타났는데 기도할 게 그것밖에 없다고? 현실적이기는 하자너.'

당연하지만 그 누구보다 격정적인 모습을 보여주고 있는 파란 길드원들도 눈에 띈다.

조혜진은 가만히 서서 눈물을 뚝뚝 떨어뜨리고 있다. 뭔가 할 말이 많은 건지 자꾸만 입술을 움직이려고 하지만 제대로 말이 나오지 않는 것만 같다.

엘레나는 갑작스러운 강림에 고개를 숙이고 조각상을 제대로 바라보지 못하고 있다. 눈을 마주치는 행위 자체가 죄스럽다고 생각하고 있는 것일지도 모른다.

유아영과 김창렬은 자신의 두 눈을 비비는 중, 자기 감정을 잘 드러내지 않았던 김창렬의 눈이 저렇게 커다랗게 떠진 것은 또 처음 보는 것 같다.

다시 한번 기적을 맛본 정하얀과 박덕구의 반응은 저번과 크게 다르지 않았다.

조금 멀리 떨어진 곳에 있었던 오스칼은 두 손을 모으며 기도를 드리고 있었고, 신입 길드원 알프스는 대륙 출신답게 다른 누구보다도 능숙하게 예를 표하고 있었다.

대부분의 사람들이 무릎을 꿇고 신을 찬송하는 노래를 부른다.

'내가 보기에도 신성해 보이기는 하네. 신화 등급의 조각상이라 그런가 효과가 좋자너.'

"……"

'가방 받고 강림한 것만 아니라면 더 그럴듯할 것 같자너……'

태양의 보석과 요정의 호수의 조각돌로 만든 두 눈은 은은한 빛을 뿜어내고 있고, 일단 노을 진 하늘이 석상을 비추는 효과 자체가 죽여준다.

신성한 빛에 둘러싸여 있는 것 자체로도 경외감을 느끼기 충분할 터인데 주변 환경까지 도와주니 그림이 나오는 것 같다.

사소한 문제는 내가 여기서 무슨 말을 해야 할지 모르겠다는 것. 저렇게 주저앉아 눈물을 흘리고 있는 김현성에게 무슨 말을 해야 할지 모르겠다.

물론 나누고 싶은 대화가 없었던 것은 아니었지만 그건 어디까지나 개인적인 사담이다. 많은 신도가 바라보는 앞에서 공식적으로 무슨 말을 해줘야 할까.

내가 녀석을 부른 이유가 소소한 이유라면 조금 김이 빠질 수도 있지 않을까. 린델의 신도들이 이상하게 생각하지 않을까? '잘 지내셨어요? 현성 씨?'라고 말할 수는 없지 않은가.

'미치겠다. 시바.'

-기영 씨…… 제가 보이십니까?

"……."

-제가…… 정말로…… 그러니까…… 제가…….

목이 메어 말이 제대로 나오지 않는 모양이다. 감정이 주체가 되지 않는 것이 느껴진다.

일단 포근한 미소를 보내고는 있지만 뭐라고 말을 꺼내야 할지 잘 모르겠다. 그건 김현성 역시 마찬가지인 모양, 녀석의 혼란스러운 감정이 딱히 이상하다고 느껴지지는 않았다. 나를 미국으로 보내 버린 장본인이니까.

일단 인사부터 하는 게 맞겠지.

"오랜만입니다. 노을빛의 검사."

조용히 목소리가 흘러나간다.

-기영 씨…….

사무적인 말투에 잠깐 실망한 듯한 얼굴이 보였지만 곧 자신이 실망할 자격도 없다는 것을 깨달은 녀석은 천천히 고개를 끄덕인다.

-네, 오랜만입니다. 이기영 님.

"……."

-드리고 싶은 말씀이 무척 많았습니다. 이렇게 만난다면 나누고 싶은 말들이 너무나 많았는데 무슨 말씀을 먼저 드려야할지 기억이 나지 않습니다. 잘 지내시고 계시는지, 어떻게 지내고 계신 건지, 무척 궁금하지만 제가 그럴 자격이 없다는 걸 그 누구보다도 잘 알고 있습니다. 하지만…….

"……."

-하지만…….

녀석은 조용히 고개를 끄덕인 이후에 말을 이어나갔다. 제 딴에는 꽤나 용기를 낸 발언이었을 것이다.

-잘 지내고 계십니까?

그게 가장 궁금했던 모양이다. 뭔가 대답하기 굉장히 애매한 질문이다.

잘 지냈냐를 묻는다면 고개를 끄덕이겠지만 이런 사담을 나누는 게 옳은지에 대해서 다시 한번 생각하게 된다.

괜히 내가 우리 현성이를 노을빛의 검사라고 부른 것이 아니다. 막 입을 떼려는 찰나 녀석이 다시 한번 입을 열었다.

그래도 강림했으니 뭔가 말해야 하는데 할 말이 많은지 자꾸만 내 턴을 빼앗고 있었다. 그것도 아주 질 나쁜 방법으로.

-죄송합니다.

"……."

-흐윽…… 흐으으윽…… 죄송…… 죄송합니다. 하고 싶은 말이 정말로 많았는데…… 죄송합니다. 정말로…… 정말로 죄송합니다. 다시 뵙고 싶었습니다. 저를 지켜봐 주고 계신다는 걸 알고 있었지만 꼭 이렇게 말씀드리고 싶었습니다.

"……."

-이런 말씀을 드린다고 해서 제가 저지른 죄가 사라지지 않는다는 걸 알고 있지만…….

'정신 나간 새끼.'

-조금이라도 제 마음속에 있는 짐을 덜기 위한 이기적인 행동이라는 것도 알고 있지만…….

김현성인 내가 생각한 것보다 더 병신 같은 놈이다.

-제가 저지른 일을…….

"그만."

-…….

"그만하세요."

'이 새끼 뒤질려고 환장했나 봐.'

지금 이 자리에서 이기영 배때기에 대해 고백하려는 모양이다. 눈치가 없는 놈이라는 건 알고 있었지만 내가 생각하는 것보다 더 눈치가 없다.

'돌팔매질 당해서 숨지고 싶어서 그래?'

아니나 다를까 웅성거리는 소리가 들려오는 중, 노을빛의 검사가 저지른 죄가 무엇인지에 대해 의문을 품고 있는 이들이 생겨난 것이다.

분명히 의혹이 없었을 리가 없다. 라파엘이 모습을 드러내지 않은 것도 신경 쓰이고 모든 게 깔끔하게 마무리되지는 않았을 것이다. 아직도 이기영의 죽음에는 의혹이 있다는 루머들이 돌아다니고 있었고 여러 가지 음모론이 생겨나고 있을 것이다. 그런 상황에서 저런 말을 내뱉는다는 건 자살 행위나 다름이 없다. 어쩌면 파란 길드에서도 녀석을 몰아낼지도 모른다.

'그 말은 하지 마.'

"그 누구도 죄를 고백할 만한 일을 하지 않았습니다. 당신은 죄인이 아니라 대륙을 구한 용사이며 찬란한 노을빛을 지켜낸 많은 이들의 수호자입니다. 모든 일은 예정된 일이었으며 피할 수 없는 일이었습니다."

-하지만…….

"눈물 흘리지 마세요. 노을빛의 검사. 희생된 이들을 위해 눈물 흘리지 마세요. 상처 입은 영웅들이여. 그들의 희생을 헛되게 하지 마세요. 그대들과 같은 자리에 서 있지는 못했지만 그들은 베니고어 님의 오른편에 앉아 스스로의 손으로 지켜낸 대륙을 지켜보고 있습니다."

-신이시여…….

-아아…… 베니고어시여. 아아아아…… 이기영 님…….

"가족과 친구, 동료, 연인들을 지켜냈다는 자부심을 가지고 저와 함께하고 있습니다."

물론 전사자들이 어디에 있는지는 모른다. 그래도 이런 말은 필요하겠지. 새하얀 선의의 거짓말이잖여. 다들 천국 가서 행복하게 잘 살고 있잖여.

"그대들이 해야 할 일은 슬퍼하는 일이 아니라 나아가는 일입니다. 그대들이 가지고 있는 애틋함과 죄책감을 이제는 놓아주어야 합니다."

'진짜 놓아주면 안 되는 거 알지? 그지?'

-하지만…….

"놓아주세요."

-놓을 수…… 없습니다. 흐윽…… 놓을 수 있을 리가 없잖습니까.

'좋은 자세다. 시바. 그런 자세야.'

절대로 놓지 마. 시바. 특히 죄책감은 놓으면 안 돼. 이건 내 무기니까.

"놓아주세요. 그대는 나아갈 수 있습니다. 아니, 그대들은 나아갈 수 있습니다. 행복해질 자격이 있는 이들입니다."

대충 던진 말이었지만 조혜진에게도 영향이 온 모양이다. 얘도 죄책감에 매몰되어 있었으니 조금이나마 내 말이 위로가 되지 않을까.

주저앉아 눈물을 흘리고 있는 모습이 눈에 보인다. 자신을 몸을 제대로 가누지 못할 정도로 서럽게 울고 있다. 결국에는 알프스가 앞으로 튀어나와 그녀를 수습했을 정도였다.

－기영 씨…… 저는…… 저는…….

"안주하지 마세요. 뒤를 돌아보는 일은 옳은 일이나 나아가지 않는 것은 옳은 일이 아닙니다. 자신의 죄를 인정하는 것은 옳은 일이나 그 죄에 매몰되는 것은 옳은 일이 아닙니다. 슬퍼하는 것은 옳은 일이나 슬픔에 빠져 주변을 돌아보지 못하는 것은 옳은 일이 아닙니다. 여러분의 눈앞에 펼쳐진 미래를 밝히고 있는 것은 여러분들이 소중하게 생각했던 작은 빛들입니다."

'죄에 조금은 매몰되어도 돼. 슬픔에 빠져 주변을 조금은 돌아보지 않게 돼도 상관 없자녀. 그냥 잊지 말라구. 알겠지?'

쓸데없는 걱정은 하지 않아도 될 것 같았다. 김현성의 표정만 봐도 지금 이 새끼가 무슨 생각을 하고 있는지 눈에 보인다. 내 말에 수긍하지 않고 있다. 절대로 내 말을 따르지 않겠다는 저항 정신이 돋보인다. 아주 올바른 저항 정신이다. 박수라도 보내고 싶을 정도였다.

지금 저기서 그 저항 정신을 드러내면 어떻게 하나 걱정이 되기도 했지만 당장 난리를 치겠다는 선택지에는 발을 들이지 않은 것 같았다.

"저는 언제나 그대들을 지켜보고 있습니다. 그대들이 어떤 대륙을 만들어갈지, 어떤 삶을 살아갈지 하루하루를 기대하며……."

－기영 씨도 함께 누려야 합니다. 흐으윽…… 흐윽…….

"······."

-함께 누려야 합니다. 누려야 하는 것은 제가 아니라 기영 씨입니다. 흐윽…… 제가 누릴 자격이 없는 인간이라는 것은 그 누구보다 기영 씨가 가장 잘 알고 계시지 않습니까! 이거 놔! 이거 놓으세요! 이거 놓으라고 했잖아! 제기랄!

'이 새끼 흥분하자녀. 흥분하니까 무섭자녀…… 우리 저번에 이 이야기 끝내지 않았어?'

오래 참아왔지만 결국에는 참을 수 없었는지 소리치는 모습이 눈에 띈다.

주변 사제들은 어쩔 줄 몰라 하고 있다. 일단 김현성을 붙잡고는 있지만 저런다고 저 사제들이 김현성을 진정시킬 수 있을 리 만무. 지금 자신이 어떤 불경을 저지르고 있는지 모르고 있는 모양이다. 아니, 이미 주변에 있는 것들이 눈에 들어오지 않는 것 같았다.

녀석이 기대하고 있었던 장면은 이런 장면이 아니었을 것이다. 부활한다는 희망을 전해주거나 혹시 모를 여지를 주기 위해서 자신을 찾았다고 생각했을지도 모르겠다.

그래서 조금 밝은 모습을 보여준 걸지도 모르지. 영혼의 단짝이라는 말이 기쁘기도 했겠지만 정말로 기뻤던 것은 작은 가능성을 움켜쥘 수 있을지도 모른다는 희망 때문이 아니었을까.

대놓고 모든 걸 잊고 나아가라는 소리를 듣고 싶지는 않았을 것이다.

-꼭 돌아오게 만들 겁니다. 꼭 돌아오게 만들겠어요. 기영

씨의 자리를 남겨둘 겁니다. 흐윽…… 흐으윽…… 절대로 이렇게 끝나게 만들지는 않겠어요. 이런 마무리는 아무도 원하지 않을 겁니다. 모든 걸 걸고서라도 되찾을 겁니다. 제가, 파란 길드가 그렇게 하겠어요.

'좋은 자세자녀.'

근데 이런 자리에서 말하기는 적절하지 않은데…….

-기영 씨를 되살릴 겁니다. 무슨 수를 써서라도 기영 씨를 되살릴 거예요. 어떤 방법을 쓰든지 상관하지 않겠습니다. 제 모든 걸 바쳐서라도…….

김현성은 무시하는 게 좋을 것 같다. 조금 부족할지는 몰라도 일단 할 건 해야지.

"내가…… 그대들의 슬픔과 죄를 사하노라."

거대한 빛무리가 하늘에서 떨어져 내린다. 물론 정말로 죄를 용서하는 것은 아니었지만 일단 이런 효과라도 있어야 뭔가 나오는 보람이 있을 것 같았기 때문이다.

예상했던 것처럼 신도들은 조용히 고개를 숙이고 빛무리를 받아들이는 중, 그 와중에 김현성은 노을빛의 날개를 꺼내 자신에게 빛무리가 닿지 못하게 하고 있었다.

내 모습이 천천히 사라지는 그 순간까지 계속해서 떨어지는 빛들을 막아서고 있었다.

그리고.

-누구 마음대로 슬픔과 죄를 사해요? 나아가라고? 정말로 웃기다니까. 오빠나 실컷 용서해요. 나는 전부 죽여 버릴 테니

까. 처음으로 돌아갈 때까지 하나도 남김없이 잘근잘근 씹어서, 개미 새끼 한 마리 남지 않을 때까지 죽이고 또 죽일 거야.

가면을 쓴 이들과 함께 린넬을 내려다보고 있는 이지혜가 시야에 비쳤다.

-전부 다.

"……."

-전부 다 죽일 거라고.

'뭐야. 이 누나 왜 이래…….'

"……."

'이 누나 지금 장난하는 거지? 뭐 이렇게까지 해? 뭐야, 무서워. 그러지 마.'

다시 한번 봐도 어처구니없는 광경이었다.

'얘가 왜 갑자기 여기서 튀어나와?'

제발 좀 찾아왔으면 좋겠다고 생각했었지만 저런 모습을 기대했던 것은 아니었다. 최종 빌런 같은 모습을 원한 것은 결단코 아니었다.

함께 있는 이들이 보인다. 가장 눈에 띄는 것은 카스가노 유노와 선희영, 틀림없이 내가 알고 있는 그녀들이다.

물론 전과는 달라진 모습이었다. 선희영의 얼굴에는 전에 볼 수 없었던 모습이 들어서 있다. 마치 1회차의 모습을 보고 있는 것 같다. 카스가노는 평소 같은 표정이었지만 평소보다 더 무슨 생각을 하는 건지 읽기 어렵다.

커다란 망토 같은 것으로 몸 전체를 두르고 모두가 같은 가면으로 얼굴을 가리고 있는 모습. 멀리서 보면 누가 누구인지 구분하기 힘들 정도였다.

그녀들 외에도 몇몇 인물들이 더 보이기는 한다. 이지혜의 옆을 지키고 있는 하연수. 쟤는 저기 있을 거라고 생각했다. 어딜 가든지 간에 꼭 데리고 다니는 인선이었으니까.

약간 의외였던 것은 조금은 생소한 얼굴들이 보였다는 것. 아니, 생각해 보니 어디에선가 본 적이 있는 것 같은 얼굴들이었다.

"쟤네 어디서 봤더라."

라고 자기 자신에게 물음표를 던진 것도 잠시, 시간이 얼마 지나지 않아 금방 고개를 끄덕일 수 있었다.

'1회차 여단.'

내 기억이 맞다면 뒤쪽에 병풍처럼 서 있는 저 쌍둥이들은 1회차 여단 멤버가 맞을 것이다.

그 옆에 있는 남자 역시 마찬가지다. 다리 한쪽이 없었던 이전과는 다르게 온전한 다리를 가지고 있었지만 분명히 카스가노 유노를 통해 본 기억이 있다.

당시에 봤던 녀석 중, 유일하게 보이지 않는 녀석은 키가 크고 빼빼 말랐던 녀석, 가장 기분 나쁜 기운을 풍기고 있었던 녀석이었다.

사이코패스 살인마 정진호와 녀석만 있었다면 내가 1회차 여단을 보고 있나 하는 착각을 했을지도 모른다.

이지혜가 어떻게 저 3명과 연결 고리를 만들었는지는 모르겠지만…….

'크게 이상하지도 않지, 뭐.'

소수의 인원으로 대륙을 벼랑 끝까지 내몬 놈들인 만큼 재능 하나는 기가 막히지 않을까. 카스가노가 정보를 전해줬을 수도 있고. 음지에서 활동하던 녀석들이니 이지혜가 건져 냈을 수도 있다. 1회차와는 역사 자체가 바뀌었을 테니 놈들의 성향도 바뀌었을 것이고…….

아! 키가 크고 삐쩍 말랐던 놈 같은 경우에는 교화의 여지가 없다고 판단해 제거하지 않았을까. 아마 정진호 그놈과 비슷한 종류의 녀석이었을 것이다. 성악설을 믿게 만드는 전형적인 쓰레기 말이다.

그 밖에는…….

'라파엘은 안 보이는 것 같은데.'

이지혜와 같이 행동할 거라고 생각했었는데 그건 아니었던 모양, 아니면 그냥 이 자리에는 모습을 드러내지 않았을 수도 있다.

뭐가 어찌 됐든 중요한 것은 현재 이지혜의 상태가 그리 좋지 않아 보였다는 것. 흑화를 해도 제대로 했는지 표정이 완전히 굳어 있다. 나 역시 그녀가 저 정도로 인상을 구긴 얼굴을 본 적이 없다.

'아니, 이 누나 왜 이렇게 분위기 파악을 못 해. 솔직히 딱 보면 척 아니야? 감 오는 거 아니냐구.'

상식적으로 내가 슬픔과 죄를 사할 사람은 아니자너. 아무

조건 없이 걍 돼질 사람은 아니자너. 누나가 더 잘 알고 있는 거 아니야? 정말로 내가 저렇게 말할 거라고 생각하는 거 아니지? 그렇지? 정말로 희생할 거라고 생각해?

아니, 물론 희생한 게 맞기는 해……. 아마 카스가노도 옆에서 뭐 열심히 말했겠지. 이기영 님은 스스로 희생하기로 마음먹었다느니, 뭐 자신의 운명을 받아들이기로 하셨다느니, 최대한 막으려고 했지만 막을 수 없었다느니, 뭐 그런 이야기 했을 거야. 그래도…….

'모를 리가 없을 텐데…….'

석상에서 지껄인 개소리들이 진심으로 지껄인 소리가 아니라는 것 정도는 알고 있을 것이다.

어쩌면 모든 걸 알고 있을지도 모른다. 로노베와 계약한 그녀가 위쪽에서의 일이 어떻게 돌아가는지 모를 리가 없다.

'누나 다 알면서 그러는 거잖아. 그냥 겁주는 거자너…… 빡쳐서 그냥 화풀이하는 거자너…… 상식적으로 생각해서 내가 누나를 왜 불렀겠어…….'

제발, 그럴 가능성이 높다. 위쪽에서 문제가 있으니 아래쪽에서 도움을 주려는 의도일 가능성이 높다고 본다.

나도 누나한테 제대로 된 계획을 알려주지 않고 일을 시행했으니 너도 한번 엿 먹어보라는 느낌으로 일을 진행하고 있는 것 아닐까. 제발 그랬으면 좋겠다. 아니, 그래야만 한다.

-괜찮으세요? 언니?

-…….

-어떻게 할까요?

하지만 만약 이지혜가 진심이라면. 정말로 대륙을 처음으로 다시 되돌릴 생각이라면······.

"어떻게 하지?"

-시작할까요?

"뭘 시작해. 아무것도 시작하지 마."

이걸 김현성이 감당할 수 있나? 브레이크 없이 달리는 이지혜를 김현성이 막아낼 수 있나.

머릿속으로 잠깐 고민을 해봤지만 단호하게 고개를 저을 수밖에 없었다. 그녀의 무력, 여단의 무력과는 별개로 지금의 김현성이 지혜 누나를 상대할 수 있을 거라고 느껴지지 않는다.

그래. 조금 저급하게 이야기하면······.

'개 발릴 거야.'

내가 우리 사랑스러운 회귀자를 높게 평가하는 것과는 별개로 김현성은 지혜 누나를 감당할 수 없다.

사실 여단도 필요하지 않다. 여단은 그녀의 몸을 보호하고 그녀의 계획을 조금 더 빠르게 앞당길 수 있는 장치일 뿐이다. 약간의 시간이 더 주어진다면 이지혜는 여단 없이도 일을 진행시킬 수 있을 것이다.

정말로 이지혜가 대륙에 개판을 친다면 어떨까. 아마 이런 시나리오를 쓰고 있지 않을까.

'일단 김현성이 나를 찔렀다는 사실을 다른 사람들한테 알리겠네.'

베니고어 넷이나 여신의 거울은 막스로 인해 통제되고 있으니 그런 소문을 퍼뜨리기 쉽지 않겠지만 아마 무슨 수를 써서라도 김현성이 나를 찔렀다는 사실을 알리려고 할 것이다.

파란 길드와 김현성의 사이를 틀어지게 만들 테고 김현성을 완전히 고립시킬지도 모른다. 운이 좋으면 정하얀과 김현성을 싸움 붙일 수도 있다고 생각하겠지.

김현성과 대륙을 분리시키는 게 첫 번째 과제. 솔직히 저걸 보면 그녀의 첫 계획이 어렵게 느껴지지도 않는다.

-제가 살리고 말겠습니다. 무슨 수를 써서라도…… 대답해 주세요. 기영 씨. 대답해 주세요!

-노을빛의 검사님.

-길드마스터…….

-제길…… 제기랄…… 흐윽…… 대답해 주세요. 제발…… 희망이 있다고…… 가능할 거라고 대답해 주세요.

아직도 저러고 있자너…….

저 새끼는 지 인생 최대의 위기가 왔다는 걸 알고는 있는지 이미 꺼져 버린 석상을 향해 소리치고 있는 중.

본래의 김현성으로도 쉴 새 없이 뒤통수를 처맞을 거라고 장담할 수 있을진대 저렇게 멘탈 나간 현성이 뒤통수를 어루만져 주는 것 정도야 얼마나 쉬울까.

재정 문제를 포함해 여러 가지 문제를 떠안고 있는 파란 길드도 방패막이 되어주는 데 한계가 있고 결국에는 내부에서부터 썩어 문드러질 것이다. 베니고어 교단과 이기영 교단을 이

간질할 수도 있겠지. 국가와 국가 사이의 갈등을 야기할 가능성도 없다고는 말하지 못하겠다.

아직 안정되지 않은 현 상황에서 이지혜가 할 수 있는 일들은 많다. 그렇기 때문에 더욱더 똥줄이 탈 수밖에 없었다.

'너도 한번 아무것도 모르는 게 얼마나 엿 같은지 느껴보라는 의도라면 이미 성공했자녀. 그러니까 그만해. 누나. 진짜 불안해.'

-언니?

-…….

-언니…….

'누나 왜 울어. 울지 마.'

-병신 같은 새끼.

'이 누나 연기 장난 아니자녀. 진짜로 장난 아닌 것 같은데…….'

-이 병신 같은 새끼.

'알고 있는 거지? 다 알고 있잖아.'

-나도 몰랐었지 뭐예요. 오빠.

"……."

-그래. 내가 이렇게 화가 날 줄은 정말 몰랐었다고. 이렇게 기분이 엿 같을 줄은 정말 몰랐어. 솔직히 그냥 잊어버릴 수도 있을 거라고 생각했는데 그게 아니었나 봐. 오빠도 나랑 똑같을 거야. 그렇지? 비슷한 상황이었으면 분명히 같았을걸?

"……."

-감히 내 걸 건드렸는데. 내가 그걸 가만히 보고 있을 줄 알았어요? 정말로 내가 그렇구나 하고 수긍할 줄 알았던 건 아니지? 이렇게 전부 다 끝내고 가면 룰루랄라 행복한 삶을 즐길 줄 알았냐고.

"아니, 그런 건 아닌데……."

……대가를 치러야 돼. 네가 갑자기 무슨 생각이 들어서 이런 말 같지도 않은 일을 벌인 건지는 모르겠지만 그건 내가 알 바가 아니야. 네가 무슨 정신으로 이런 개 같은 엔딩을 원한 건지는 모르겠지만 그건 나랑 아무 상관 없는 이야기라고. 중요한 건 이거 하나야. 내 걸 건드린 새끼는 대가를 치러야 한다는 거.

"……."

-잘 들어. 내 사랑.

"……."

-네게 바칠게.

"……."

-이게 누구의 희생으로 얻어진 평화인지도 모르는 저 썩어 빠진 새끼들의 비명을 바칠 거야.

'쟤네 알고 있는 것 같아. 누나.'

-오빠를 찌른 저 새끼의 시체 위에서 노래를 부르고 폐허가 된 대륙 위에서 너와 춤을 출 거야.

"이 누나 진짜 몰라?"

천천히 등을 돌리는 이지혜의 모습이 눈에 들어왔다. 여단 멤버들이 천천히 그녀에게 길을 열어주는 것이 시야에 비친다.

-그렇게 우리는 처음부터 다시 시작하게 될 거야. 모든 걸 원점으로 되돌린 상태에서 다시 한번 만나게 되겠지?

"아…… 시바……."

-재미있겠네. 그렇지 않아?

"진짜……."

조용히 가면을 올려 쓴 그녀는 다시 한번 입을 열었다.

-사랑해. 동생. 내 소울 메이트.

언제 눈물을 흘렸냐는 듯 가면 안의 얼굴이 비틀려 있다.

-나중에 보자.

그렇게 그녀는 순식간에 어디론가 꺼져 버렸다. 망원경으로도 잡을 수 없는 것을 보니 로노베의 도움을 받은 모양이다.

"시이바……."

저절로 한숨이 튀어나온다. 정말로 얘가 무슨 생각을 하고 있는지 모르겠다. 내가 모르는 일이 터질지도 모른다고 생각하니 숨이 턱 막혀올 지경.

왜 내가 지혜 누나로 인해 개판이 날 대륙의 운명을 걱정해야 하는지도 알 수가 없었다.

슬쩍 옆을 둘러보니 베니고어도 뭔가 심상치 않은 일이 일어날 거라는 걸 직감한 모양이다. 계속해서 실실 웃고 있었던 전과는 다르게 상당히 표정이 굳어 있었다.

"어, 어떻게 해? 이기영 신도?"

"저도 모르겠습니다. 일단 접촉을 해야 하기는 하는데……."

"저 여자가 날뛰면 어떻게 하지? 이기영 신도가 좀 말려봐야 하는 거 아니야? 어? 할 수 있지? 할 수 있는 거지? 나…… 나…… 희생하기 싫어 이기영 후배. 나는 알타누스가 아니라구. 아직 못 해본 것도 많고……."

"……."

"이럴 게 아니라 엘룬한테 빨리 이, 이쪽으로 합류하라고 해야겠네. 지, 지금은 일손이 많이 부족한 상황이니까. 어려운 문제는 잠깐 날려 버리고 으응…… 나는 여기에 조금 더 집중할게……."

"굳이 그럴 필요 없어요. 베니고어 님. 아직 확실한 건 아니니까요. 그래도 준비는 해야 될 것 같습니다."

"무슨 준비?"

"아마 뭐가 됐든 간에 일을 진행하기는 할 것 같습니다."

"뭐?"

"저를 도와주려는 의도건, 대륙을 부술 의도이건 간에 일을 벌이기는 할 거예요."

"아……."

"수습할 준비를 하는 게 좋겠습니다. 만약 전자의 경우라면 내려갈 준비라고 해도 되겠네요."

그 말 그대로.

솔직히 잘은 모르겠지만 한 가지는 확신할 수 있었다. 어떤 방향이 됐든 간에 그녀는 나를 되살릴 거고 우리는 다시 만나게 될 것이다. 그녀가 또 보자고 이야기했으니 말이다.

"준비해야 하는 것은 우리뿐만이 아니다."

"……."

"인간들 역시 본인들 나름대로의 준비를 해야겠지."

큐브를 만지작거리고 있는 벨리알이 눈에 보였다. 공중에 반쯤 떠 있는 큐브가 스스로 움직이고 있는 모습은 왠지 모르게 시선을 떼기가 힘들다.

"그 말씀은……."

"네 입으로 말하지 않았나. 로노베와 계약한 인간이 다시 한번 모든 걸 원점으로 되돌린다는 것 말이다."

"……."

"나름대로의 준비를 해야 한다는 건 그런 의미야. 로노베는 27군단 소속이기는 했지만 이제는 과거의 이야기다. 그녀는 이미 자신의 군단을 가지고 있고, 엄밀히 말하면 이전의 나보다 강할지도 모른다. 게다가…… 자신의 계약자에게 호감을 가지고 있는 것 같더군, 내가 네게 호감을 가지고 있는 것처럼 말이다. 계약 조건이 그리 복잡하지는 않았겠지."

"흐음……."

"불가능하다고 느껴지지도 않아. 날파리처럼 떠다니고 있는 놈들과의 전쟁에서 승리했다고는 하지만 그건 어디까지나 검과 검의 싸움이었다. 나라면 그렇게 하지 않았을 거야."

"……."

"정말로 원점으로 되돌아가는 것을 원하고 있는 거라면 전쟁에서 승리할 이유가 없다 이 말이다. 아무런 조건이나 이해관계 없이 상대를 망치는 일만큼 즐겁고 재미있는 일이 또 어디 있을까. 명분도, 이유도, 전쟁이 끝난 뒤의 이해득실이나 후처리도, 아무것도 신경 쓰지 않아도 돼."

"무슨 말씀을 하시는지 알 것 같습니다."

"어떤 형식으로든 부수기만 하면 된다는 것 아닌가. 아마 그자나 너 같은 종류의 인간이라면 어렵지 않을 것이다. 그만큼이나 역겨운 영혼을 가지고 있는 이들이 악의에 똘똘 뭉쳐 있는 것만큼 무서운 게 없지. 대륙의 인간들 역시 준비해야 한다는 것은 그런 의미야. 나는 저곳을 원점으로 되돌리고 싶지 않다."

"나, 나도 마찬가지야. 엘룬도 아직 올지 말지 고민하고 있는 것 같구…… 위험 부담도 크잖아. 그렇지? 이기영 후배."

"악마보다 더욱더 악마 같군. 베니고어. 이참에 업종을 바꿔보는 것이 어떤가."

"……."

"아무튼 네가 원한다면 접촉을 해보겠지만 그게…… 꼭 긍정적인 영향을 불러오리라고는 장담할 수 없다. 어떤가……."

'로노베와의 접촉은 불가능한 건가.'

"아니요. 아직 접촉할 필요는 없을 것 같습니다."

루시퍼가 로노베를 극진히 아낀다는 걸 생각해 보면 직접적으로 접촉하는 건 위험할 것이다.

'나라도 아끼겠다. 시바.'

한낱 군단원에서 군단장까지 초고속으로 승진한 인재를 아끼지 않을 이가 어디 있을까. 어디에서나 이례적인 사례라는 것을 생각해 보면 그녀가 로노베를 아끼는 것은 이상한 이야 기가 아니다.

유추해 볼 수 있는 가장 간단한 가설을 가정해 보자면 이렇다.

'배후에 루시퍼가 존재할 확률도 있는 건가?'

루시퍼가 직접적으로 관여하는 것은 불가능하겠지만 간접 적으로 관여하고 있을 가능성을 날려 버릴 수는 없다.

물론 어디까지나 로노베와 루시퍼와의 관계일 뿐 지혜 누나 와는 상관이 없을지도 모르지. 사실 이지혜가 루시퍼에게 이 용당하고 있다는 것도 상상이 되지는 않는다.

이 경우에는 루시퍼가 뭘 원하고 있는 건지 모르겠지만 단 순히 이해관계가 일치했을 가능성이 크다.

만약 둘이 접선한 적이 있다면 서로 뒤통수를 칠 준비를 하 고 있을지도 모르겠다.

'내기의 내용에 대해서 알고 있을지도 모르지. 루시퍼한테 설득당했다는 생각은 들지 않지만……'

언제부터 움직일 생각이지?

길다고 말하기에는 짧은 기간이었지만 빌드업을 아예 하지 못할 정도로 짧은 시간은 아니었다.

이지혜가 정말로 뭔가를 계획하고 있다면 어느 정도 기반을 다지기에는 충분한 시간이리라. 자그마치 6개월 정도였으니 슬슬 뭔가가 시작된다고 말할 수 있지 않을까.

'대륙이 준비가 되어 있냐고 묻는다면 아니올시다고……'

전쟁의 후처리를 하기에도 정신이 없는 상황이었다. 상처를 회복하기에는 너무 짧았고, 무엇보다 새로운 위협이 있다는 것 자체에 대해 감을 잡지 못하고 있었다.

정하얀은 마탑의 할배들과 초보 마법사들을 상대로 자신을 우상화하며 신성을 모으기에 여념이 없다.

-저, 저, 저는 마법의 신이에요. 그, 그러니까…… 마법의 신이 된 것 같아요.

-정하얀 님?

-똑, 똑, 똑바로 들으세요! 저는 마법의 신이에요!

'그렇게 하는 거 아닌 것 같은데.'

-기도해야 하는 거예요. 신한테는 기도를 해, 해야죠. 소, 소라는 마법의 신 옆에 있는 마법의 천사예요. 아시겠어요?

-정하얀 님…… 갑자기…….

-아시겠냐구요!

-네…… 허허허. 네 알겠습니다. 정하얀 님.

-마법을 쓸 때마다 저한테 기도를 드려야 하는 거예요. 소, 소라한테도 마찬가지고요. 일, 일단 따라오세요. 마법의 신이 어떤 마법을 쓰는지 보, 보여드릴 테니까. 아…… 그전에 일단 기도를 드려야죠. 기도하세요.

-아…… 어떻게…….

-그건 저도 모르지만 일단 기도해요. 진, 진심 어린 기도요.

정하얀을 귀엽게 쳐다보는 마탑 할배들은 일단 그녀가 시키는 대로 기도를 하고 있었지만 신성이 쌓일 리 만무하지 않은가.

물론 어느 정도는 효과가 있을지도 모르겠지만 위로 올라오기에는 턱없이 부족할 거라고 장담할 수 있다.

하지만 그 소소한 효과에 웃음이 나오는지 자꾸만 실실 웃고 있는 정하얀의 얼굴이 눈에 띈다.

옆에 있는 한소라는 지금 이게 무슨 상황인지 갈피를 잡지 못하는 중.

-어, 어때 소라야?

-아…… 네. 저도…… 네…….

-마, 마법의 천사가 마음에 안 들면 다른 천사 할까?

-아…… 네. 생각해 볼게요.

차희라는 온종일 술 퍼마시고 자고 술 퍼마시고 자고 하느라 정신이 없다.

전쟁에 참여했던 이들은 드디어 전투가 끝났다는 생각에 긴 휴식에 들어가 있었고 김현성 같은 경우에는 대부분의 시간을 조각상의 앞에서 보내고 있었다.

뭔가 다른 방법이 있을 거라고 생각해 기웃거리고 있는 것 같았지만 다른 방법이 나타나지 않는 상황.

솔직히 지난 시간 동안 꽤 열심히 살아오기는 했다. 조각을 깎고 신전을 지으면 뭔가 방법이 있을 거라고 생각해 끊임없이 움직였겠지만 막상 상자를 까보니 변하는 게 없어 좌절감을 느끼고 있는 것 같았다.

-거울 호수로 들어가 보는 걸 생각 중입니다. 기영 씨. 차원의 파도 안에서라면 기영 씨를 되살릴 수 있는 방법을 찾을 수 있을지도 모릅니다.

이른 시간이나 일과가 끝난 뒤에 녀석이 조각상으로 돌아와 혼잣말을 내뱉는 것은 습관 같은 행동이 되어버렸다.

뭐라고 설명하기는 어렵지만 정신적으로 문제를 겪고 있는 것 같았다. 회귀자 사용설명서를 사용해 어느 정도 바로잡아주지 않았다면 진작에 폐인이 되지 않았을까.

"이기영 후배. 차, 차라리 노을빛의 신에게 도움을 청하는 게 어떨까? 이기영 후배가 노을빛의 신에게 위의 상황을 설명하면 되잖아. 이기영 후배의 능력이 있으면 제한적이지만 목소리를 전할 수도 있으니까. 대륙의 위기가 찾아왔다구. 다시 살아나게 해달라구…… 그렇게 말하면……."

"멍청한 짓이다. 지금까지 해놓은 구역질 나고 쓰레기 같은 역겨운 짓거리를 떠올려 보면 그렇게 말할 수 있을 리가 없지. 뭐라고 이야기를 꺼낼 텐가."

'그렇지…… 벨리알 말이 맞자너. 지금 와서…… 다시 살아나고 싶다고…… 그러면 좀 그렇자너…… 이미 이빨도 다 털어났구…… 그림도 이상해질 것 같고…… 무엇보다…….'

김현성이 다른 방법을 찾기에는 힘이 들 거라는 생각이 든다. 애초에 그걸 기반으로 생각하고 있었기 때문에 김현성에게 다른 설명을 하지 않았다.

당장 나 역시도 뭐가 어떻게 돌아가고 있는지, 정확히 어떻게 해야지 내가 다시 돌아갈 수 있는 건지에 대한 감을 찾기가 힘들다.

루시퍼와의 내기가 중요한 자리를 잡고 있다는 것 정도는 예상하고 있었지만 그 외의 것은 모든 게 안개에 싸여 있는 상황. 김현성이 위의 상황을 아는 게 득이 될지 실이 될지는 장담할 수 없다.

아니, 압도적으로 잃는 게 많을 거라고 장담할 수 있다. 녀석은 완전히 동떨어져 있는 제삼자가 아니라 내기의 주체였으며 내기의 주제였다. 내가 김현성에게 무언가를 지시하는 것은 엄밀히 말하면 승부 조작이 될 수도 있다는 거다.

'그에 따른 페널티가 뭔지 알 수 없는 것도 이유지.'

사실 이외에도 설명할 필요가 없는 자잘한 이유가 있기야 하다.

"그, 그럼 내가 신탁이라도 내려야 할까? 지, 지금 여유가 조금 없기는 한데……."

'잘 모르겠는데…….'

아직 일이 터지지 않았으니 어디서부터 틀어막아야 할지, 뭐라고 말해야 할지도 감이 잡히지 않는다.

사실 '신탁 하나로 준비하세요'로 끝내기에는 지혜 누나의 포부가 만만치 않게 느껴진다.

'신탁 날려서 준비하게 만드는 거로 준비가 될까?'

그녀가 뭘 하든지 간에 제대로 대처할 수 없을 것이다.

외부에서부터 외신이 쳐들어오는 것을 준비하라는 신탁은 수긍이 가겠지만, 이지혜처럼 들어오는 종류를 뭐라고 설명해야 할까.

적절한 예는 아니지만 내부에서 커지고 있는 병에 대비하라는 말과 다름이 없다. 조심할 수는 있겠지만 어떤 병에 대비하라는 건지도 알 수도 없을 것이고 결국에는 뭔가를 준비하기 전에 뒤집힐 거라고 장담할 수 있다.

'얘를 어떻게 말리지?'

손과 발이 필요하다. 대륙의 영향력을 끼칠 수 있는 방법이 필요한 것 같다.

'복수심에 불타는 가면 쓰레기를 막아야 되자녀.'

이 상태로는 이지혜를 막을 수 있다는 생각이 들지 않는다. 신탁 몇 번 날리는 걸 개입이라고 한다면 절대로 막을 수 없을 것이다. 그냥 붙어도 될까 말까인데 나이트랑 폰 빼고 게임하는 거나 다름없지.

지혜 누나가 그냥 빌런이면 그러려니 하겠는데 가면 빌런이니 긴장할 수밖에 없게 된다.

괜스레 허벅지를 툭툭 두드렸을 때 다시 한번 벨리알의 목소리가 들려왔다.

"요지는 그게 아닌가."

"네?"

"네 손발이 되어줄 인간을 찾아야 한다는 것 아닌가?"

"뭐 비슷합니다."

'원래는 그게 지혜 누나가 될 예정이었는데. 시바.'

"이야기가 쉬워지겠군."

'그게 어떻게 이야기가 쉬워지는 건데?'

"조금 투자금이 들어가기야 하겠지만 일이 터지고 난 이후에 수습하는 것보다는 수지가 맞을 것이다."

"그, 방법이 뭔, 뭔데?"

베니고어와 벨리알이 눈을 마주치고 있다. 처음에는 아무것도 모르는 표정으로 벨리알을 지켜보고 있던 베니고어도 이윽고 고개를 끄덕이는 중. 오랜만에 환한 미소를 보내며 연속적으로 고개를 끄덕이고 있었다.

"아…… 그러네! 그 방법이 있었네."

'그게 뭔데? 왜 너희들끼리만 재밌어. 시바, 나도 좀 재미있자.'

"말씀해 주세요."

"역시 이기영 후배도 아직 한참 멀었네. 이런 기본적인 것도 모르고……."

'너도 방금 전까지 몰랐잖아.'

"생각해 봐. 우리가 인간들에게 영향력을 끼칠 수 있는 방법이 뭐가 있을지."

"퀘스트? 신탁?"

"그렇지. 지금 이 공간에서는 퀘스트를 보내기에도 무리가 있구…… 신탁이나 강림 같은 건 아무래도 지속적으로 봐주기에도 힘드니까. 수지에도 안 맞고…… 둘 다 정답이지만 내가 원한 정답은 아니네. 지속적으로 대륙을 케어할 수 있는 방법이 뭐가 있을까. 다시 한번 생각해 봐. 이기영 후배."

오랜만에 선배인 척 하고 싶은지 위풍당당한 모습이 되어 있었지만 아쉽게도 저 수수께끼에 호응해 주기에는 무리가 있다. 빨리 대답해 달라는 듯 벨리알을 바라보자 베니고어가 다급하게 입을 열었다.

"내가 말해줄게!"

"……."

"용사."

"아……."

"성검을 내리는 거야. 신의 대리자를 세우는 거라고."

때마침 조각상의 앞으로 걸어오는 사람이 눈에 들어왔다.

"……제 경우에는 성창이 되겠군요."

-잘 지내고 계셨습니까? 부길드마스터? 아니…….

"……."

-기영아.

조용히 입을 여는 조혜진이 시야에 비쳤다.

222장
마지막(4)

신전과 조각상이 만들어진 이후로 많은 이가 신전을 들락거리기야 했다. 기본적으로 신전은 모두에게 개방되어 있었으니까.

너무 많은 신도가 찾아와 린델에 사람들의 발길이 끊이지 않았을 정도였지만, 안으로 들어갈 수 있는 것은 한정된 인원들뿐이었다.

수요가 공급을 감당하지 못하고 있는 표현이 어울리지 않을까. 아니, 생각해 보니 딱히 그런 것만도 아니다. 하루 24시간 중 일반인들에게 신전을 공개한 시간은 약 3시간 정도가 전부. 휴일이나 주말에는 5시간 정도로 늘린다고 발표했지만 아직 3시간을 넘긴 적이 없었다.

그마저도 제한된 숫자의 신도들만 입장을 허용하는 상황이었고, 신전 안으로 들어가 조각상을 영접하기 위해서는 무척이나 엄격한 절차를 가져야 했다.

타국의 입국 비자를 받는 것보다 린델의 신전 안으로 들어가는 것이 힘들다는 소리가 괜히 나오겠는가. 조각상을 한번 보기 위해 먼 곳으로 온 신도들이 아무런 것도 소득도 얻지 못한 채로 돌아가는 것이 일쑤였다.

심한 경우에는 아예 신전 자체를 열지 않을 때도 있었다는 것을 생각해 보면 파란 길드 놈들이 전력으로 내 영업을 방해하고 있는 것은 아닌지에 대해 떠올려 볼 정도였다.

이 정도면, 시바, 영업 방해가 맞다.

'아무리 그래도 자기들끼리 21시간을 돌려쓰는 건 조금 그렇잖나.'

무척 높은 지분을 차지하고 있는 김현성과 정하얀, 사실 얘네들을 거의 신전에서 살다시피 하는 애들이라 따로 설명이 필요 없다. 박덕구 이 돼지 새끼도 마찬가지였고…….

그 밖에도 여러 길드원이나 파란 길드와 관련된 주요 인물들에게만 공개하기 위한 시간이 따로 있었던 거로…….

'그렇게 생각하니까 얘네들이 고이기는 고였네. 아니, 고인 정도가 아니라 썩었네. 진짜.'

린델 신전 게이트라도 열린다면 꽤 볼만할 것이다.

아무튼 정하얀과 김현성 못지않은 지분을 차지하고 있는 사람이 눈앞에 있는 조혜진, 사실 얘 같은 경우에는 매일 같이 달라붙어 있는 것은 아니었지만 간혹 신전 앞으로 찾아와 많은 시간을 보내고는 했다.

-오늘은 조금 바빴어.

그래 바빴겠지. 시바, 거기에서 지금 누가 일을 제대로 하고 있겠어. 김미영 팀장은 괜찮고? 과로로 쓰러지는 거 아니지? 아니, 너도 과로로 쓰러지는 거 아니야?

물론 조혜진의 체력이라면 그럴 일은 없다.

-길드 재정 상태가 말이 아니야. 어째서 그렇게 빠져나가는 게 많은지도 모르겠고…… 신전을 중축해야 하는데 필요한 자금이 없네. 신전으로 들어오는 입장료라도 받아야 하나 봐. 그렇지 않아? 너였다면 그렇게 하라고 했을지도 모르겠지만…….

아니, 아무리 나라도 입장료는 그렇지. 기부금이나 헌금 같은 방식으로 받으면 꽤 쏠쏠할 거야.

-아무튼 네가 없는 곳도 점점 익숙해지고 있는 것 같더라. 그래도 가끔 빈자리가 느껴지기도 하고……. 다른 사람들도 전부 마찬가지일걸. 사실 예전에 느꼈던 그 순간이 계속될 줄 알았는데 그렇지는 않더라고.

그래?

-밖에 나가서 한잔하는 것도 그립고 체스 두는 것도 그립고. 그냥 침대에 누워서 멍하니 생각하게 된다니까. 네가 있었다면 지금 뭘 하고 있었을까 하는 생각. 적어도 길드가 재정 문제를 겪게 되는 일은 없었겠네.

당연히 그랬겠지. 시바.

-후원금들이 도착하지 않았다면 정말로 위험했을지도 모른다니까. 우정 길드라고 알아?

걔네가 후원도 했어? 시바 세상 진짜 오래 살고 볼 일이다. 이래서 사람은 착하게 살아야 된다니까. 내가 너한테 우정 길드 이야기한 적 있었나? 내가 옛날에 걔네 도와준 적 있었잖아. 그게 지금 돌아오고 있는 거라니까.

-아무튼 그렇게 살고 있어. 최근에 주변에서 던전들이 발견 됐다는 소식이 있어서 원정 준비도 조금씩 하고 있고 물론 아 직까지 털고 일어나기에는 힘들겠지만 가벼운 원정이 조금이나 마 도움이 되지 않을까. 길드마스터는 별 관심이 없는 것 같았 지만 뭐 어쩌겠어. 현성이가 그 누구보다 가장 힘들 텐데…….

'얘 그냥 현성이라고 부르는 거 봐.'

엄밀히 따지고 보면 조혜진이 김현성보다는 누나다. 물론 김현성이 회귀자라는 걸 생각해 보면 녀석을 연상으로 칠 수 도 있겠지만 적어도 내가 보기에는 조혜진이 더 성숙하게 느 껴진다. 사실 1회차는 정신적으로 성장하는 시간이라기보다 는 멘탈이 갈리는 시간이라도 표현하는 게 맞으니까…….

이렇게 조혜진이 종종 조각상에 앞에서 혼잣말을 할 때면 지나치게 편해지는 것이 아닌지 하는 생각이 들 때도 있다.

뭐 나야 좋지만 본인은 내가 듣고 있지 않을 거라고 생각하 는 것 같았다. 아니면 이기영의 인격이 조금 더 성숙해졌다고 생각한 거겠지. 그것도 아니면 아예 달라졌거나.

이곳을 안식처로 생각하는 것은 그녀 역시 다른 이들과 다 르지 않다. 단언컨대 그녀가 이 장소에 가장 의지하고 있을 것 이다. 앞서 봤듯이 김현성은 뭐 여전했고, 박덕구와 엘레나도 많은 시간을 보내기는 했지만 조혜진처럼 긍정적인 영향을 받은 사람은 없다.

'많이 괜찮아졌자녀.'

처음 봤을 때 망가졌던 모습과 지금의 모습은 천지 차이다. 그녀의 개인적인 문제도 해결된 것 같고…… 이 부분은 그녀를 지속적으로 케어해 준 알프스의 역할이 컸겠지만 결정타를 먹인 것은 바로 이기영의 조각상이니까.

"근데, 베니고어 님. 성창을 내리는 건 어떻게 해야 합니까? 적절한 무구가 있기는 해요?"

"글, 글쎄……."

"아, 생각해 보니 베니고어 님 창 가지고 계시지 않았습니까?"

"아…… 내 거?"

"네."

"내…… 내 거는 조금 그렇지. 아무래도 이기영 신도가 직접 내리는 게 더 의미가 있는 것 같구…… 내 창은 베니고어 교단에 정보가 남아 있잖아. 다른 사람들이 아마 눈치챌 거야. 빌려주기 싫어서 그러는 게 아니라…… 절차가 복잡하다니까."

"신성을 절약할 수 있는 방법을 찾아야죠. 성검 내리는 것도 그 난리를 겪었는데 여기서 창까지 내리면……."

"투자라고 생각하는 게 좋을 것 같은데…… 아! 일단 적절한 매물이 있는지 알아보는 게 좋겠다."

"어디서 알아보시게요?"

"아, 우리도 사용하는 마켓 있어. 신화급의 창이 필요하구……
사실 그렇게 비싼 건 내릴 수 없으니까. 가격은 이 정도로 설
정하면 좋겠네. 조건에 맞는 걸 찾을 수 있을지 모르겠는
데…… 그래도 아무도 찾지 않는 매물이 있기는 할 거야. 창
같은 경우에는 검보다는 인기가 없어서 다른 대륙의 관리자들
도 선호하는 물건이 아니거든."

"기왕이면 괜찮은 거로 골라 주세요."

그래도 친구한테 내리는 건데 가성비를 따지고 싶지는 않다.
조금 예산을 넘더라도 확실한 거로 선물해 주는 게 좋겠지.

"지, 지금으로서는 가장 싼 매물이 이거네."

"조금 가격을……."

"가격을 높게 잡을 수가 없어. 우리 예산으로는…… 이게 한
계야. 물론 몇 년 정도만 더 기다리면……."

아쉽게도 그럴 시간은 없다. 베니고어가 손바닥 위로 띄운
창을 바라봤지만 영 성에 차지 않는다. 신화 등급은 어떻게 받
았는지 궁금할 정도, 절대로 부러지지 않는다는 것 외에는 별
다른 강점이 없다.

조혜진과 잘 어울리는 것 같기는 하지만 뭔가 부족하게 느
껴진다.

"어떻게 할까? 일, 일단 지금 구매할까? 소유자를 이기영 후
배로 등록하면 제한적이지만 모양이나 기능을 추가할 수도 있
으니까. 물론 정말로 제한적이지만……."

"그렇게 하는 게 좋겠네요."

빛과 함께 그녀의 손에서 무구가 떠오르는 것은 순식간, 택배 기사라도 올 줄 알았는데 그건 또 아니었던 모양이다.

솔직히…….

'내가 아는 게 없기는 없네.'

위쪽이 어떻게 돌아가고 있는지 대충은 파악했다고 생각했지만 아직도 내가 모르는 것이 많다.

아무튼 창으로 손을 가져다 댄 이후에는 곧바로 등록을 마치고 조금이나마 내 마음에 드는 모양으로 커스터마이징하기 시작했다. 기능 같은 경우에는 손을 대기 어려웠지만 겉모습이나마 삐까번쩍한 것으로 바꿔주고 싶다.

'아, 왠지 별로인 것 같은데…….'

"멋, 멋진데? 완, 완전 성스러워 보여."

근데 조혜진이 좋아할 것 같지는 않다. 조금 무리수일지는 모르겠지만 창날이라도 그녀가 좋아하는 색으로 바꾸는 게 좋을 것 같다.

"조, 조금 색깔이……."

"아니요. 이 정도가 딱 좋을 것 같습니다."

그 와중에도 조혜진은 조각상의 옆에 앉아 자신의 이야기를 이어나가는 중이다.

-그래도 예전보다는 괜찮아진 것 같지만 그건 그냥……. 아무튼 현성이가 빨리 본래의 모습을 되찾으면 좋을 텐데…….이건 내 욕심이겠지. 나도 예전과는 많이 달라졌으니까. 사실 요즘은 체스도 잘 안 둬. 하루하루 바쁘게 보내다 보니까 시

간이 없기도 하지만…… 같이 둘 사람이 없기도 하고 무엇보다 자꾸 네 생각을 하게 돼서 그런 것 같아. 지혜 씨도 어디에서 뭘 하는지 모르겠고……

자꾸 그런 소리 해주면 감동이자녀.

-아! 그리고 현성이는 자기가 영혼의 단짝이라고 생각하는 것 같더라. 재미있지?

그거 너희 둘 다 아니라니까.

-그날 네가 해준 이야기가 조금 위안이 된 것 같아. 아니, 많이 위로가 됐어. 나도 어느 정도 마음을 잡을 수 있는 계기가 된 것 같고…… 정말로 네가 슬픔과 죄를 사했는지는 모르겠지만 한결 마음이 편해졌거든. 응…… 정말로…….

조용히 침묵하고 있는 조혜진이 눈에 들어왔다. 뭔가 할 말이 있다는 듯 머뭇거리는 모습, 입술을 자꾸만 움직이고 있는 것이 시야에 비친다.

한숨을 한 차례 내쉬고 나서는 조각상을 올려다보고 있다.

-돌아올 수 있는 거 맞는 거지?

아마도?

-너도 들었겠지만, 현성이는 네가 반드시 돌아오게 만들 거래. 가능할 거라고, 무슨 방법이 있을 거라고 매일매일 이야기하지만…… 나는 잘 모르겠어. 정말로 방법이 있는 건지, 아니면 말도 안 되는 희망을 그냥 붙잡고만 있는 건지…… 하지만 네가 꼭 돌아와 줬으면 좋겠어.

나도 내가 돌아갔으면 좋겠어. 혜진아.

-사실은…… 사실은 아직도 많이 힘들거든…… 흐으……
흐으윽…… 정말로…… 너무 힘들거든…… 괜찮아질 거라고
생각했는데 그게 아니었나 봐. 시간이 지나면 무뎌질 거라고
생각했는데…… 그게 아니었나 봐. 가슴 한쪽이 텅 빈 것 같
아. 같이 잡담을 나눌 사람도, 속에 있는 이야기를 할 수 있는
사람이 이제는 없다는 게 너무 힘들어. 많은 사람을 잃었지만
내가 생각하는 것보다 네 존재가 컸었나 봐. 짜증 나는 새끼
라고 생각했었는데…….

아니…….

-쓰레기 같은 놈이라고, 재수 없는 새끼라고…… 절대로 상종
하지 않을 거라고 생각했었는데…… 흐윽…… 흐으으윽…….

그건 너무 하자너.

-개새끼라고…… 정말로 역겨운 벌레 같은 놈이라고 생각했
었는데…….

1절만 해. 시바.

-흐윽…… 흐으윽…….

아니야 조금 더 해도 될 것 같아.

나도 인간인지라 저렇게 아무 말 없이 우는 걸 보니까 가슴
이 아프다. 조각상을 제대로 바라보지 못하고 눈물만 뚝뚝 떨
어뜨리고 있다.

조혜진의 울음소리가 계속해서 신전 안을 메운다. 아무래
도 더 이상 저렇게 놔두면 안 될 것 같다는 생각에 곧바로 준
비한 창을 내보낼 준비를 하기 시작했다.

조혜진은 눈치채지 못한 것 같았지만 조각상이 밝게 빛나기 시작한다.

뭔가 이상한 낌새를 느꼈는지 천천히 위를 올려다보는 눈에는 많은 궁금증이 서려 있었다.

-어…….

하는 단말마의 목소리를 꺼낼 뿐 다른 말이 없다.

황급하게 어디론가 연락을 하려 손거울을 집어 들었지만 이내 조용히 위를 바라보기 시작했다. 내가 본인에게 할 말이 있다는 걸 알고 있는 것이리라.

그녀도 일을 복잡하게 만들고 싶지는 않았겠지.

-부길드마스터……?

거대한 빛과 함께 준비한 창이 떨어져 내리는 것은 순식간.

-콰아아아아아아아아아앙!!

커다란 소리와 함께 푸른색의 날을 가진 창이 땅바닥에 박힌다.

풍압 때문에 조혜진은 자신의 얼굴을 가리고 있었지만 두 눈은 틀림없이 떨어진 창을 바라보고 있었다.

은은하게 서린 기운을 눈치채지 못할 리가 없다.

말문이 막힌 듯 벙쪄 있는 모습, 하지만 이내 뭔가에 홀린 것처럼 천천히 창을 향해 다가오기 시작했다.

조금 이야깃거리가 될 것 같은 장면이기도 하다. 만약 후대에 이 이야기가 전해진다면 그녀는 신의 선택을 받은 사자로 역사의 이름을 남기겠지.

대지는 빛에 둘러싸였고 그녀가 발걸음을 옮길 때마다 빛이 걷힌다.

내가 커스터마이징한 창이 마음에 들지는 모르겠지만 일단 외관 자체는 합격한 모양, 흘렸던 눈물을 닦으며 조혜진은 천천히 창을 향해 손을 뻗었다.

그리고.

"울어요?"

-흐윽…… 흐으으윽…….

"지금 울어요?"

-흐윽…… 흐으으으윽…… 흐으으윽…….

"혜진 씨 울어요?"

-누가…… 누가…… 운다고…… 누가 운다고…… 흐윽…… 그러십니까.

"우는 것 같은데……."

-안 운다고…… 흐윽…… 안 운다고요…… 이…… 안 운다고…….

시간이 조금 지나자, 진정했는지 숨을 몰아쉬는 조혜진이 보였다. 으스러질 정도로 손에 꽉 쥔 창이 괜스레 눈에 띈다.

손에 놓는다고 사라지는 것도 아닌데 계속해서 창을 손에서 놓지 못하고 있는 모습이 그녀답지 않다고 느껴진다.

신에게 선택받은 용사로서는 무척 적절한 행동에 흐뭇해졌지만 티를 낼 수 있을 리 만무, 현재의 상황을 설명할 생각에 머리가 아파 왔기 때문이다.

조금 사무적인 관계가 되어 일을 처리하면 어떨까 싶기는 했지만 아무래도 긴밀한 협조가 필요한 일인 만큼 내 상황을 자세하게 설명할 필요가 있다고 여겨졌다.

-후우…….

다시 한번 숨을 내뱉는 모습이 눈에 띈다.

그녀의 얼굴에는 미약한 미소가 서려 있다. 갑작스럽게 하늘에서 창이 내려온 이후 이기영의 용사로 선택받았다는 사실보다는 평소와 같은 목소리가 들려왔다는 게 좋았겠지.

-부길드마스터…… 이건…… 어떻게 된 겁니까?

"뭐 어떻게 되고 말고 할 게 있습니까. 지금 일어난 일 그대로 혜진 씨가 제 대리자로 선택받은 겁니다. 제가 어마어마한 빛의 힘을 사용해 성스러운 창을 내렸고 혜진 씨는 그걸 받아들였죠."

-지금 그걸 묻는 게 아니지 않습니까. 저를 찾은 이유도 이것 때문이었습니까?

"아니요. 굳이 그렇지는 않은데……."

'그거 너 아니라니까.'

-잘 지내고 계신 겁니까? 지금 정확히 어떤 상황에 처해 있는 겁니까? 정말로 신이 된 겁니까? 돌아오기는 돌아올 수 있는 겁니까? 조각상 안에 있을 때의 그 느끼한 말투는 도대체 어떻게 된 거고 도대체 지금 뭘 하고 있는 겁니까?

'애 말이 왜 이렇게 빨라?'

"뭐 그렇게 궁금한 게 많은 건지는 모르겠는데 천천히 좀 합시다, 천천히 좀. 제가 어디 도망가는 것도 아닌데. 일단 체스판이나 좀 가져오세요. 제 방에 있는 거로…… 그거 현성이가 선물해 준 거로 가져와요. 아니다. 굳이 그럴 필요도 없겠네요. 어차피 굳이 조각상을 바라보고 있을 필요가 없는데……."

-지금 이 상황에 체스가 눈에 들어옵니까? 흐윽…….

'아니, 얘 또 왜 울어.'

뭔가 오해를 하고 있는 것 같기도 하다. 이제 체스를 두지 않는다는 이야기 때문에 내가 한판 땡기자고 하자는 줄 아나 보다.

'아, 그런 거 아닌데.'

일단 심심한 게 첫 번째이기도 했고, 그냥 앞으로의 대화가 조금 원활하게 진행됐으면 하는 마음 때문이었다.

게임 좀 하면서 대화하면 차분해지고 좋자너. 오랜만에 옛날 생각도 좀 나면서 추억에도 좀 젖어주고 막 그런 거 있잖아. 그렇지?

-부길드마스터의 방 열쇠는 길드마스터께서 관리하고 있습니다. 차라리 제 방으로 가는 게 좋을 것 같네요. 아니, 일단 이건…….

"물어볼 게 뭐 있습니까. 일단 비밀로 해요. 어차피 드러나기야 하지만 공식적으로 발표하거나…… 일을 키우면 안 될 것 같으니…… 전 대륙에 공표하고 싶은 건 아니죠?"

-사실 별 상관은 없지만 그렇게 하는 게 좋겠네요. 그보다 부길드마스터 갑자기 이 시기에 이런 걸 내린다는 건…….

"용사가 나타날 일이 뭐가 있겠습니까. 제가 대리자가 필요하기도 했고…… 아, 일단 빨리 갑시다. 궁금한 건 천천히 이야기해 드릴 테니까."

입술을 깨물며 몸을 옮기는 조혜진이 눈에 보였다.

조금은 불만스러운 모습. 뭐, 듣고 싶은 이야기들이 워낙 많은데 아무것도 이야기해 주지 않아 짜증 나기야 할 것이다.

-참고로 말씀드리면 계속해서 숨길 수는 없을 겁니다. 당장 내일 아침만 돼도 신전 안에서 일어난 기현상에 대해 다른 사람들이 물을 겁니다. 제가 손에 들고 있는 창에 대해서도 묻겠죠.

"설마 제가 그걸 모를까요. 그냥 제게 선택받았다고, 신의 대리자가 되었다고만 말하면 대충은 알아들을 겁니다. 아! 일단은 말을 맞추는 게 좋겠네요. 자세한 내막은 설명하지 말고 그냥 선물을 받았다, 정도로만 설명하면 될 것 같아요."

-그 정도로 끝날 일인지는 모르겠지만…….

"그건 혜진 씨가 노력해 봐야죠. 아무튼 그립네요. 그렇지 않습니까?"

조혜진은 내 말에 동의한다는 듯 고개를 끄덕였다. 그녀 역시 그리웠겠지.

자주 앉았었던 작은 테이블, 거의 항상 체스 판이 올려져 있었던 거로 기억한다. 와인 한잔하고 수다 떨면서 여러 가지 이야기를 하기도 했었고, 아무 말 없이 게임을 하기도 했었지.

지금은 테이블 위에 아무것도 올려져 있지 않았지만…… 조혜진이 주섬주섬 서랍에서 체스 판을 꺼내놓으니 정말로 예전으로 돌아간 것만 같다.

-와인 한 잔…… 아. 죄송합니다.

"네. 지금은 못 마셔요. 마음만 감사히 받겠습니다. 아, 그래도 잔은 두 개 올려놔요. 기분이라도 좀 내면 좋을 것 같으니까."

-네…… 그렇게 하는 게 좋겠군요.

본래 잔을 세팅하고 와인을 고르는 건 내 일이었지만…… 여기서 움직일 수 없는 입장이었으니 전부 맡기는 게 좋겠지.

-뭘…… 마시는 게 좋을까…….

구석에 쌓여 있는 빈 병들이 많이 보이는 걸 보니 그동안 많이 마셨던 모양.

적당한 걸 한 병 가져온 이후에 잔을 채우는 모습은 왠지 모르게 즐거워 보였다.

조혜진이 어째서 저런 표정을 하고 있는지 알 수 있을 것 같기도 했다. 잃어버렸던 일상을 되찾은 것 같은 느낌이겠지. 아까까지만 해도 눈물을 뚝뚝 떨어뜨리고 있는 모습은 온데간데없다. 눈에 띌 정도로 흥이 오른 것 같다.

-이게 좋겠네요. 어차피 부길드마스터는 마시지 못하겠지만…… 말은 움직일 수 있는 겁니까?

"멍청한 질문이네요. 당연히 혜진 씨가 제 말도 움직이셔야죠. 일부로 다른 곳으로 옮기지는 마세요. 질 때 지더라도 치졸하게 그러지 말고 패배를 겸허하게 받아들이라는 이야깁니다. 아시겠어요?"

-그럴 일은 없을 겁니다.

"그럼 시작하죠. 일단 폰부터 움직이겠습니다. 실력이 얼마나 퇴화했는지 봅시다."

-이제야 부길드마스터와 편하게 둘 수 있겠네요.

'얘 봐라.'

조혜진도 게임에 집중하고 있는 것 같다. 내 말까지 함께 움직이는 게 불편하게 느껴지기도 할 텐데 판에 눈을 떼지 못할 정도로 집중하고 있다.

잔을 부딪치려 올리다가도 대상이 없다는 걸 깨닫고 머쓱하게 웃기는 했지만…….

"그냥 가져다 대요."

반대편 테이블 위에 놓여 있는 잔에 자신의 잔을 부딪쳤다.

-조금 느신 것 같습니다. 거기서도 가끔 두시는 겁니까?

"일없습니다. 재능이죠, 뭐. 재능. 이 게임은 어느 정도 경지에 올라가면 재능의 영역으로 뒤바뀐다는 거 아닙니까."

-그 입은 여전하군요.

"하하하."

-그래서…….

"네."

-이제 말해줄 때도 된 것 같은데…… 그러니까…… 어떻게 된 겁니까?

"글쎄요…… 어디서부터 말씀을 드려야 할지 모르겠는데…….

-어쩌다가 돌아가신 겁니까? 아니, 돌아가신 게 맞기는 한

겁니까?

"반은 맞고 반은 틀리네요. 일단 육체적으로는 죽었다고 표현하는 게 맞는 것 같습니다. 인간 이기영은 틀림없이 죽었어요. 아, 제가 죽은 이유 듣지 못하셨어요?"

-듣기는 했지만…….

"현성이 말대로 현성이가 찌른 게 맞습니다. 아! 충격받으실 필요는 없네요. 당시에 현성이는 정신 계열 마법에 혼란을 느끼고 있는 상태였고, 사실 본의로 찌른 것도 아니니까요. 솔직히 제가 원하기도 한 상황이었습니다. 제가 말씀드렸었나요? 제 희생이 있어야 대륙이 전쟁에서 승리할 수 있다는 이야기 말입니다. 저는 제가 현성이에게 찔릴 거라는 걸 알고 있었어요. 그게 승리하는 조건 중 하나였고요. 어떻게 그걸 알았냐 묻는다면, 어떻게 그걸 확신할 수 있냐고 물어보신다면 이야기가 조금 더 길어지겠지만. 아무튼, 저는 제가 그런 일을 당할 줄 알고 있었습니다."

-그건…….

"성자가 대륙을 위해 스스로 희생하는 것은 이미 예정되어 있던 이야기라는 겁니다. 제 희생이 있었기 때문에 대륙이 승리할 수 있었던 거예요. 저는 계획된 가이드 라인을 따라간 것뿐이에요. 문제가 있다면……."

-…….

"제가 이런 상황에 처하게 될 거라는 걸 몰랐다는 겁니다."

-이런 상황이라는 게 어떤 상황을 말씀하시는 건지 이해할

수 없습니다.

"말 그대로 이런 상황 말입니다. 위쪽으로 올라갈 줄은 몰랐다 이 말이에요. 사실 제가 멍청해 보일 수 있는 판단을 한 데에는 이유가 있습니다. 제가 죽지 않을 거라는 믿음 말이에요."

-…….

"믿음에 대한 근거는 제가 계획한 것이 틀어지지 않을 거라는 것 하나였습니다. 사실 거의 확신하고 있었거든요. 절대로 죽지 않을 거라고 말입니다. 기억을 잃어버리기 전이라고는 하지만 저는 제가 제게 해를 끼치지 않을 거라고 생각했었어요."

-아직도 무슨 말씀인지 잘 모르겠습니다.

"확실하지는 않지만 악마와 계약을 했었던 것 같았습니다. 현성이가 저를 찌를지 찌르지 않을지에 대한 내기요."

-네?

"현성이가 저를 찌른다면 루시퍼가 외신을 상대하는 것에 힘을 보태줄 거라고 생각했습니다."

-그게 무슨…….

"이후에는 뭔가 이상하다는 걸 깨달았죠. 죽어가면서 깨달았어요. 노을빛의 영웅은 루시퍼의 도움을 받지 않고 혼자 힘으로 일어나 이질적인 하늘을 몰아내는 데 성공했습니다. 이후에는 감이 잡히지 않더라고요. 한 가지 확실한 건 기억을 잃기 전의 저는 애초부터 그녀의 개입을 바라지 않는다는 것이었습니다. 악마의 손아귀에서 대륙을 완전히 해방시키는 것. 외부의 개입에서 완전히 분리시키는 것. 그게 제 목적이라는 걸 뒤늦게 알아차렸습니다."

"네?"

"제가 제한적으로 대륙에 소통할 수 있는 이유가 바로 그 이유입니다. 특성이 계속해서 유지되고 있는 현성이, 그리고 오늘 막 제 대리자가 된 혜진 씨가 유일한 소통 창구예요. 조각상에 모습을 드러내 신탁을 내리거나 강림하는 것은 현재의 상황으로는 가능하지도 않을뿐더러 부담이 큽니다."

조용히 창을 바라보고 있는 조혜진이 시야에 비쳤다. 말문이 막힌 모습이다. 무슨 말부터 꺼내야 하는지 혼란스러워하는 것이 눈에 띈다.

사실 내가 한 말을 전부 이해했는지도 모르겠다. 솔직히 나도 내가 열거한 저 상황이 제대로 이해가 되지 않으니까.

'이해는 하는 것 같네.'

-루시퍼라는 악마와 접촉할 수도 있는 가능성을 피하고 있는 겁니까?

"비슷합니다."

-계약의 내용이 길드마스터가 부길드마스터를 찌르는 것일 수도 있고, 그 보상이 외신을 상대할 수 있는 힘을 내리는 것이 아니라 부길드마스터의 부활이라면…… 필연적으로 루시퍼에게 도움을 받는 상황이 올 수도 있으니까.

"네. 맞습니다. 제가 생각하고 있는 것은 조금 다른 가능성이지만 그 이유도 포함되어 있습니다."

-루시퍼의 도움을 받는다면 루시퍼가 대륙에 개입하게 된

다는 겁니까?

"네. 그것도 맞습니다."

-자력으로 돌아올 방법을 찾고 계시는 거였군요.

"네."

-그…… 그 방법은…….

"아직 찾고 있는 중입니다. 분명한 건 제가 이곳으로 돌아올 수 있다는 겁니다. 저는 저를 믿어요. 제가 예상하지 못한 상황이 발생한 것은 어디까지나 제 착오지만 그 착오까지 계산에 들어가 있을 거라고 믿습니다. 제가 돌아오는 건 확정되어 있는 이야기고, 루시퍼의 도움을 받는 일 따위는 없을 거예요. 지금 이 상황도 기억을 잃기 전의 제가 의도한 게 아닌가 하는 생각이 들거든요."

-정말입니까?

"네, 안배가 있었습니다. 제가 시간을 벌 수 있는 공간을 마련해 뒀더라고요. 저는 이걸 돌아갈 방법을 찾고, 루시퍼에게 엿을 먹일 준비를 하라는 것으로 받아들였습니다. 아 물론 제가 혼자 할 수 있는 것은 아닙니다. 아래쪽의 도움도 필요한 일이에요."

-그래서 제게 창을 내리신 겁니까?

"네. 물론 다른 이유도 있습니다. 막아줘야 하는 게 있거든요. 사실 큰 전쟁이 끝나자마자 일이 이렇게 꼬일 줄은 몰랐지만 누군가가 대륙을 완전히 부숴 버릴 계획을 세우고 있습니다."

-네?

"사실 혜진 씨도 아는 사람이에요."

-…….

"이지혜."

-그게 뭔…….

"회귀라는 거, 들어봤습니까? 맨 처음으로 모든 걸 되돌리는 게 가능하다고 생각하고 있는 것 같았습니다. 위에서 봐도 제대로 보이지가 않고…… 뭐 아무튼 간에 이겁니다. 지금 수면 위로 떠오르지 않은 일들, 우리가 그걸 함께 막아보자는 거죠."

-그게…… 그게 무슨 소리…… 지혜 씨가…… 말입니까? 아니…… 갑자기 왜 지혜 씨가…….

믿기지 않는다는 얼굴이 눈에 보인다.

'아…….'

무척 당황하고 있는 것 같다. 아직도 잘 이해가 되지 않는다는 표정, 이지혜가 그런 생각을 할 거라고는 꿈에도 생각하지 못하는 것 같았다.

-말도 안 돼…… 말도…….

"막지 않으면 정말로 모든 게 무너질 겁니다. 그 정도로 심각한 상황이에요."

-지혜 씨가 그런 생각을 할 리가 없습니다. 혹시 잘못 알고 계시는 것 아닙니까? 그런 행동을 할 사람은 아니에요.

생각해 보니 뭔가 개연성이 필요한 것 같기도 하다. 이 누나 이미지 관리 잘하니까.

"확실하지는 않지만……."

―…….

"아마 여기에도 악마가 관계되어 있는 것 같았습니다."

일단 틀린 말은 아니었다.

―만약 부길드마스터의 말이 사실이라면 길드마스터에게 알리는 게 좋지 않겠습니까?

"……."

―부길드마스터. 부길드마스터?

"그 이야기는 어제 전부 끝난 이야기잖아요. 이른 아침부터……."

―아. 죄송합니다. 피곤하실 텐데…….

"아니…… 그렇게 죄송해하지 않으셔도 됩니다."

사실 별로 피곤하지는 않았다.

―어제 대화가 끝나고…… 조금 생각을 해봤습니다. 만약 부길드마스터의 말대로 지혜 씨가 악마에게 이용당하고 있고, 대륙의 위기가 다시 나타난 것이 맞다면 길드 차원에서 일을 맡는 게 좋을 것 같습니다. 다른 문제도 아니고 악마가 관련된 문제가 아닙니까.

"현성이는 몰랐으면 합니다."

―……알면 안 되는 이유라도 있는 겁니까?

"알아야 할 이유가 있습니까? 정말로 알고 있기를 바라고 계신 거 맞아요? 괜히 애 하나 심란하게 만들지 말고 하고 싶은 거 하게 내버려 두세요. 이런 말 할 게 아니라 일단 최대한 빨리 업무 처리부터 합시다. 당장 재정 문제를 어떻게 할 수는 없지만 그래도 틀어막을 수 있는 부분은 막아봐야죠. 길드 망하게 생겼다면서요."

-길드 업무가 바쁜 것은 맞지만 이런 상황에서······.

"지금 당장 할 수 있는 일이 없으니까 드리는 말이에요. 체스 룰이라고 생각하라고 했잖아요. 이지혜가 백이고 저희가 흑이라니까요. 선공권을 가지고 있는 쪽은 그쪽입니다. 당장 처리할 수 있는 일부터 처리하는 게 맞아요."

-그럼······ 길드마스터에게는 뭐라고 보고를 하면 되는 겁니까? 어차피 알게 되실 겁니다. 정말로 부길드마스터가 말씀하신 상황이 벌어진다면······.

"그러니까 현성이 걱정은 하지 않으셔도 됩니다. 대충 부활 떡밥이나 뿌리면 된다니깐요."

-길드마스터는 결코 이 문제를 좌시하지 않을 겁니다.

아니, 분명히 좌시할 것이다.

기왕이면 소식이 닿지 않는 곳으로 보내 버릴 테니까. 아마 일이 터질 때 즈음이라면 김현성은 내가 내린 가짜 퀘스트를 해결하느라 정신없이 움직이고 있지 않을까.

물론 대륙의 위기를 나 몰라라 하지 않겠지만 정말로 대륙 전체가 전란에 휩싸이는 일은 없을 것이다.

이 경우에는 일이 절정으로 치닫기 전에 문제를 해결하는 것이 맞다는 판단이 선다. 김현성이 개입해 이지혜의 목을 날려 버리는 상황이 올 거라고는 생각하진 않지만 정말로 일이 어떻게 흘러갈지 모를 테니까.

가면의 영웅은 한 사람이 아니다. 녀석이 이지혜가 여단 쓰레기라는 사실을 알면 어떻게 될까.

'차라리 적대하면 다행이야.'

제2차 회귀 대작전을 김현성이 알게 되면 녀석이 어떤 반응을 보이게 될지 예상하기 어렵다. 가능성은 희박하고 이루어질 가능성도 없는 일이지만 어쩌면 여단에 합류할 방법을 찾으려고 하지 않을까.

이지혜가 그걸 승낙할지는 모르겠지만 혹시 또 모르지.

'여단 현성이는 오바자너.'

둠현성, 둠둠현성, 둠둠둠현성 별별 현성을 다 봐오기는 했지만 단현성은 진짜로 오바자너.

스스로 목숨을 끊어서라도 회귀하고 싶어 한다는 걸 생각해 보면 어쩌면 정말로 극단적인 선택을 하게 될지도 모른다는 거다.

"정보를 제한해야 해요."

'김현성이 가질 수 있는 정보를 제한해야지. 아직 본인이 위로 올라올 수 있다는 걸 깨닫지 못하고 있기 때문에 저기서 저러고 있는 걸지도 몰라.'

이미 김현성은 신격화되어 있는 상황이다. 몇 가지 절차만 걸치면 위로 올라올 방법을 찾게 될지도 모른다. 회귀에 대한 것도, 이지혜에 대한 것도, 신성이나 신격에 대한 것도, 김현성이 알면 일을 꼬이게 할지도 모른다. 든든한 버팀목이 되어주는 것만으로도 충분하다는 거다.

'나머지 일은 내가 다 처리할 거자너.'

현성이는 신성 좀 팍팍 벌어다 주고……

생각해 보니 정보를 제한한다는 표현은 조금 잔인한 표현인 것 같다. 김현성이 일에 집중할 수 있게 쉽게 성심성의껏, 전력을 다해 내조한다는 표현이 조금 더 어울리는 표현이겠지. 괜히 이것저것 알게 되면 다른 길로 새기도 하고 별것 아닌 유혹에도 쉽게 빠지는 법이 아니겠는가. 대륙과 파란 길드를 위한 어쩔 수 없는 선택이라고 본다.

-아무리 그래도…….

"제가 맞아요. 웬만하면 혜진 씨 말도 재고해 보겠지만 이건 진짜 선택의 여지가 없다니까요? 현성이는 따로 할 일이 있고, 제가 직접 지시할 겁니다. 그러니까 신경 쓰지 마세요. 아, 그러고 보니까……"

똑똑 문을 두드리는 소리가 들려온다.

-혜진 씨. 접니다.

'이 새끼 너무 일찍 왔는데.'

어제 새벽에 찾아오지 않은 게 다행이라는 생각이 든다. 이미 길드 직원들에게 소식을 전해 듣기도 했을 테고……. 조혜진과 내가 짧게 말을 맞춰 녀석에게 메시지를 보냈으니까.

숨길 수 없는 일이니 간단하게 보고한 것이다. 늦은 밤이라는 걸 고려해 당장 달려오지는 않은 것 같았지만 그렇게 오래는 참을 수 없었나 보다.

-네. 곧 나가겠습니다. 길드마스터.

-네.

조혜진은 김현성을 볼 수 없었겠지만 김현성은 초조한 듯 발을 동동 구르고 있다. 문 앞에서 서성이는 모습이 재미있게 느껴지기도 한다. 영혼의 단짝 사건 이후로 나온 자그마한 단서였으니 많은 생각을 하고 있을 것이다.

"긴장하지 말고 말 맞춘 대로만 하세요."

고개를 끄덕이는 조혜진의 모습. 문 앞에서 머뭇거리다 뒤를 돌아 거울을 확인하는 조혜진의 모습을 보니 아직까지 김현성이 좋기는 좋은가 보다.

내가 자신을 보고 있을지도 모른다는 사실 때문인지 잠깐 부끄러워 하는 것 같기도 했지만, 잠깐 머리를 슥슥 만진 조혜진은 평소처럼 문을 열었다.

-길드마스터.

-네. 혜진 씨. 이른 아침부터 찾아뵈서 죄송합니다.

-아니요. 괜찮습니다. 길드마스터. 마침 저도 연락을 드리려던 참이었으니까요. 제가 어제 말씀드린 것처럼…….

-아…… 네. 일단 밖으로 나가시죠.

-네.

시선이 창에 고정되어 있다.

'이 새끼는 왜 이렇게 창을 뚫어지게 쳐다봐. 구멍 뚫리겠다.'

함께 걸으면서도 힐끗힐끗 창을 바라보는 모습이 눈에 띈다.

-그러니까…….

-네. 어제저녁이었습니다. 갑작스럽게 창이 하늘에서 떨어져 내렸고 제가 부길드마스터의 대리자로 선택됐다는 목소리를 들었습니다.

-그렇습니까? 혹시 실례가 안 된다면 조각상 앞에서 어떤 말씀을 했는지 말해주실 수 있으십니까?

-그냥 평소와 같은 기도였습니다. 하루 있었던 일들을 말씀드리던 중이었습니다만…….

-그렇군요. 혹시 다른 말씀은 없으셨습니까?

-아마 조금씩이나마 신탁이 내려올 것 같습니다.

-그렇군요…….

-어쩌면 단서와 관련이 있을지도 모릅니다.

-네. 저도 같은 생각을 하고 있었습니다.

딱히 목적지가 있는 것 같지 않은 산책이었다.

본래대로라면 집무실로 들어가 이야기를 하게 되겠지만 대화를 나누며 길을 걷다 보니 집무실에서도 멀어지고 있었다. 아침이라도 먹으면서 이야기하면 참 좋을 것 같은데 진지한 대화를 나누기에 여념이 없다.

결국 김현성과 조혜진이 멈춰 선 곳은 파란 길드의 야외 훈련장. 마련되어 있는 의자에 살짝 몸을 앉힌 이후에 다시 대화를 재개하는 모습이 보였다.

'조혜진 은근히 거짓말에 재능 있자녀.'

준비한 대로 착착 말을 하는 모습은 나나 지혜 누나와 다르지 않다. 왜 우리가 조혜진에게 호감을 느끼는지 알 수 있었을 정도였으니 무슨 말이 더 필요할까.

눈 한번 깜빡이지 않고 준비한 대사를 그대로 내뱉고 있는 모습, 호흡에는 한 치에 흐트러짐도 없었다.

-어쩌면 우리의 목소리에 응답해 주신 것일지도 모릅니다. 아직은 뭐라 말씀드릴 수 있는 단계가 아니기는 하지만 부길드마스터 역시 방법을 찾고 있을지도 모른다는 생각이 들었습니다. 아니, 정확히 말하면 느껴졌습니다. 부길드마스터 역시 돌아오고 싶어 하시고 있습니다.

-그런 것도 느낄 수 있는 겁니까?

-아…… 네. 자세히 설명드리기에는 어려운 감각입니다. 신의 대리자라는 것은…….

-잠깐 제가 창을 만져봐도 되겠습니까?

'왠지 이럴 것 같았자너.'

본래대로라면 저런 말은 실례가 될 수 있는 발언이기는 하다. 대륙의 상식으로는 말이다. 하지만 파란 길드에서는 그다지 어렵지는 않은 부탁, 조혜진은 살짝 고개를 끄덕이며 천천히 창을 넘기기 시작했다.

눈에 띄게 긴장한 것 같은 김현성의 표정이 보인다. 잠깐 침을 삼켜 넘긴 이후에는 천천히 창으로 손을 뻗었다. 하지만…….

'될 리가 없지?'

-파아아아아아아아아앙!!

하는 소리와 함께 파동이 창을 중심으로 뻗어 나가기 시작했다. 조혜진의 머리카락과 김현성의 망토가 순식간에 휘날렸을 정도. 주인 이외의 사람이 창에 손을 대는 것을 거부하고 있는 것이리라.

일반인이었다면, 아니, 대륙에 내놓으라고 하는 모험가라고 하더라도 몸이 튕겨 나갈 정도의 반탄력을 견디고 있는 모습. 김현성 이 새끼가 아주 이를 악물고 버티는 것이 눈에 보인다. 절대로 창에서 손을 떼지 않겠다는 의지가 느껴진다.

으직으직거리는 소리와 함께 김현성이 밟고 있는 땅이 밑으로 꺼지기 시작했다. 아니, 저렇게 몸이 꺼지고 있는 와중에도 창을 놓지 않는다는 게 이해가 가지 않는다. 솔직히 자신을 거부하고 있다는 걸 모를 리가 없지 않은가.

-길드마스터?

-잠깐…… 살펴보고 있는 중입니다.

'살펴보는 정도가 아닌 것 같은데.'

결국에는 마력과 신성까지 밀어 넣고 있다. 문제가 있다면…….

'뭐야. 시바, 왜 아파. 왜 아파? 왜 아프냐구…….'

전신에서 저릿한 고통이 느껴졌다는 것이었다.

'잠깐 하지 마. 시바. 막 억지로 제압하려고 하고 막 그러면 안 되지. 시바. 하지 마. 하지 마.'

"아아아악!"

입술을 꽉 깨물면서 어떻게든 제압하려고 하는 것이 눈에 보인다. 아니, 시바, 제압 정도가 아니라 아예 찍어 누르려고 하는 것 같다.

'아니, 시바 제압하지 마. 개새끼야, 야! 시바…… 아…….'

결국 이 어처구니없는 이벤트는 조혜진이 창에 다시 손을 뻗은 이후에야 마무리됐다.

'시바…… 시바…….'

-좋은…… 창이군요.

아무 일도 없었다는 듯이 조용히 발걸음을 옮긴 녀석이 갑작스레 연무장 한쪽에 비치되어 있는 창을 집어 들었다.

천천히 창을 뻗는 모습은 뭘 하자는 건지 모르겠다. 마치 시위하는 것만 같지 않은가. 나도 창을 쓰는 게 가능하다고, 검보다 익숙하지 않을 뿐이지 꽤 수준이 높다고 말하고 있는 것 같다.

'이 새끼 못하는 게 뭐야?'

실제로 간단히 몸을 푸는 동작임에도 익숙함이 느껴진다. 창술에 조예가 깊은 조혜진도 김현성을 인정하는 눈치, 나야 잘 모르지만 조혜진이 저런 표정을 보내는 게 맞다면 수준이 높은 정도가 아닌가 보다.

-예전에는 잠깐 사용했던 적이 있었습니다. 오랜만이라 익숙하지는 않지만요.

-아…… 네.

-잠깐…… 잠깐 딱 한 번만 다시 만져봐도 되겠습니까?

"주지 마요."

-죄, 죄송합니다. 길드마스터.

-한 번만…… 더 부탁드립니다. 잠깐 확인할 게…… 있어서…….

-창이 원하지 않는 것 같습니다. 저도 한번 그러고 싶지만…….

-아쉽군요.

-죄송합니다.

-아닙니다. 저야말로…….

상황 진짜 머쓱해졌자녀.

김현성 지도 자기가 무슨 짓을 하려고 했는지에 대한 자각은 있나 보다. 아쉬워하는 얼굴 너머로 민망함과 부끄러움이 자리 잡는 것을 보면 말이다.

둘 모두 서로의 시선을 피하고 있는 뻘쭘한 상황, 잠깐 동안 지속됐던 어색한 침묵을 깨준 것은 저 멀리서 다가오고 있는 엘레나였다.

'왔나 보네.'

무슨 소식을 가지고 왔는지 모르겠지만 좋은 소식은 아닌 것 같다. 당연히 깨달을 수 있었다.

'시작됐어?'

이지혜가 움직이기 시작한 것이다.

약간은 긴장할 수밖에 없었다. 아니, 긴장이라기보다는 궁금증이 일어난다. 지혜 누나가 어디에서부터 시작할지, 어떤 일부터 벌일지 제대로 확신할 수 없었기 때문이다.

몇 가지 후보로 꼽은 곳이 있기는 했지만…… 그 어느 것 하나 장담할 수 있는 게 없다. 일단…….

'교국이나 린델은 아닐 거야. 그렇지?'

인류의 전력이 집중된 곳에 곧바로 폭탄을 던질 정도로 무리수를 던지지는 않겠지, 뭐.

대륙은 넓었고 그녀가 할 수 있는 일은 많다. 굳이 위험 부담이 높은 장소부터 공략한다는 리스크를 떠안기는 싫어할 것이 분명하다.

선공권을 누나가 가지고 있다는 것은 그런 의미였다. 아주 사소한 눈덩이를 천천히 굴릴 수도 있고, 시작부터 커다란 폭탄을 던질 수도 있다. 극단적으로 말하면 지도에도 그려지지 않은 장소에서부터 일을 키워 나갈 수도 있다.

급하게 뛰어오고 있는 엘레나의 얼굴에는 많은 감정이 뒤섞여 있었다. 믿을 수 없다는 듯이 뛰어오고 있는 표정이 눈에 띈다.

조혜진 역시 창을 꽉 쥐고 그런 그녀를 바라보는 중, 김현성도 그녀에게 시선을 보내고 있었다.

'아, 그러고 보니까…… 이 새끼 보내야지.'

웬만하면 이번 일에서 배제하기로 결정했으니까. 이윽고 조혜진과 김현성 앞에 멈춰 선 엘레나는 숨을 몰아쉬기 시작했다. 뭐라 계속해서 말을 내뱉으려고 하고 있었지만 호흡이 턱 끝까지 차올라 제대로 입을 열지 못하고 있다.

-길드마스터…… 하아…… 하아…….

요 정도 타이밍에…….

[노을빛의 검사.]

라고 말을 거니 깜짝 놀라는 김현성의 얼굴이 눈에 들어온다. 오랜만에 들려온 목소리 때문인지 주변을 두리번거리고 있다.

-잠깐…… 잠깐 시간 괜찮으신가요? 말씀드릴 것이…….

[제 목소리가 들리십니까? 노을빛의 검사?]

잠깐 동안 고민하는 듯한 얼굴이 보이기는 했지만…….

'아니, 고민할 필요가 있어?'

-길드마스터?

시간 없자녀. 내가 불렀는데 시간 없자녀. 그렇지? 거기서 엘레나랑 이야기할 시간 있냐구? 조금 있으면 목소리가 끊길지도 모르는데…… 내가 먼저자녀. 그렇지?

[노을빛의 검사? 노을빛의 검사?]

-죄송합니다. 엘레나 님. 하실 말씀이 있으면 혜진 씨에게 먼저 부탁드립니다. 이후에 꼭 전해 들을 수 있도록 하겠습니다. 지금 목소리가…… 기영 씨의 목소리가 들려왔습니다.

-아…… 네.

-잠시 후에 다시 뵙겠습니다.

엘레나의 얼굴에 서운한 기색은 없다. 아마 지금 일어난 일 때문에 내가 김현성을 호출한 거라고 생각하고 있는 모양이다.

뒤도 안 돌아보고 신전을 향해 뛰어가는 녀석을 보니 괜스레 한숨이 튀어나왔지만 기분이야 좋다.

허겁지겁 발걸음을 옮기고 신전을 박차고 들어갈 줄 알았던 녀석이 멈춰선 곳은 신전의 정문.

문 앞을 서성이고 있던 김현성이 갑작스레 허리춤에 달린 듀렌달을 땅바닥에 내려놓는 모습이 시야에 비쳤다.

왜 갑자기 자기 검을 내려놓는지는 모르겠지만…… 지금까지 김현성의 허리춤에 자리해 온 신화 등급의 검은 너무나도 쉽게 땅바닥으로 떨어져 버렸다.

'나 여유 없어…… 이 새끼야…… 검 내리려고 부른 것도 아니라구…….'

나도 웬만하면 이 새끼 기분 좋으라고 하나 내리고는 싶었지만 지금 당장 검을 내릴 여유가 없다.

어차피 김현성을 대리자로 선택하지 않더라도 회귀자 사용설명서로 인해 연결되어 있기도 하고……. 만약 무리해 검을 내린다고 하더라도 듀렌달은커녕 율리에나, 아니, 그것보다 더 구린 싸구려 철검이 한계일 것이다.

-기영 씨? 기영 씨?

[노을빛의 검사. 목소리가…… 목소리가 들리십니까?]

-네. 들립니다. 듣고 있습니다.

[노을빛의 검사의 도움이…….]

-네? 기영 씨?

[필요…… 합니다. 그대의…… 그대의 도움이…….]

-기영 씨? 기영 씨!!

[노을빛의…….]

어디로 보내야 할지 아직 결정된 것이 없으니 일단은 여기서 연결이 끊긴 척. 빛나고 있던 조각상에서는 빛이 조금씩 사그라든다.

여기까지만 해도 석상의 앞을 떠나지 못할 테니 지혜 누나가 터뜨린 일이 녀석의 귀에는 들어가지 않을 것이다.

갑작스레 초조해진 녀석의 얼굴이 눈에 띄지만 당장 김현성에게 집중할 여유는 없다. 계속해서 소리치고 있는 녀석을 뒤로하고 고개를 돌리자 다시 한번 조혜진과 엘레나가 시야에 비친다.

아무리 그래도 지금은 여기에 집중해야지.

-아마 길드마스터께서도 이 소식을 듣고 계시리라고 생각합니다. 엘룬 님의 옆에 계시는 이기영 님께서 이 사실을 모르실리가 없을 테니…….

-무슨 일인지 말씀해 주실 수 있으십니까?

'그래, 무슨 일이야? 시바.'

-에베리아에 문제가 생겼습니다.

-네?

'엘프 왕국부터야?'

-세계수가…….

-네.

-세계수가 쓰러졌다는 소식을…… 방금 전해 들었습니다. 에베리아 왕국을 유지하고 있는 세계수는 사실상 소실 상태이며…… 복구가 불가능한 수준으로…….

엘룬 눈에서 피눈물 나는 소리가 들려온다.

-정확한 경위에 대해서는 아직 제대로 듣지 못하고 있지만…… 파란 길드밖에는 이 말씀을 드릴 수 있는 곳이 없어서…… 어떻게…… 어떻게 해야 할지…… 흐윽…… 오라버님은 아무에게도 알리지 말라고 말씀하셨지만…… 저는…….

'아니, 왜 맨날 무슨 일 터지면 세계수부터 터지고 그래?'

대륙의 위기가 닥치면 가장 먼저 고통받는 단골손님이 다시한번 고통을 받고 있단다.

이걸 지혜 누나가 벌인 일인지 잠깐 동안 고민하기는 했지만 저절로 고개를 끄덕일 수밖에 없었다. 이 누나도 클리셰 좋아하니까. 대륙 파멸의 시작을 알릴 신호탄으로 세계수를 선택했는지도 모르겠다.

사실…….

'합리적인 선택이기도 해.'

1회차에서도 세계수를 품고 있는 에베리아 왕국은 가장 중요한 요새 중 하나였으니까. 공화국과의 전쟁에서도 세계수의 방어 시스템이 있었기 때문에 힘을 비축할 수 있었다. 지혜 누나가 이 일을 멀리 보고 있다면 세계수를 처리하는 것은 결코 나쁜 선택이 아니다.

궁금한 것은 어떻게 이 누나가 거기까지 손을 뻗칠 수 있느냐에 대한 것이겠지.

'아니, 시바, 어떻게 한 거야?'

단순한 성벽이 아니라 천연의 요새나 다름없는 장소가 바로 에베리아 왕국이다. 헤아릴 수 없는 시간 동안 굳건히 그 자리를 지키고 있지 않았던가. 외부에서 마법적으로 영향력을 끼칠 수 없는 것은 물론이거니와 물리적으로 무작정 들어갈 수도 없다.

대놓고 병력을 끌고 가면 왕국의 병력을 몰아낼 수 있을지도 모르지만 지혜 누나에게 그럴 병력이 있는 것도 아니다.

마수 살라트처럼 세계수의 뿌리에 서식하고 있지 않은 한, 엘룬의 나무에 영향력을 끼치는 것은 불가능에 가깝다.

아무리 전쟁이 끝난 이후, 모두가 평화에 절어 지냈다고는 하지만 나로서도 그곳에 영향력을 끼칠 방법이 떠오르지 않는다.

'아니, 이 누나 진짜 어떻게 한 거야?'

뭔가 방법이 있었겠지만 지금 중요한 건 그 문제가 아니다. 이 건으로 인해 찾아올 수 있는 상황들이 더 문제겠지.

-일단…… 저는 왕국으로 최대한 빨리 돌아가야 할 것 같습니다. 조혜진 님.

-함께 가는 게 좋을 것 같습니다. 최대한 빠르게 준비한 이후…… 아니, 이럴 게 아니라 지금 당장 하얀 씨를 호출하도록 하겠습니다.

-그렇게 해주시면 감사하겠지만…….

-엘레나 님의 일입니다. 감사하실 필요 없습니다.

혜지니 멋있죠.

엘레나도 고개를 끄덕이며 함께 대화를 주고받는 중.

조금 의외의 상황이 펼쳐진 것은 바로 그때였다. 방금 전의 엘레나에 이어 김미영 팀장까지 발걸음을 옮겨온 것. 아까도 그랬지만 얘 표정도 심상치 않게 느껴진다.

-실장님.

-네. 김미영 팀장님.

자연스럽게 시선이 그녀에게 집중된다. 조용히 그녀의 입이 열리기를 기다리고 있는 엘레나의 얼굴은 초조해 보인다. 김미영 팀장이 자신의 눈치를 살핀 것을 보고 필연적으로 에베리아 왕국이 연관되어 있다는 사실을 깨달을 모양이다.

-현재 에베리아 왕국에서 방문객들을 억류하고 있다는 소식이 들어왔습니다.

-…….

-각 국가와 길드에서는 에베리아의 억류되어 있는 이들을 풀어달라고 요청하고 있지만 아직까지 아무런 응답이 없는 실정입니다. 교국 내 길드에서는 이 사태의 해결을 위해 삼대 길드가 나서주기를 촉구하고 있으며 현재…….

'시바…… 이 누나 시바…… 누나…….'

-모든 통신망은 완전히 차단된 상태입니다.

'아…….'

-오스칼 님께서는 엘레나 님을 통해 엘리오스 님과 대화를 나누고 싶어 하고 계시지만…….

-제가 이야기해 보겠어요. 그럴 리가 없습니다. 뭔가 착오가 있을 게 분명해요. 에베리아 왕국에서…… 억류라니요…….

-부탁드립니다. 엘레나 님.

'이 누나…… 진짜…….'

-어떻게 된 겁니까 이게…….

갑작스러운 상황에 소곤거리기 시작한 조혜진. 저 중얼거림은 틀림없이 나를 향하고 있을 것이다.

-설마…….

"아니요. 지혜 씨가 에베리아 왕국에 들어가 통신을 차단하고 방어벽을 세운 게 아니겠네요."

-…….

"지혜 씨가 아니라 에베리아 왕국의 엘프들과 엘리오스가 방문객들을 억류하고 있는 걸 겁니다. 왕국을 인간들에게 개방한 이후에 생긴 사건이니 외부로 들어온 이들 중에 용의자가 있다고 생각하고 있는 거겠죠. 통신망을 차단한 것 역시 세계수가 소실되었다는 사실을 알리기 싫어서고요. 왕국이 인간들을 억류하고 있는 것도 이해가 되죠? 이 상태가 얼마나 지속될지는 모르겠지만 꽤 오래 버틸 수도 있을 것 같습니다."

당연히 이해하고 있다는 듯이 작게 고개를 끄덕이는 조혜진이 눈에 들어온다.

아마 그녀 역시 여러 가지 가능성을 떠올리고 있을 것이다. 세계수가 소실된 사태 이후에 펼쳐질 수 있는 여러 가지 상황들을 가정하고 있지 않을까. 단순히 엘프들의 수호신을 잃었다는 것만이 전부가 아니다.

물론 그 사실이 가장 중요하기는 하다. 그들이 그들 스스로를 방어할 수 있는 최소한의 수단을 잃어버렸다고 생각하는 게 모든 사건의 시작일 테니까.

하지만 그 외에도 연관된 부분이 있을 수도 있다. 세계수는 엘프들에게 무한한 자원을 전달해 주는 비보가 아니었던가. 이전과는 다르게 엘프들이 인간들의 삶에 밀접하게 관계되어 있다는 걸 떠올려 보면 제법 큰 혼란이 일어날 수도 있지 않을까.

앞서 말했듯 이미 그들은 인간들의 삶에 커다란 영향력을 끼치고 있다. 린델은 물론이거니와 대륙 어디에서도 그들의 물건을 쉽게 찾아볼 수 있고, 그들의 자원이 유통된다. 그들의 문화는 대륙 곳곳에 뿌리내렸고 크고 작은 곳에 쓰이고 있다. 린델에도 엘프 타운이라고 불리는 장소까지 있으니 무슨 말이 더 필요할까.

많은 길드가 엘프들과 교역을 맺고 있다. 갑작스레 거래가 끊긴다고 가정하면 어떨까. 이미 이것 하나에 밥줄을 달고 살던 사람들이 순식간에 일자리를 잃는 것은 물론이거니와 많은 클랜과 길드 역시 혼란을 겪게 될 것이다.

길드와 클랜은 국가에 일을 처리해 달라 목소리를 모을 것이고 국가는 그들을 무시하기 힘들겠지. 아니, 애초 교국이나 공화국, 왕국 연합은 물론 여러 중소 도시가 가장 먼저 목소리를 높이지 않을까.

현재 일어나고 있는 일에, 앞으로 벌어질 수도 있는 일에 불만을 품고 있을 게 분명했다. 어째서 교역과 통신망을 차단한 거냐고 묻겠지 뭐.

하지만 사실대로 말할 수 있을 리가 없다. 세계수가 완전히 소실되었다고, 공식적으로 말할 수 있을 리가 없다.

엘프와 인간은 친구다. 상호 협력하는 관계이며 함께 대륙을 지킨 영원한 우방이다.

하지만 정말로 모든 인간과 엘프들이 같은 생각을 하고 있지는 않을 것이다. 여러 가지 이해관계가 얽혀 있다면 영원한 우방이 서로에게 등을 돌리는 것은 의외로 쉬운 일이 될 수도 있다.

지혜 누나의 목적은 세계수가 아닐 것이다.

물론 세계수 그 자체로도 충분히 위협이 된다고 판단했겠지만…… 진짜 목적은 세계수를 이용해 방아쇠를 당기는 행위일 것이다.

그 방아쇠가 무엇인지 굳이 설명이 필요할까.

엘프들이 가지고 있는 불안감. 오랜 역사가 그들에게 가르쳐 준 교훈. 인간이었다.

-부길드마스터. 길드마스터는 어디로 향하신 겁니까?

"북부로 보냈습니다."

-네?

"북부로 보냈어요. 지금쯤이면 한창 달리는 중일 겁니다. 어쩌면 지금 도착해 있을 수도 있겠네요. 날개 펼치고 날아갔으니 슬슬……."

'이미 도착했네. 뭐.'

-그곳에 뭔가 있는 겁니까?

"아니요. 있기는 뭐가 있겠어요. 아직 제대로 개발도 되지 않은 오지로 보냈는데…… 무슨 단서가 있을지는 모르겠지만 일단 던전 안으로 집어넣는 게 괜찮아 보여서요. 솔직히 던전이 있는지도 모르겠지만 알아서 잘 찾아내겠죠. 현성이 알잖아요. 없어도 찾아낼 겁니다. 아마."

-그런 곳으로 혼자 보내면 어떻게 합니까?

"뭐가 걱정돼서 그래요?"

-길드마스터는 지금 정신적으로 불안정한 상태란 말입니다. 주변 사람들의 도움이 필요한 시기예요. 하다못해 원정대원들을 꾸려 함께 보냈어야 했습니다.

"귀찮게 느끼지 않으면 다행일 겁니다. 제가 잘 감시하고 있으니 다른 일도 벌이지 않을 거고…… 가끔 말도 걸어주고 그럴 테니까 너무 걱정하지 마세요. 혜진 씨는 혜진 씨 일에나 집중하는 게 좋을 겁니다. 지금 더 중요한 쪽은 이쪽이니까. 아, 그리고 우리 하얀이 좀 잘 챙겨주시고요."

-소라 씨가 잘 챙겨주고 있는 거로 보입니다.

확실히 한소라가 잘 챙겨주고 있는 것처럼 보이기는 한다.

간이 캠프에서 식사를 하는 모습은 나름대로 좋아 보인다. 언제 터질지 모르는 폭탄 같은 느낌이 있기는 했지만 그나마 안정되어 있는 모습.

한소라가 새로 선보인 캐릭터 도시락이 마음에 드는 것 같은 눈치였다.

'쟤네는 피크닉 온 것 같네.'

정하얀은 사실 별생각이 없을 것이다. 애초 이런 머리 아픈 문제들은 정하얀의 담당이 아니었으니까. 엘프들이 왕국을 완전히 잠갔다는 것은 그녀의 관심사가 아니다.

정하얀이 이곳에 온 이유는 조혜진과 엘레나를 왕국으로 옮기기 위해서이기도 했지만…….

-큰, 큰 사건이 일어날까?

-네? 저도 확실히는 잘…… 아무 일도 안 일어나면 좋은 거겠죠?

-그, 그, 그러면 안 되는데…….

정하얀의 개인의 신화를 써 내려갈 수 있다는 가능성 때문이기도 할 것이다.

에베리아 왕국에 문제가 생겼다는 소식을 들었을 때 소리 없이 키득거리고 있었던 정하얀의 모습이 괜스레 기억에 맴돈다. 조금 떨어진 곳에서 초조한 표정을 보내고 있는 엘레나와는 딴판이었다.

사실 지금도 다르지 않다. 불안감에 식사도 제대로 하지 못하고 있는 엘레나의 모습과는 확실히 대조적이지 않은가.

한소라도 그런 엘레나가 신경 쓰이는지 자꾸만 시선을 보내고 있는 모습.

결국에는 잠깐 몸을 일으켜 그녀를 위로해 주고 돌아왔지만 정하얀 학과의 권위자인 나로서는 좋은 선택이 아닐 거라고 장담할 수 있다.

-무, 무, 무슨 이야기 했어?

-네. 잠깐…… 아무래도 왕국에 문제가 생겨서…… 많이 슬

퍼하시는 것 같아서요. 조금 위로해 드려야 할 것 같아서…….

-정확히 무, 무슨 이야기 했냐구…….

-크게 신경 쓰지 않으셔도 돼요.

-무, 무슨 이야기 했냐니까!

-그러니까요…….

-너무 친, 친하게 지내지 마. 쟤…… 쟤 조금 이상하니까.

누가 봐도 정하얀이 이상해 보이는 상황이기는 했다. 거칠게 숨을 몰아쉬며 눈을 부라리고 있는 것을 보면 눈깔이 돌아가지 않을까 걱정이 되기는 했지만, 아마 본인에게 피해가 갈 짓을 하지는 않을 것이다. 아마도 말이다.

자신들만의 대화를 나누고 있는 정하얀과 한소라의 왼편에 자리한 것은 안기모. 오랜만에 김예리와 박덕구를 떼고 자리한 모습이 눈에 띈다.

붙임성이 좋은 녀석답게 알프스의 흰둥이를 쓰다듬으며 엘레나에게 위로의 말을 건네고 있었다.

흰둥이의 주인인 알프스는…….

혼잣말을 하고 있는 조혜진을 걱정스러운 표정으로 바라보고 있네……. 다른 사람이 보기에는 조혜진이 미치고 있는 것처럼 보이는 모양이다.

일의 처리를 위해 온 마도학자 황정연까지 합친 것이 이번 원정의 인선. 나름 나쁘지 않은 인선이기는 했다.

아니, 딱 적당하다는 생각이 들어와 꽂힌다. 애초에 전투를 위한 인선도 아니었거니와 만일의 사태에도 정하얀이 전부 대처할 수 있을 테니까. 만일의 사태가 일어날 확률도 낮다.

'아마 상황을 관망하지 않을까 싶은데······.'

커다란 떡밥을 하나 뿌렸으니 일이 어떻게 돌아가는지 확인하려 할 게 분명했다.

"우리가 뭘 해야 한다고 했었죠?"

-저는 바보가 아닙니다. 부길드마스터. 엘리오스 님과의 대화를 나누는 것이 첫 번째······.

"아닙니다. 세계수의 조사가 첫 번째예요. 이지혜의 흔적을 찾는 게 두 번째고요. 정연 씨와 알프스를 괜히 인선에 넣은 것이 아닙니다. 꼬리를 밟아야 돼요."

-일단 눈앞에 있는 문제부터 해결하는 것이······.

"아니요. 무조건 꼬리를 밟아야 합니다. 눈앞에 있는 것들부터 해결하는 방식으로 일을 처리하면 대륙이 폐허가 되는 그 순간까지 이지혜 뒤꽁무니만 따라다니게 될 겁니다. 틀어막을 생각하지 말고 우리도 쓸 수 있는 패를 준비하고 만들어 놔야 돼요. 극단적으로 말씀드릴게요. 엘리오스에서 두 종족의 무력 충돌이 일어나도 개입하지 마세요. 우리는 우리가 할 일을 합니다."

-하지만.

"제 말 들어주세요. 손해 본 적 없다는 건 혜진 씨가 제일 잘 알고 계시잖아요. 당신 방식이 틀렸다고 이야기하는 게 아니라 제 방식이 더 알맞다고 이야기하는 겁니다. 이지혜에 관련해서는 제가 더 잘 알아요."

-일단은 받아들이겠습니다. 하지만 그것만은 알아두세요. 저는 부길드마스터에게 제 자유 의지를 드린 것이 아닙니다. 인형이 되기 위해 대리자가 되는 것을 선택한 것이 아니에요. 제가 옳다고 생각하는 일이고 해야 한다고 생각하는 일이라면…….

"네, 네네. 잘 알아들었습니다. 애초에 혜진 씨가 제 말에 전부 수긍할 거라는 생각은 안 했으니까 그렇게까지 반응하지 않으셔도 됩니다. 우선순위만 확실하게 기억하고 계시면 돼요."

-네.

"그럼 다시 출발합시다. 빠르게 움직이면 한 시간 안에는 들어갈 수 있겠네요. 기왕이면 텔레포트로 바로 들어가면 좋았을 텐데……."

-왕국에서 원하지 않으니 어쩔 수 없지 않습니까. 여러 가지로 조심하고 있으니 우리도 그들의 선택을 존중해야 합니다.

"네…… 뭐. 네……."

-너무 초조해하지 않으셔도 됩니다. 다시 한번 말씀드리는 거지만 저는 지혜 씨가 이번 일을 벌였을 거라고는 생각하지 않습니다. 만약 세계수의 소실에 지혜 씨가 연관되어 있다고 한들, 다른 이유가 있었을 겁니다.

별로 수긍하기 힘든 발언이다.

'이미지 관리를 왜 이렇게 잘해놨어?'

이지혜의 인성에 혀를 차고 있는 사이에 길드원들에게 말을 전하고 있는 조혜진의 모습이 보였다.

빠릿빠릿하게 움직이는 알프스 덕분에 캠프가 금방 정리됐고 금방 발걸음을 옮기는 길드원들이 보였다.

여러 가지 대화를 나누며 걷고 있는 풍경이 왠지 익숙하다. 물론 멤버가 몇 명 빠지기는 했지만 입꼬리가 올라가는 풍경이라 할 만했다.

약 한 시간가량을 걷다 보니 서서히 모습을 드러내고 있는 에베리아의 전경이 눈에 들어온다. 이전과는 다른 모습이다.

'목책?'

거대한 목책이 왕국을 둘러싸고 있다. 단순한 목책이라고 하기에는 지나치게 견고해 보이기야 한다. 마치 거대한 나무들이 성벽을 뒤덮고 있는 듯한 모습, 엘프들의 마법으로 만들어졌다고 보는 게 맞지 않을까.

지금 이 시간에도 계속해서 위로 올라가고 있는 가지가 보인다.

'저러다 하늘까지 가리겠네. 시바.'

달라진 에베리아의 모습에 입술을 더욱더 꽉 깨물기 시작한 엘레나의 얼굴은 가관, 누가 봐도 현 엘프의 지도자인 엘리오스의 선택을 탐탁지 않게 생각하는 것처럼 느껴졌다.

앞서 걷고 있는 조혜진을 가로질러 성큼성큼 걸어가는 것이 보였다.

-문을 여세요. 엘레나입니다.

-…….

-문을 여세요. 에베리아 왕국의 엘레나입니다!

'우리 엘 여왕님 멋있자너.'

가지들이 천천히 공간을 내어준다. 애초에 출구나 입구를 따로 정해두지도 않은 모양. 필요할 때마다 가지가 흩어지며 문을 열어주는 시스템인가 보다.

'합리적이기는 하네.'

본래 세계수의 보호를 받는 엘프들은 성벽과 목책을 쌓지 않는다.

뭔가 다른 수단을 강구했을 거라고 생각했지만 훨씬 더 훌륭히 적용한 모습. 인간들만 엘프들에게 영향을 받은 것이 아니다. 엘프들 역시 인간들에게 아주 많은 영향을 받았나 보다.

이윽고 나뭇가지의 성벽이 흩어지고 난 곳에 자리한 곳은 오랜만에 보는 엘리오스와 무장을 하고 있는 엘프 병사들. 다행이라고 하기에는 뭣 하지만 이쪽을 적대하고 있다고 느껴지지는 않는다. 아무리 민감한 상황이라고 한들, 대륙을 구한 주역들을 적대할 정도로 정신이 나가지는 않았겠지.

오히려 정하얀에게 존경의 눈빛을 보내는 놈들 역시 있다. 뒤쪽에 로브를 입은 것들은 고개를 살짝 끄덕이고 있었고 정하얀은 광대를 한껏 올라가고 있는 것을 보면…….

'뭐야. 마법의 신의 신도들이라도 돼?'

최근 정하얀이 보여주고 있는 기행이 단순한 기행이 아닐지도 모른다는 생각이 들기도 했다.

-이게 무슨 소란이냐. 엘레나.

-오라버님이야말로 이게 무슨 짓입니까!

-……들어가서 이야기하자꾸나.

-아니요. 들어가기 전에 할 말은 해야겠습니다. 왕국의 손님들을 억류하고 있다면서요! 게다가 지금 제가 보고 있는 이것은 뭔지 이야기를 들어봐야겠습니다. 왕국을 새장으로 만드실 생각입니까!

-네가 상관할 일이 아니다.

-저는!

-왕국을 떠난 것은 네가 아니더냐. 엘레나. 이제 와 왕국의 일에 이래라저래라 간섭할 수 있는 입장이 아니다. 나는 해야 할 일을 하고 있을 뿐이야.

갑작스럽게 시작된 드라마에 나도 어떻게 끼어들어야 할지 모르겠다. 성이 날 대로 성이 난 엘레나와 함께 목소리를 높이는 엘리오스를 보면 쟤네가 진짜 남매긴 남매구나 하는 생각이 든다.

뒤쪽에 서 있는 병력들도 어떻게 해야 할지 갈피를 찾지 못하고 있지 않은가. 결국에 살짝 눈치를 보던 보좌관 한 명이 엘리오스에게 말을 전하고 나서야 저 말다툼이 마무리됐다. 정확히 말하면 휴전 상태로 들어간 것이다.

-죄송합니다. 파란 길드 여러분. 그리고…… 조혜진 님.

-오랜만에 뵙습니다. 엘리오스 님.

-네. 반갑습니다. 조혜진 님.

그 와중에 시바 엘리오스 놈은 귀를 살짝 세우며 조혜진에게 인사를 건네고 있다. 별로 어울리지 않는 조합이라 생각했

없는데 공적으로 만날 일이 많았던 모양.

아니, 그것보다는 저 새끼가 조혜진에게 호감을 가지고 있는 것 같이 느껴졌다. 내 촉이 말하건대 저 새끼 분명히 조혜진한테 호감 있는 것 같다. 조금씩 조금씩 떨리고 있는 놈의 귀가 그 증거다.

새삼스레 조혜진을 다른 눈으로 바라볼 수밖에 없는 상황이었다.

'와…… 얘 진짜 언제…….'

둘이 뭐 있기는 있었어? 아니면 그냥 얘 혼자 이러는 거야? 아니, 뭐야. 뭔데, 언제 만난 거야? 사적으로 만나기는 했어? 어째서 조혜진을 계속해서 망원경으로 들여다보지 않았는지 후회가 될 지경이다. 엘리오스가 혼자 호감을 키웠을 가능성이 크긴 하겠지만 그래도 둘이 연락 가끔 주고받고 했을지 누가 알겠는가.

-찾아뵙지 못해 죄송합니다.

-아닙니다. 엘리오스 님께서 바쁘시다는 것 정도는 알고 있으니까요.

-잘 지내고 계셨습니까?

'이 새끼 봐라.'

표정이 살짝 풀어진 것이 눈에 띈다. 아까까지는 의심이었지만 지금은 확신이다.

하긴 조혜진이 엘프들한테 인기 많을 것 같은 스타일이기는 했어. 그래도 시바, 너는 아니지. 저 엘프에게 개인적인 악감정을 가지고 있는 것은 아니지만 우리 혜진이와 간질간질한 사랑을 나누기에는 부족하다는 생각이 든다.

'현성이 있잖녀.'

-일단 이곳까지 와주신 파란 길드원 분들께 감사의 뜻을 먼저 전하고 싶습니다. 엘레나를 안전히 데려와 주셔서 감사합니다.

-해야 할 일을 했을 뿐입니다.

-본래대로라면 왕국의 손님으로서 여러분들을 맞이하고 싶지만…….

-…….

-현재 상황이 여의치 않아 제대로 된 대접을 드리지 못할 것 같습니다.

'이 개새끼, 이거.'

명백한 축객령이었다.

-그게 무슨 말씀이십니까!

-엘레나.

-에베리아를 구하고 대륙을 구하신 영웅들에게…….

-엘레나!

-그것에 관해서는 말을 전해 드렸으니 비밀이 새어 나갈 걱정은 하지 않으셔도 됩니다. 오라버님.

'이 집안 막장이자녀.'

-오라버님께서 그리 연모해 마지않는 조혜진 님께 이미 모두 말씀을 드렸으니까요!

상상도 못 한 발언.

'으아아아아아아아아아아아아…… 어떻게 해…….'

"너무 잔인하다…… 진짜."

얼굴을 새빨갛게 붉힌 채로 입술을 깨물고 있는 엘리오스의 모습.

'순수 악 엘레나. 시바.'

언제 왔는지 엘레나에게 박수를 보내고 있는 벨리알이 보였다.

-무슨 소리를…….

깜짝 놀란 것 같은 조혜진의 얼굴이 보였다. 눈에 띄게 당황한 것만 같은 표정이다.

물론 그런 그녀보다 더 당황한 것은 엘리오스 쪽, 솔직히 저 자리를 피해 도망쳤어도 이상하지 않은 순간이었다고 본다.

"스카우트 제의를 해보는 게 좋겠군."

엘레나에게서 어떤 가능성을 본 것인지는 모르겠지만 감탄의 박수를 보내던 벨리알은 누군가와 연락을 취하기 시작.

그만두라고 이야기 하고 싶었지만 바로 앞에서 펼쳐지는 아침 드라마에서 눈을 뗄 수 있을 리 만무했다.

가벼운 침묵이 내려앉은 자리를 수습해 줄 사람이 없다는 게 가슴 아프다. 드라마 애청자로 유명한 황정연은 흥미로운 표정으로 두 사람을 바라보고 있었고, 엘레나도 딱히 이 상황을 수습할 생각이 없다.

자신이 아직까지 뭘 잘못했는지 자각하지 못하고 있지 않은가. 오히려 커다란 목소리로 소리치고 있는 것을 보니 애도 정신이 없기는 없는 모양이다.

-지난번에도 이런 일이 있었던 것으로 기억합니다! 저는 제 선택이 틀렸다고 생각하지 않습니다. 이렇게 웅크려 새장을 만든다고 한들, 해결될 문제가 아니라는 건 누구보다도 오라버님이 더 잘 알고 계시지 않습니까!

-……

-문제를 숨기는 것은 결코 이로운 일이 아닙니다. 지난 일로 얻은 교훈을 벌써 잊으시다니요! 오라버님의 그 꽉 막혀 있는 성정을 본래부터 알고 있었지만 이리 중요한 순간에도 자신의 고집을 주장하실 줄은 몰랐습니다.

'구석으로 몰아넣고 패네. 시바. 와……'

얼핏 보기에는 단순한 말싸움 같았지만 내 눈에는 아예 저항할 의지를 잃어버린 상대를 코너로 몰아넣고 두들겨 패고 있는 것처럼 보인다.

-어릴 때부터 늘 그런 식이었지요. 혼자서만 떠안고 삭힌다고 한들, 해결되는 것은 아무것도 없습니다.

-엘레나.

-이제 어떻게 하실 겁니까? 저번과 같은 선택을 하실 겁니까? 병사들에게 말씀하셔야지요! 어서 명을 내리세요! 우리들을 포박하고 억류하라고 말씀하셔야 하지 않겠습니까? 오라버님께서 연모하는 조혜진 님도 에베리아 안에 꽁꽁 묶어두실 작정이십니까!

'두 번 말하지 마. 시바……. 다시 한번 상기시키지 말라고.'

-우리도 이전과도 달라졌고 인간들도 이전과 달라졌습니다. 오라버님이 가장 잘 알고 계시지 않습니까! 함께 힘을 합쳐 대륙을 지켜낸 지 1년이 채 지나지 않았습니다! 아직도 인간을 믿지 못하다니요! 조혜진 님 역시 인간입니다. 인간이란 말입니다!

'알았으니까 그만해…… 제발 그만해…….'

-하아…… 하아…… 하아…….

-…….

-길을 비켜주세요. 이 문제는 에베리아 만의 문제가 아닙니다. 세계수의 소실은 우리 모두의 문제입니다.

대답은 들려오지 않았지만 엘레나는 발걸음을 옮기기 시작했다. 파란 길드원들도 서로 눈을 한 번씩 마주친 이후에 엘레나를 뒤따라 나선다.

당연하지만 이미 일어설 수 있는 상태가 아닌 엘리오스가 폭주한 엘레나를 막을 수 있을 리 만무.

그녀가 엘리오스의 멘탈을 잡고 무자비하게 구타한 것과는 별개로 그녀의 말이 틀린 게 없다는 걸 깨달았을 것이다. 이미 다른 수단이 없지 않은가.

'파란 길드원들을 억지로 제압한다는 선택지?'

하얀이가 두 눈을 시퍼렇게 뜨고 있는데?

에베리아가 중력에 짓눌려 먼지처럼 사라지지 않으면 다행이지 뭐. 엘레나가 자신을 지나칠 때 조용히 한마디 건네는 것이 녀석이 할 수 있는 전부였다.

-나 역시 인간을 이해하고 있다. 지난 전쟁으로 인해 더욱더 잘 이해하게 됐다. 엘레나.

-…….

-그들이 뭘 할 수 있는지, 그들이 얼마나 강한지, 그들이 그들 스스로를 어디까지 강하게 만들 수 있는지…… 말이다.

-제 동료들이 있는 한 그들의 칼날이 엘프들을 향하는 일은 없을 겁니다.

단호한 발걸음으로 가볍게 녀석을 지나치는 모습이 꽤나 멋있게 보인다.

조혜진 역시 눈치를 보며 엘리오스를 지나치려고 하는 중. 아까의 사태에 대해 입을 닥치고 있기 뭐 했는지 어색한 표정으로 입을 여는 게 시야에 비쳤다. 누가 봐도 어색한 얼굴이다.

-무…… 무례를 용서해 주셨으면 합니다. 엘리오스 님. 하지만 이 사안이 정말로…… 막중한 사안이라는 것만은 알아주셨으면…….

-아닙니다. 저야말로…… 사과드리고 싶습니다. 많이 당황하셨을 거라고…… 생각합니다.

-괜찮습니다. 엘레나 님이 무언가 착각하신 게 분명할 테니까요. 엘리오스 님이…… 하…… 하하……. 네. 말도 안 되죠. 말도 안 되는 이야기라는 건 그 누구보다 제가 가장 잘 알고 있습니다. 전혀 신경 쓰지 않으니 엘리오스 님께서도…….

-딱히.

-네?

-제가 조혜진 님에게 다른 감정을 가지고 있다는 게. 딱히 말도 안 되는 이야기라고는 생각하지 않습니다.

-아…….

'이 시바 새끼…….'

-네…….

'이 개새끼.'

엘룬 쓰레기의 아들답게 헛바닥을 놀리는 게 심상치 않다.

-그럼…… 먼저 실례하겠습니다.

심지어 미련 없다는 듯이 뒤를 돌아 안으로 들어가는 모습은 가관.

조혜진이 혼란스러워하는 게 느껴진다. 잠깐 동안 충격을 받은 듯 멍하니 제 자리에 서 있는 모습, 마음이 흔들렸다기보다는 깜짝 놀란 것처럼 보였다.

이 혼란스러운 시기에 어떻게 이럴 수가 있는지, 시바. 어이가 없어서 헛기침이 나올 정도였다.

"뭡니까?"

-저도…… 잘 모르겠습니다.

"둘이 뭐 언제 만난 적은 있었어요?"

-아니요. 딱히 사적으로 만난 적은 없었지만…… 공적인 자리에서 만나 차를 마시거나 식사를 같이하는 정도로만…… 물, 물론 다른 사람들도 함께였습니다. 저는 모르는 일입니다. 제가…….

"음습하고 음흉하네요."

……

"뭐 지금 이 문제에 대해서 이야기를 나누는 게 의미 없기는 하지만 그다지 건강한 사람처럼 보이지는 않습니다. 그냥 그렇게만 알아두라고요. 친구로서 하는 말입니다. 제가 재랑 몇 번 술 마셔봐서 알아요. 음흉한 구석이 있습니다."

-부길드마스터가 관여하실 일은 아닙니다.

"그냥 친구의 조언이라고 생각하시고 흘려 들으세요. 저도 이런 시기에 이 건에 대해서는 오래 이야기 하고 싶지 않습니다. 일단 빨리 들어갑시다. 정확히 무슨 일이 있는지 확인해야죠."

……

"빨리요."

-네.

다른 길드원들보다 한발 늦게 에베리아에 발을 들이는 그녀의 모습이 시야에 비쳤다.

혹시나 일에 집중하지 못하면 어떻게 하나 생각했었는데 그건 기우에 불과했던 모양, 천천히 에베리아를 둘러보고 있는 조혜진이 눈에 보인다.

가장 먼저 입장한 엘레나는 이미 바닥에 주저앉아 눈물을 뚝뚝 떨어뜨리고 있다. 다른 길드원들의 반응도 별반 다르지 않다. 나야 이미 망원경으로 에베리아의 모습을 확인했지만 이전과 너무나도 달라진 풍경에 약간은 충격받은 듯한 모습이었다.

커다란 세계수를 중심으로 살아가고 있는 엘프들의 모습은 없다. 불에 탄 것인지, 아니면 썩어 문드러진 것인지는 모르겠지만 기괴한 모양으로 뒤틀려 있는 것으로 모자라 존재하고 있는 것 같지도 않다.

다른 엘프들의 표정은 모두 불안감과 걱정으로 물들고 있다.

'하……'

조금 다행이라고 생각했던 것은 억류되어 있는 인간들은 이 상황을 이해하고 있는 것처럼 보였다는 것. 엘프들에게 일어난 불운과 그들이 이런 조치를 취할 수밖에 없는 이유에 대해 공감하고 있는 것처럼 보인다. 엘프 측에서도 최대한 인도적으로 그들을 억류하고 있는 모양, 강제성을 띄기보다는 협조를 요구하고 있다는 느낌이 강했다.

물론 모두가 그런 것은 아니다.

-지금 이 상황이 어떻게 된 것인지 설명을 해주셔야 할 겁니다. 저희 길드에서는 결코 이 일을 좌시하지 않을 것입니다.

-너희들이 무슨 짓을 벌이고 있는지 알기나 해? 이건 대륙법 위반이야. 이 개새끼들아!

-아, 시발…… 중요한 미팅이 있었는데. 제기랄…….

-지금 하고 일이 무슨 의미인지는 모르겠지만 장담하건대 당신네들 종족 전체가 책임져야 할 겁니다.

분탕질을 치고 있는 놈 몇몇 위험 종자들은 확실하게 강압적으로 붙들고 있다.

-파란 길드다!

-파란 길드가 왔다! 정하얀 님! 정하얀 님! 저희 좀 도와주

십시오!

심지어 갑작스레 등장한 파란 길드를 향해 소리까지 치고 있는 모습, 우리가 이 사태를 해결해 주기를 바라고 있는 것 같았지만 우리 관심사는 아니다.

-조혜진 님!

쟤네들이 저리 화를 내는 것도 이해가 가기야 한다. 타의로 이곳에 억류되어 있다는 게 반갑게 비칠 리는 없었을 테니까. 아, 몇몇 종족 우월주의 발언을 내뱉고 있는 놈들만 빼고 말이다.

'시대가 어느 때인데…… 시바 아직도 저런 새끼들이 있어?'

조혜진 역시 불편한 눈으로 놈들을 바라보고 있기야 하다.

-너희들이 지금 누구 때문에 여기서 잘 먹고 잘살고 있는지 알기나 해? 지금 뭘 하고 있는지 알고 있는 거냐고. 다시 예전으로 돌아가고 싶어? 이 더러운 엘프 새끼들…….

'저 새끼는 그냥 뒤져야겠는데.'

-조혜진 님! 조혜진 님!!

돼지 멱따는 소리를 지르며 조혜진의 이름을 부르는 모습은 가관, 얘가 인상을 이렇게까지 찌푸리는 모습을 참 오랜만에 본다. 날 처음 만났을 때 같은 얼굴이었다.

"한마디 해주세요. 혜진 씨."

-파란 길드는 여러분들의 문제를 해결해 드릴 수 없습니다.

-…….

-대륙의 커다란 손실을 조사하기 위해 온 것입니다. 여러분들이 불편을 겪고 계시는 것은 이해하지만 에베리아 왕국에서

취할 수 있는 최소한의 조치가 이상하게 느껴지지는 않습니다. 세계수의 소실은 에베리아 왕국뿐만이 아니라 전 대륙의 손실이며…… 믿고 싶지는 않지만 이곳에 계신 여러분들 중 몇몇이 저지른 일일지도 모르는 가능성도 결코 배제할 수는 없기 때문입니다.

-그게 무슨 말씀이십니까?

-이곳에 계신 분 중 용의자가 있을지도 모른다는 말씀을 드린 겁니다. 물론 가능성은 낮지만…… 어디까지나…… 절차적인 부분으로써.

-그게 무슨 소리야! 당신 미쳤어?!

'뭐야. 이 새끼…… 너 미쳤어?'

-오호라…… 이제 뭐가 어떻게 된 건지 알겠구만…… 이 시발 것. 파란 길드 이 잡것들이 더러운 엘프들과 붙어먹었다 이거지…… 아직도 파란이 옛날 파란인 줄 아는 모양입니다. 여러분.

'……'

-그런 식으로 나오면 우리가 가만히 있을 것 같아? 공화국의 거대 길드와 잘 아는 사이라고 하면 무슨 말인지 감이 올 것 같냐고. 여기 있는 사람들이 다 그저 그런 사람들로 보이는 건 아니지? 거래처 전부 다 끊기고 싶어? 대륙의 영웅이면 영웅답게 행동하란 말이야! 이 정신 나간 년아!

조혜진이 입술을 꽉 깨물고 있는 게 보인다.

나도 눈깔이 돌아갈 것 같다.

'하…… 시바…… 진짜…….'

어처구니가 없어 말도 제대로 튀어나오지 않는다. 길드가 개판이 되었다는 것은 알고 있었지만 파란이 이 정도까지 바닥으로 떨어졌을 줄은 생각하지 못했다. 어딜 가나 미친놈들은 있게 마련이지만 적어도 예전에는 이런 미친놈들이 미친 소리를 대놓고 하지 못하는 환경이었다고 기억한다.

파란 길드가 가지고 있는 문제 때문인 건가? 김현성이랑 정하얀이 있는데도 이런 미친놈이 나온다고? 김현성은 명함만 길드마스터를 유지하고 있을 뿐이라서 그래? 은퇴설도 살살 돌고 이러니까? 아니면 정하얀이 마탑으로 이적한다는 소식 때문에? 재정 파탄 나고 시바 이해할 수 없는 기행을 벌이고만 있으니까? 아니면 내가 뒈져서 그런 건 아니지?

더 어처구니없는 것은 조혜진이 뭐라 말을 잇지 못하고 있다는 것이었다. 얘가 뒷감당을 생각하고 있다는 것도 이해가 가지 않는다. 우리는 시바 뒷감당을 걱정하지 않아도 되는데 왜 그걸 모를까.

–…….

"……저 새끼 죽여. 혜진아."

–네?

"저 새끼 죽이라고."

–지금 무슨 말씀을…….

"아니다. 죽이지 말고 겁만 줘요. 참지 말고 하고 싶은 대로 하라고. 너는 참을 필요가 없어. 왜 참으려고 그래? 진짜 시바 가관이다. 내가 어디 가서 길드 부심 부리는 사람이 아니었는데. 그래도 저런 놈들한테까지 무시당할 정도로 땅바닥으로 추락했다고 생각하니까 어이가 없네. 시바. 공화국? 공화국?"

뭐 어디서 일회용 엑스트라로 튀어나올 것 같은 놈한테 이런 대접을 받고 있다는 것부터가 당황스럽다.

'김미영 팀장은 이런 새끼들 안 조지고 뭐 하고 있었어?'

사실 김미영 팀장을 탓할 문제는 아니었지만 이런 현실이 눈앞에 펼쳐져 있으니 이가 갈린다.

-하지만……

"책임은 내가 질 테니까 하고 싶은 대로 하라고"

이윽고 입술을 꽉 깨문 조혜진이 천천히 녀석의 앞으로 다가가는 것이 시야에 비쳤다.

돼지 멱따는 비명을 내지른 단역은 의기양양한 표정으로 그녀를 바라보는 중, 뭔가 다른 피드백이 올 거라고 생각한 모양이다.

하지만 녀석의 표정이 변하기까지는 그리 오랜 시간이 걸리지 않는다. 더러운 미소를 담고 있었던 얼굴은 어느덧 식은땀이 흐르는 얼굴로 뒤바뀌기 시작, 다리가 저절로 후들거리고 있다. 몸 전체가 떨리는 것으로 모자라 숨을 제대로 쉬지 못하고 있는 모습도 눈에 띈다.

결국에는 바닥을 적셔주기까지 하고 있다.

캑캑거리며 호흡이 아까보다 더 뒤틀리고 있다. 조혜진이 녀석을 압박하고 있는 것이다.

-다시 한번 말해봐.

-켁…… 콜록…… 켁…….

-다시 한번 말해보라고 했습니다.

'너무 약한데.'

하지만 조혜진이 가지고 있었던 스트레스가 어느 정도 풀린 것 같기야 하다. 어차피 저 새끼는 내가 처리하면 되는 거니까 뭐.

-조용히 질서를 지키며 통제에 따라주십시오. 통제에만 따라주신다면 여러분들의 안전에 해가 생기는 일은 없을 겁니다.

'너무 약해.'

이지혜가 그리고 있던 그림이 그려질 것 같다는 생각도 든다.

붉은 용병은 문을 닫고 있고, 검은 백조도 침묵하고 있다. 파란 길드는 땅바닥까지 떨어졌으니 결국에는 린델의 3대 길드가 중심을 잡아주지 못하고 있다는 소리가 된다는 거다.

카스가노 유노가 이끌고 있는 길드도 해산. 교국이 하향 패치 됐으니 숨어 있던 벌레들이 기어 나오는 중일 것이다.

물론 대놓고 튀어나오지는 못하고 있겠지. 전술 김현성을 처맞고 싶은 놈들은 없을 테니까. 하지만 각자의 이익을 위해 은밀히 움직이고 있을 가능성이 없다고는 볼 수 없다.

일은 여기에서부터 시작될 거라고 생각했다.

하지만. 이윽고 들려온 소식에는 지금까지의 가설을 재고해 볼 수밖에 없었다.

-터, 터질지도 몰라요.

-…….

-콰앙! 하고 터질지도 몰라요. 남아 있는…… 저거…… 터지면…… 일, 일대가 전부 날아갈 거예요.

이지혜답지 않은 생각이었다. 정하얀과 한소라, 그리고 황정연 가지고 온 소식은 적어도 내가 아는 이지혜가 벌일 짓은 아니라고 생각했다.

-그게 무슨 말씀입니까? 하얀 씨.

-제가 대신 설명해 드릴게요. 조혜진 님. 겉보기와는 다르게 현재 세계수가 굉장히 불안정한 상태라는 걸 먼저 말씀드리는 게 좋겠네요.

-…….

-네. 세계수의 표면이 안에 차 있는 기운을 억누르고 있다고 표현하는 게 맞을 거예요. 겉으로는 아무렇지도 않아 보이지만 안쪽에서는 팽창하려는 성질과 억누르려는 성질이 충돌하고 있거든요.

-…….

-뭐라고 한마디로 정의해서 설명드리기 어렵네요. 저도…… 하얀 씨가 설명하는 걸 제대로 알아들을 수가 없어서…… 중요한 건 저 세계수, 아니, 저 흉물이 터지기 전까지 시간이 얼마 남지 않았다는 거겠죠?

파란 길드의 마법사들이 상황실에 들어와 있는 조혜진을 둘러싸고 있다.

황정연은 조금 불안한 미소를 보내며 빈약한 정하얀의 설명에 살을 붙이는 중, 그림까지 그려가며 설명하고 있었지만 조혜진과 내가 저런 걸 알아볼 수 있을 리 만무했다.

물론 굳이 알아들을 필요도 없다. 중요한 건 저게 터진다는 사실 하나뿐이었으니 말이다.

-정확히 시간이 얼마나 남은 겁니까?

-삼…… 삼 일?

-……엘리오스 님께서는 이 사실을 알고 계십니까?

-아직 알리지 않았어요. 조혜진 님이 먼저 알리는 게 맞다고 생각해서…… 여기까지 온 목적도 있으실 테고…… 엘리오스 님에게는 직접 말씀드리는 게 낫지 않겠어요?

-굳이 그럴 필요는 없지만…….

-그러지 말고 직접 말씀해 주시는 게 좋을 것 같네요. 현재 추가적으로 조사를 진행하는 중이에요. 조혜진 님께서 언급하신 사안도 함께…… 찾아보고 있고…… 마탑의 마법사들과 협력하는 방향도 생각해 보고 있는데…… 아무래도 이건 허가가 나오기 어려울 것 같고…….

-막을 수는 있는 겁니까?

-잘, 잘, 잘 모르겠는데…….

확신하지 못하고 있는 정하얀의 표정을 보고 갈등하고 있는 조혜진이 눈에 들어왔다.

'대피시키는 게 좋을까?'

라고 말하는 것 같은 얼굴이었다. 정하얀이 확신하지 못하고 있으니 걱정하고 있는 거겠지.

일반적인 상황이라면 병력을 대피시키는 게 맞는 행동이다. 아주 약간의 여유 시간이 남아 있다고 한들…… 무엇 하나 확신할 수 없는 상황이었으니 말이다.

문제는 이곳이 린델이 아니라는 것에 있다. 모든 일에는 절차라는 게 있게 마련, 왕국의 최고 결정권자는 엘리오스가 아니었던가. 판단을 내리는 것은 녀석이지 조혜진이 아니다.

아니, 애초에…….

'터지는 게 맞기는 해?'

여기서 이걸 터뜨릴 정도로 무리수를 던지지는 않을 거라는 판단이 선다.

지혜 누나가 일을 벌이는 방식과는 거리가 멀다. 아직 전부 준비되었을 리가 없다. 이 타이밍에 한 왕국을 통째로 날려 버린다는 발상을 내가 어떻게 받아들여야 할까. 시작부터 대륙을 위협하는 집단이 있다는 걸 드러내고 선전 포고나 다름없는 행위에 주사위를 던진다고? 차라리 정하얀이 자작극을 하고 있다는 게 더 현실성 있는 이야기처럼 느껴진다.

아니나 다를까 불안한 표정은커녕 왕국에 닥친 위험에 싱글벙글 웃고 있는 정하얀의 모습이 눈에 보인다.

-자세한 설명은 세계수의 앞에서 듣는 게 더 좋을 것 같군요.

-그렇게 하시겠어요? 그럼 천천히 오세요. 몇 가지 준비를 해야 할 것 같아서요.

-네. 고생하셨습니다. 정연 씨. 하얀 씨. 소라 씨.

에베리아 왕국에 위기를 초래하고 멋지게 그걸 막아내며 신성을 충전하는 그림을 그리고 있지는 않을까. 모든 게 정하얀의 자작극일 가능성은 없나?

생각에 빠져 있는 사이 짧은 회의는 마무리된 모양이다.

당연하지만 조혜진의 얼굴에는 근심이 들어서 있다. 이 문제를 어떻게 받아들여야 할지 고민하고 있는 거겠지.

-어떻게 하면 좋겠습니까?

"글쎄요. 솔직히 그렇게 극단적인 방법을 사용할 거라고는 생각하지 않는데…… 일단 몇 시간 정도는 상황을 지켜보는 게 좋을 것 같습니다. 하얀이 말대로라면 아직까지 여유가 있는 셈이기도 하고…… 아 물론 엘리오스에게 먼저 소식을 전하는 게 좋겠네요. 혜진 씨가 직접 갈 필요는 없습니다. 엘레나를 통해서 가는 게 가장 베스트겠네요. 일단 밖으로 나가요. 현장 확인이 한번은 필요할 것 같으니까."

-지금 당장 대피시키는 게 낫지 않겠습니까?

"그 문제는 엘리오스와 엘레나가 해결해 줄 겁니다. 말씀드리지 않았습니까. 다른 단서를 찾아야 된다고. 지금 당장 저희가 상황을 통제하려고 해봤자 혼란만 가중될 겁니다. 에베리아에서도 위급 상황 시의 매뉴얼이 있을 테니까…… 뭐 걔네들 방식을 존중해 줍시다. 우리는 우리가 해야 할 일부터 해요."

-네.

곧바로 바깥으로 나가 썩어 문드러지고 있는 흉물의 앞에 선 이후에, 정하얀은 이것저것 설명을 하기 시작했다.

세계수의 조각 하나를 조심스럽게 떼어낸 이후에 원형의 마력 안에 가두고 이해하지 못할 말을 내뱉고 있다.

"누르는 힘이랑 빠져나가려는 힘이랑 계속 계속 부딪치면 터, 터지니까…… 이, 이렇게……."

-콰아아아앙!

하는 소리와 함께 작은 조각이 터져 나가며 정하얀이 만든 원형의 방어막이 부서져 버린다.

'자작극 아니지?'

-이, 이, 이 안에 있는 마력 같은 경우는 순도가 높아서…… 팽창하는 지점이…… 다, 다르거든요…… 이런 경우에는…… 그, 그래서 삼 일. 지금 당장은 위험하지는 않지만…… 외부에서 커다란 충격이 오면…… 이, 이렇게…… 콰앙!

"물어봐요. 다른 것도."

-혹시 세계수 안에 들어가 있는 마력이 어디에서부터 왔는지는 확인이 가능합니까?

고개를 젓는다.

-아니면 다른 누군가가 이곳에 들어온 흔적은…….

이 문제에도 대답해 줄 수 없는 모양이다.

대신이라고 하기에는 뭣 하지만 조용히 주문을 외우고 있는 정하얀이 눈에 보였다.

꽤나 긴 영창을 준비한 이후에는 소리 높여 주문을 내뱉는다. 한소라와 황정연은 그런 정하얀을 신기하다는 눈으로 바라보는 중.

투명한 그림자 같은 것들이 주변에 떠오른 것은 바로 그때였다.

갑작스레 생겨난 그림자들이 스스로 움직이며 의미 모를 행동을 하기 시작했다. 작은 그림자는 뛰어다니고 조금 커다란 그림자는 공중에 떠 있다.

아니, 자세히 보니 공중에 떠 있는 것은 아니다. 세계수가 온전한 모습을 유지하고 있었다면 가지에 올라가 시간을 보내고 있는 엘프들의 모습이지 않았을까?

이건…….

-과, 과거…….

'미친 거 아니야? 이런 것까지 가능하다고?'

얘가 괴물 같다는 것은 알고 있었지만 다시 한번 다른 눈으로 정하얀을 바라보게 된다. 한소라를 포함한 다른 이들의 눈도 다르지는 않다.

스토킹 마법의 권위자였으니 저런 종류의 주문을 완성한 것도 이해가 가지만 이렇게 현실감 없는 마법을 구현할 줄은 누가 알았을까.

아니, 시바, 이상하지도 않지. 생각해 보니 공간 이동과 중력 떨구기도 그다지 현실적으로 느껴지지 않으니까.

-대단해요…… 정하얀 님.

-소, 소, 소라도 할 수 있어. 공중에 떠다니는 마력이 가르쳐 주니까. 사, 사람이 움직일 때 눈에 보이지 않은 마력이 영향을 받, 받잖아. 보, 보통 일주일은 남아 있으니까. 소라도 마법의 천, 천사잖아.

-…….

-처, 처음에는 어렵지. 쉬, 쉬워…… 간단해…….

세상은 저런 발언을 하는 천재들을 기만자라고 부른다.

하지만 이걸로도 뭐가 어떻게 된 건지는 찾기 힘들다. 커다란 세계수를 둘러싸고 있는 수백, 수천의 그림자를 어떻게 일일이 구분할 수 있을까.

시간이 조금 더 지나자 흩어지는 그림자들이 시야에 비친다. 세계수가 무너지고 있는 시점일 것이다. 비명을 내지르는 그림자들은 혼비백산하며 쓰러지고 세계수에서 멀어진다. 단순히 투명한 그림자들뿐이었지만 당시에 이들이 얼마나 커다란 일을 겪었는지 알 수 있을 정도의 혼란이었다.

"잠깐 뒤로."

-잠, 잠깐만 뒤로…….

그들 사이에 유유자적하게 발걸음을 옮기고 있는 그림자가 하나.

"잠깐만 더 뒤로……."

-잠깐만 더 뒤로…….

정신없이 사방으로 흩어지고 있는 가운데 조용히 걷고 있는 그림자가 눈에 띈다. 심지어는 팔을 활짝 벌리고 있다.

-처음부터 돌려주시겠습니까? 정하얀 님?

투명한 그림자 하나가 분명 세계수에 손을 가져다 대고 있는 모습이 보였다. 조용히 속삭이며 입을 열고 있다.

말이 들려오지 않아 뭐라고 하는지 알아들을 수 없었지만 입 모양이 달라지는 것이 보였다. 다시 한번 세계수가 무너지며 흩어지고 있는 그림자들이 보인다.

세계수에 손을 가져다 댄 그림자는 다른 그림자들에 섞여 발걸음을 옮긴다. 어디로 향하는지 궁금해 그녀를 따라나서 봤지만 중간부터는 흔적이 끊겨 있다.

마지막에 그림자가 자리한 곳은 억류된 대륙인들이 자리해 있었던 장소. 당시에는 빈 공터였던 곳이었다.

"씨발……."

때마침 커다란 소리가 들려왔다.

-우와아아아아아아아아아!!!

-더 이상 참지 마십시오! 언제까지 이 더러운 엘프 새끼들이 우리를 이렇게 가둬두는 것을 용인할 겁니까!

-몰아내! 몰아냅시다!!

-빠져나가자! 동지들아! 이 새장 안을 빠져나가자!

-움직이자! 무기를 들어! 인간의 힘을 보여주자!

-통제에 따라주십시오! 통제에 따라…… 커헉…….

-통제에 따라주지 않으면 무력으로 제압하겠습니다!

-지랄. 엿이나 처먹어라, 개자식들! 흐하하하하하!

-막아! 막아! 빠져나오지 못하게 해! 막아!

-이 개 잡놈들아!! 흐하하! 크아아아아아!!! 하하핫!!!

-엘리오스 님을 불러!

-시민들을 대피시켜라!

-이 더러운 개새끼들…… 후욱…… 후욱…… 이 엘프 새끼

들을 전부 다 찢어 죽여!!

사방 팔방에서 들려오는 목소리에 입술을 꽉 깨문 조혜진의 모습이 눈에 보였다.

-전투 준비! 전투 준비!

근처에 있던 안기모와 알프스는 곧바로 무장을 챙기며 조혜진과 합류했고 그녀는 재빠르게 몸을 옮기며 입을 열었다.

-근처 시민들의 안전을 최우선으로…….

-네.

-네. 알겠습니다. 길드마스터 대리.

무기를 들고 설치는 미친 개자식들이 순식간에 들고일어난 상황에 이 새끼들이 자살 희망자가 아닐까 하는 생각을 했던 것도 잠시. 맛이 간 것 같은 눈을 보고서는 이 새끼들이 자의로 이 지랄을 하고 있는 게 아니라는 것을 깨달을 수 있었다.

-아아아…… 나의 여신이시여! 우리의 여신이시여!

'시발. 이게 뭐야…… 이게 뭐냐고…….'

-당신을 위해 나의 목숨을, 저의 모든 것을…… 머리부터 발끝까지 남기지 않고 모든 것을 바치겠나이다! 아아아…… 아아아아!!

'이게 씨발…… 이게 뭐야 ×나 무서워 뭐야. 이거…….'

-여신이시여! 나의 여신이시여!!! 그러니!! 그러니!!!! 이들의 피를 당신에게 바치겠나이다!! 나의 여신이시여!!! 아아아아악!!! 아아아아아악!!! 아아아아아아아아아악!!!

'시발 무서워. 시바…… 시바…….'

-세계수다! 여신님이 세계수의 안에 계신다! 여신께서 세계수 안에 계신다!!! 아아아아아악! 아아아아아악! 흐하하하핫!!

'야, 뭐야. 시발…… 야…….'

-전투 준비!!!!!!!!

"전투 준비는 개뿔! 지랄 말고 도망쳐! 혜진아! 씨발!"

223장
마지막(5)

-세계수 가까이 오지 못하게 막아야 합니다!

"아니! 시바."

-하얀 씨!

"정하얀한테 다른 주문 외우게 하지 마! 시바, 순간 이동 주문! 순간 이동 주문부터 외우게 해! 전부 다 옮겨. 엘프들이랑 전부 다 옮기라고 시바! 다른 주문 금지! 다른 주문 금지!"

-하얀 씨! 지금 당장!!

"내 말 들어라. 혜진아. 내 말 들으라고. 하얀이는 안 싸워도 되니까 주문이나 완성하게 해줘."

입술을 꽉 깨물고 고개를 끄덕이는 조혜진이 보였다. 이해가 가지 않는다는 표정이었지만 일단은 곧바로 정하얀에게 주문을 외우라고 지시하고 있는 모습이 시야에 비친다.

창을 칭칭 감고 있었던 천을 풀어 헤친 조혜진은 곧바로 달려오는 미친 것들을 상대하기 시작.

창에 가슴이 찔린 미친놈 하나가 허물어지는 것이 눈에 보였다. 가슴이 창이 꽂힌 채로 움직이고 있는 모습은 분명히 어디선가 본적이 있는 것 같은 현상이다. 차이점이 있기는 하지만……

'공화국의 결사단 놈들? 악마의 영향을 받았다고 보면 되는 건가.'

그나마 눈에 띄는 차이점은 눈깔이 맛이 가 있다는 것. 누가 봐도 세뇌당하고 있다는 걸 보여주는 것만 같은 광경이었다.

아니, 굳이 눈으로 확인해 볼 필요도 없다. 저 새끼들이 외치는 목소리만 들어도 알 수 있었으니까.

-여신님이 세계수 안에 계신다! 하하핫!!!! 으아아아아아악!! 아아아아악!!!

-가자!!! 가자!!!!

-피와 고통으로!!! 아아아아아아아아악!!

-모든 걸 해방시켜라! 해방시켜!!!!!

제대로 발음하지도 못하고 있는 모습은 가관, 입에서 침을 뚝뚝 떨어뜨리며 개소리를 외치고 있는 놈들을 내가 어떻게 판단해야 할까. 누가 봐도 제정신이 아닌 것처럼 움직이고 있지 않은가. 하나같이 세계수 안으로 향해야 한다고 외치고 있는 녀석들의 얼굴에는 서려 있는 것은 광기, 지독한 광기였다.

이 미쳐 버린 현장에서 혼란스러워하는 이들이 시야에 비친다. 벌써부터 사방팔방에서 연기가 치솟아 올라오고 있었고 병장기들이 부딪치는 소리가 들려온다.

당황하는 엘프들의 비명과 움직임은 마치 세계수가 처음 무너졌을 때를 떠올리게 했다.

애초 전장터로 삼았던 북부가 아니라 평화로운 도시 한가운데에서 생겨난 혼란이었다.

'적이 맞는 건가? 싸워야 하는 건가?'

따위의 생각을 하는 놈도 분명히 있을 것이다. 상대는 에베리아에서 억류하고 있는 인간들이었으니 말이다.

-전열을 가다듬으세요! 방진을 구축합니다!

'잘했다. 혜진아. 시바.'

-집중하세요! 실제 상황입니다! 훈련받은 대로, 매뉴얼대로 움직이시면 됩니다!!

때마침 터져 나온 조혜진의 목소리가 놈들의 정신을 깨워 준 것은 그나마 다행이라고 할 만했지만 솔직히 이 엘프들이 제정신으로 싸우고 있는지도 모르겠다.

몇몇 이들의 얼굴에 들어선 것은 공포였다. 시바, 공포란다. 대륙을 지배하려고 한 악마들과의 전투를 승리로 끝마친, 영웅이라고 할 수 있는 병사들의 얼굴에 공포가 들어차 있단다.

'미친……'

본인들의 상식으로는 이해가 되지 않는 상황에 대한 공포, 순수한 광기와 악의를 정면으로 마주하고 있다는 두려움. 입술을 꽉 깨물고 무기를 밀어 넣지만…….

-아아아아아악!! 아아아아아아아아악!! 아아아아아악!!

하는 소리를 지르며 무작정 몸을 움직이고 녀석의 모습에 얼굴이 흙빛이 되고 있다. 차라리 악마의 탈을 쓴 천사를 상대하는 게 낫겠다는 생각을 하고 있을지도 모른다.

시바, 나도 지금 저 장면이 무서워 죽겠는데 이 새끼들이야 오죽할까.

갑작스럽게 전쟁터가 되어버린 장내에 정신을 차린 부대장들이 병력을 통솔하고 있다. 최우선으로 왕국의 엘프들을 보호하려는 병사들과 조혜진의 외침에 일단은 세계수로 몰려와 방진을 부축하는 두 종류의 병력이 눈에 띈다.

다행이라고 하기에는 뭣 하지만 이 미친놈들의 눈에는 세계수 외에 다른 것들은 보이지 않는 모양, 비전투 인원들은 안전하게 보호받고 있는 것은 그나마 안심이 된다. 최소한 분쟁거리를 최소화할 수 있을 테니까.

'시바…… 시바…… 말 그대로 최소화지.'

-여신님이다!! 여신님이 우리들과 함께하고 계신다!!

-물러서지 마라! 영웅들이여! 우리가 어떤 싸움을 해왔는지 기억해라! 절대로 물러서지 마! 악마들에게 영혼을 판 무리들이다! 우리는 다시 한번 이겨낼 것이다!

-죽여라! 죽여! 여신님으로 향하는 앞길을 막고 있는 놈들이다! 모조리 죽여라! 하하핫! 하하하하하핫! 우리의 희생과 피에 여신께서 기뻐하실 것이다!

-엘룬 님께서 우리와 함께하실 것이다! 이기영 님께서 우리

에게 힘을 주실 것이다!

'나는 힘 안 주고 있기는 한데. 그래도 언급해 줘서 고맙네. 시바.'

-이기영 님께서 우리를 지켜봐 주실 것이다!

'지켜봐 주고 있기는 해.'

-대륙의 영웅이 우리 곁에 서 있을 것이다!

정신이 없는 전장을 바라보던 조혜진이 다시 한번 입을 연 것은 한차례 전투를 끝낸 이후, 몸을 움직이고 있을 때였다.

-이게 어떻게 된 겁니까? 세계수 안에 여신이 있다는 건 도 대체 뭡니까?

세계수 안에 여신이 있을 리가 없지 않은가.

"아까 전에 하얀이가 한 이야기……."

-외부에서 커다란 충격이 오면 터진다는 것 말입니까? 여신 이라는 건…….

"여신은 개뿔…… 세계수가 폭탄이고 저 새끼들이 기폭 장 치인 겁니다. 세계수로 향하라는 메시지를 받은 거예요. 완전 히 세뇌당한 상태로 말입니다. 솔직히 저놈들이 굳이 저 지랄 떨지 않아도 이지혜가…… 아니, 이럴 게 아니라 안기모랑 한 소라는 빨리 하얀이한테 붙여. 혜진 씨는……."

'시바…….'

"혹시나 해서 다시 물어보는 건데 주문 외우게 시켜놓은 거 맞죠?"

-네. 일단은 부길드마스터의 말대로 지시했습니다. 시간이

조금 걸릴지도 모른다고 하더군요.

"엘레나한테는 세계수 주변에 보호 마법 설치하라고 지시했어요?"

-지금 지시하겠습니다.

"그럼……."

-부길드마스터. 죄송하지만 세뇌당했다는 말씀은…….

"이지혜 작품일 겁니다."

-네?

"왜 못 들은 척하고 그래요? 이지혜 작품이라고."

-…….

"이것저것 설명해 드리고 싶은데 일단은…… 저도 생각 좀 하겠습니다. 잠깐만요."

'하얀이 주문이 얼마나 남았지? 어느 정도 걸리지?'

생각보다 시간이 더 걸릴지도 모른다. 왕국 내에 남아 있는 모든 엘프를 옮겨야 하는 작업이었으니 고려해 볼 게 많겠지.

'이지혜는 아직 여기에 있는 건가?'

솔직히 빠져나갔을 가능성이 더 크다고 보지만 이런 기회를 놓치기에는 아깝게 느껴진다.

"알프스 데려와라. 혜진아. 알프스…… 알프스 빨리."

-알프스!

-네…… 네! 길드마스터 대리!

"이지혜 찾아! 이지혜! 이지혜 찾으라고 해!"

이지혜가 매일 목에 감고 다니던 스카프를 품에서 꺼낸 조혜진이 말을 이었다.

-찾을 수 있겠습니까?

-한, 한번 해볼게요! 흰둥아!

-으아아아아아아아아아아악!

-조심!

적의 습격에 알프스의 팔을 잡아 자신 쪽으로 잡아당긴 이후에 창을 내지르는 모습이 보였다. 마치 영화 속의 한 장면 같기는 했지만, 조혜진을 오랫동안 감상할 시간은 없다.

내 마음을 흰둥이도 알아준 모양, 곧바로 네 다리를 뻗는 녀석의 모습이 보인다.

-이쪽이에요!

'시바. 막을 수 있는 거 맞지? 혜진이 없어도 막을 수 있는 거 맞는 거지?'

아마 가능할 것이다. 정하얀은 전투에서 제외된 상태이기는 했지만 그걸 감안하고서라도 파란 길드는 강했으니까.

광기에 물든 인간들의 전투력과 재생력이 올라간 것이 눈에 띄기는 했지만…….

'우리 애들이 더 세지.'

훈련을 발로 받은 것은 아니지 않은가. 파란 길드뿐만이 아니라 엘프 병사들 역시 마찬가지다.

사방팔방으로 신성력을 뿌리기 시작하는 엘레나. 순도가 높은 신성력은 재생력이 강한 놈들에게도 들어맞는다. 순식간에 쓰러져 있던 아군들이 몸을 일으키고 죽어가던 이들이 검을 쥐게 한다.

안기모 역시 마찬가지, 꽤나 넓은 면적을 커버해 주면서도 정하얀에게 눈을 떼지 않는 모습은 매우 믿음직스럽다. 혼자서 방패와 무기를 들고, 신성 주문도 외우고, 버프도 걸어주고, 미친놈들 뚝배기도 부숴주며 보호 마법까지 외워주는 녀석은 이런 장소에 잘 어울린다. 성장한 박덕구에게 가려지기는 했지만 놈은 메인 탱커까지 설 수 있을 정도로 안정적이다.

'저 새끼 은근히 진국이야. 진짜.'

황정연은 아네모네의 눈을 통해 본 에베리아 왕국의 정보를 정하얀에게 전하고 있었고 한소라는 안기모를 보조하며 주변을 살피고 있다.

정신을 차린 몇몇 엘프들도 방진을 두껍게 유지하며 적들을 몰아내려고 하고 있었다.

아슬아슬한 지점이 아예 보이지 않은 것은 아니었지만…….

'마무리할 수 있을 거야. 시바.'

무언가 다른 상황이 터진다고 한들, 적어도 조혜진이 다시 돌아갈 때까지는 커다란 문제가 생기지 않을 것이다.

-여기요!

조혜진과 알프스는 계속해서 몸을 움직이는 중, 솔직히 이 강아지가 어디까지 지혜 누나를 추적할 수 있을지는 모르겠지만 느껴지는 게 있으니 이렇게 미친 듯이 뛰어가고 있는 거겠지.

'아직까지 에베리아에 있는 게 맞아?'

완전히 발견하지 않아도 좋다. 최소한 흔적만이라도 발견해

주면 돼. 그 작은 단서로 할 수 있는 일이 얼마나 많은지 몰라. 무궁무진하다구, 시바.

제발 휜둥아. 너라면 할 수 있다. 휜둥아. 더 빠르게 달릴 수 있지? 우리 휜둥이 잘한다. 할 수 있다구 휜둥아.

전술 휜둥이라도 걸어주고 싶은 심정. 솔직히 쓸 만할 것처럼 느껴진다.

-여기예요! 조혜진 님! 휜둥아 여기 맞지?

-왈!

-네. 따라가고 있습니다.

들어온 것은 건물의 내부. 광기에 물든 미친놈들은 자리에 없다. 한참 동안 건물 안을 빙빙 돌아봤지만 개미 새끼 한 마리 보이지 않는다.

얼마나 달려왔을까. 저 멀리서부터 두 개의 인형이 시야에 비치기 시작했다.

'저거 누나 맞아?'

확실하지는 않지만 눈에 보이는 것은 가면을 쓴 여자와 그녀의 구두에 입을 맞추고 있는…….

'엘리오스?'

시바. 저 새끼의 눈도 이미 정상이 아니다.

불과 몇 시간 전까지만 해도 조혜진에게 관심을 표명한 녀석과는 전혀 어울리지 않은 싸구려 순정. 세뇌당한 것 같기는 했지만 진정한 사랑이라면, 시바, 세뇌에 걸려도 다른 사람한테 충성하지는 않는 법이지. 트루 러브였으면 극복했다고. 혜진아 보고 있지? 시바 저 새끼. 안 될 새끼야.

-지혜 씨?

-……

-지혜 씨!!

가면을 쓴 여자는 손을 들어 올리고 순식간에 어두운 장막이 그들을 감싸 안는다.

어두운 장막에 가려진 엘리오스와 가면을 쓴 여자는 곧바로 자취를 감춘다. 조혜진은 서둘러 뛰어가 손을 휘둘러 봤지만 잡히는 게 있을 리 만무, 알프스는 멍하니 그런 그녀를 바라보고 있었고 눈치 없는 흰둥이는 열심히 짖고 있다.

'좋아. 괜찮아. 나쁘지 않았어.'

얻을 게 있었다는 것만으로도 충분히 만족스럽다.

"정신 차리고 이 장소도 같이 워프하라고 메시지 넣어요."

-……

"혜진아. 하얀이한테 메시지 넣으라고."

-아…… 네……

"지금 이동하겠습니다."

-당장 말씀…… 이십니까?

"전투 결과 상관없이 워프해요. 엘프들도 전부. 괜히 도망치라고 말씀드린 게 아닙니다."

창밖을 바라보고 있는 조혜진의 의아한 표정이 보인다. 이미 대부분이 정리된 상황에 굳이 워프까지 필요하겠냐는 거겠지. 뭐……

"가만히 놔둬도 터질 거니까 그냥 워프해요."

그리고.

-콰아아아아아아아아아아아아아아아아아아아아아아앙!!!

멍한 얼굴로 에베리아를 바라보는 조혜진이 눈에 들어왔다.

분명, 이지혜의 지독함에 치를 떨고 있으리라.

◼

[에베리아 왕국의 멸망. 새로운 위협에 공포에 떨고 있는 대륙. -린델일보 김성경 기자.]

[대륙 보호 관리 위원회는 어디서 무엇을 하고 있었나. 이기영 전 위원장이 사라진 관리 위원회의 무능함을 고발한다. -린델일보 김성경 기자.]

[그날 그곳에서는 무슨 일이 있었나. 생존자들의 목소리를 통해 들어본 그날의 참상. -교국신문 메를리아 기자.]

[파란 길드의 엘레나, 공식적으로 파란 길드 탈퇴. 길드원들과의 불화는 없어. 왕국을 잃어버린 엘프들을 위한 결단. -다완일보 천위 기자.]

[노을빛의 검사의 행방이 묘연해…… 파란 길드에서는 길드마스터의 은퇴설을 일축. 하지만……. -린델일보 김성경 기자.]

[노을빛의 검사는 정녕 대륙을 저버린 것일까. 이해할 수 없는 행동과 기행, 명예추기경을 잃어버린 충격은 이해하지만……. -대륙소식통]

[이제는 그 역시 슬픔을 이겨내야 할 때. 대륙의 시민들은 노을빛의 검사를 기다리고 있어…… -교국신문 메를리아 기자.]

에베리아가 완전히 멸망했다는 소식은 대륙의 커다란 충격을 주기에 충분했다.

기다렸다는 듯 언론들은 이번 사건의 진상을 파헤치기 위해 달려들기 시작했고 시민들은 불안함을 감추지 못하고 있었다. 조금 과장해서 말하자면 심판의 날보다 더욱더 혼란스럽게 느껴질 정도.

사실 이런 상황이 이상하게 느껴지지도 않았다. 세상의 멸망이라고 한들, 외신 디펜스는 북부에서 이루어지지 않았던가. 평범한 이들이 실질적으로 위험을 체감하기에는 무리가 있었을 것이다. 물론 당시에 그들이 느꼈을 두려움을 폄하하는 것은 아니지만 이번 일이 조금 더 피부로 와닿았을 거라고 확신할 수 있었다.

'에베리아가, 시바, 지도에서 사라졌으니 오죽하겠어.'

모험가들 같은 경우에는 조금 다른 시각으로 이 사건을 바라보고 있었지만…….

'비전투 인원들은 다르니까.'

거대한 파도를 그저 견뎌내는 것밖에 할 수 없는 이의 두려움은 확실히 다르다.

그 두려움이 표출되기 전까지 시간이 얼마 걸리지도 않았다. 여러 가지 방향으로 본인들이 영향력을 끼칠 방법을 찾아내기 시작한 것이다. 언론에 알 권리를 촉구하거나, 알려지지 않은 정보들을 교환하거나. 대부분 쓸데없어 보이는 일들이 대부분이었지만 이들의 영향력을 무시할 수 없다는 것 또한 문제였다. 개인의 발언과 여론은 엄연히 다르다.

그리고……. 몇몇 집단들은 이 상황을 악의적으로 이용하고 있었다.

"그동안 꼴 보기 싫었던 것들을 몰아내자 이거지."

-…….

"기사들은 뭣 하러 계속 보고 있어요?"

-그냥…… 보게 되는 것 같습니다. 어째서 부길드마스터가 길드마스터를 배제하려고 말씀하신 건지 알 것 같다는 생각이 들어서 말입니다.

"네?"

-무거운 것을 견디고 계시다는 건 알고 있었지만 얼마나 많은 부담감과 압박감을 견디면서 싸우고 계셨던 건지…… 새삼스럽게…….

"……."

-사라진 에베리아보다 길드마스터에 대한 기사가 더 많습니다. 심지어 악의적인 내용의 기사들도……. 물론 적당한 선을 지키고 있다지만…… 말 그대로 선을 지키고 있을 뿐이에요. 좋은 말로 쓰여 있다고 한들, 이들이 길드마스터를 비난하고 있다는 사실은 변하지 않습니다.

"네…… 뭐."

-아니, 만약 비난할 의도가 없었다고 한들, 이들이 길드마스터를 궁지로 몰고 있는 것은 부정할 수 없는 사실입니다. 길드

마스터가 다시 한번 검을 쥐는 것이 얼마나 길드마스터를 힘들게 하는지…… 길드마스터에게 다시 한번 전면에 나서라고 말하는 게 얼마나 잔인한 일인지 이해하지 못하고 있어요. 이런 상황까지 정치적으로 물고 늘어지다니…….

'딱히 그런 이유 때문에 배제한 건 아니기는 한데…….'

-지혜 씨가 어째서 그런 선택을 한 건지도 이해가 갑니다.

'그런 생각 하지 마. 단현성은 오반데 단혜진은 더 오바자너…….'

"이지혜 심정은 이해하지 마세요. 뭐 왕국 하나를 날린 사람 심정을 이해하려고 그러세요? 혜진 씨는 혜진 씨가 할 수 있는 일만 하면 돼요. 사실 딱히 나쁜 상황은 아닙니다."

-어떤 게 나쁜 상황이 아니라는 겁니까? 엘리오스 님은 행방불명됐습니다. 지혜 씨는 단 한 번의 잘못된 선택으로 인해 악마에게 정신을 먹혀 버렸습니다. 힘든 싸움을 계속해서…… 이어나가고 있을 게 분명합니다.

'그렇게 힘들지는 않을 거야.'

-조금이라도 정신이 남아 있다면…… 자신이 저지른 일을 얼마나 괴로워하고 있을지…… 상상이 되지 않습니다.

별로 안 괴로워하고 있을 것이다.

-저는…… 어떻게 해야 좋을지…….

'오히려 네가 힘들어하는 것 같은데…….'

여러 가지 상황이 조혜진을 괴롭히는 것만은 확실한 것처럼 보였다.

내가 판단하기에도 힘들 만하다는 생각이 들어와 꽂힌다. 악마에게 영혼을 팔아버린 이지혜 때문에 느끼는 정신적 충격도 충격이지만 모든 상황이 그녀를 괴롭히고 있는 것처럼 느껴질 것이다. 엘레나의 파란 길드 탈퇴, 언론 대응 문제는 물론이거니와 길드 업무, 공식적으로 해결할 문제들도 많이 있었고 비공식적으로 처리해야 하는 문제들도 많았다. 내가 도움을 주지 않았더라면 정상적으로 길드가 돌아가지 않았을지도 모르지.

에베리아 왕국에서 봤었던 정신 나간 새끼의 미친 발언이 수긍이 갈 정도였으니 무슨 말이 더 필요할까. 재정적으로도 정치적으로도 최악의 시기를 보내고 있다 해도 무방할 것이다.

'개새끼들 내가 기억해 놨다. 진짜. 시바.'

파란 길드를 적대하고 있는 버러지 같은 놈들, 그리고 침몰하는 배에 함께 있기 싫다고 탈출하는 새끼들. 하나도 빠짐없이 기억해 놨다고……

-이런 말씀을 드리기 정말 부끄럽지만 부길드마스터가 있어 준다는 사실 하나만으로도 위안이 되는 것 같습니다.

"뭐 그건 부끄러워할 부분은 아닙니다. 그리고 말씀드리지 않았습니까. 그렇게 나쁜 상황은 아닐지도 모른다니깐요."

-네?

"자세하기 설명하기는 힘들지만 지혜 씨가 조금이나마 제정신을 유지하고 있을 가능성에 대해서도 생각해 봐야 할 것 같습니다."

-그게…….

"그녀가 현재 제 상황을 이해하고 있고 도움을 주고 있지 않을까……."

-무슨 말씀이십니까?

"가능성은 적습니다. 대륙이 무너지고 있다는 것도 부정할 수 없는 사실이고요. 근데 아이러니하게도 이 모든 상황이 저한테는 좋게 작용하고 있네요. 신을 찾는 사람들이 많아졌다고 말하면 이해하기 편하시겠네요. 현성 씨를 찾고 있는 이들이 많아졌다는 것도 그렇습니다. 제가 되돌아가기 위해서는 어마어마한 신성이 필요하다고 이야기했었나요?"

-아니요. 솔직히 부길드마스터가 무슨 말씀을 하시는지도 이해하기 힘듭니다.

"그냥 지혜 씨가 악마에게 영혼을 빼앗긴 상황에서도 의식의 끈을 놓지 않고 있다는 것만 알아두세요."

'지혜 누나 방식은 아니었으니까.'

솔직히 확률이 높다고는 말하지 못하겠다. 여전히 이지혜가 미쳐 버려 일을 벌였다는 쪽에 조금 더 힘이 실리기는 한다. 하지만 아무리 생각해도 이번에 저지른 지독한 짓이 이지혜의 방식이라는 생각이 들지 않는다.

그녀는 뱀이다. 덩치를 키워 블러핑하거나 커다란 충격을 줘 시선을 쏠리게 만드는 건 내 방식이지 누나의 방식이 아니다. 숨을 죽이고 조용히, 당사자가 눈치채지 못하게 움직이면서 끝끝내 목을 조르고 질식시키는 게 이지혜가 선호하는 방식이다.

만약 지혜 누나가 제대로 일을 처리하려고 했다면 이런 커다란 폭탄을 떨어뜨리지 않았을 것이다. 대륙은 자기들의 목이 조여지고 있는지도 모른 채로 질식해 침몰했을 거라는 거다.

물론 누나가 나였다면 어떻게 행동했을지에 대해 떠올리고, 내 방식으로 복수해 주겠다는 로맨티스트라면 이야기가 달라지겠지만 이지혜는 감성보다는 이성을 따른다.

'나랑 소통하는 것을 피하고 있다는 것도 그래.'

의도적으로 봐도 무방할 정도로 접촉하는 것을 지양하고 있다. 만약 저 가설이 맞다면 루시퍼의 눈을 피하기 위해서겠지 뭐.

에베리아의 소멸로 얻은 것이 꽤나 많다.

첫 번째는 현재 정하얀이 조사하고 있는 포탈.

두 번째는 이지혜와 루시퍼가 어떤 방식으로든 연관되어 있다는 사실.

세 번째는 신성이 모여들 수 있는 판이 깔렸다는 것.

가장 주목할 필요가 있는 것은 두 번째 힌트.

'알고 있는 거 아닐까?'

이지혜가 루시퍼의 눈을 속이기 위해 의도적으로 나를 피하고 있는 것아 맞다면, 내 뒤통수가 아니라 루시퍼의 뒤통수를 칠 준비를 하고 있다면, 어쩌면……. 이지혜는 내기의 내용, 혹은 내기에 관련된 정보를 알고 있을지도 모른다.

"물론 어디까지나 가능성입니다. 어쩌면 그냥 대놓고 죽어라, 죽어라, 인간들 다 죽어, 하면서 화풀이하고 있을지도 모르겠네요. 우리가 이렇게 가정하는 걸 원하고 있을 수도 있고요. 역에 역으로 뒤통수 칠 준비를 하고 있을지도 모르겠습니다. 하지만……."

-네.

"지혜 누나가 악마가 원하는 방향으로만 움직이고 있다는 생각은 들지 않네요."

-아, 아마 그럴 겁니다. 네. 지혜 씨는 강인한 사람이니까요. 영혼 약탈자에게 영혼을 빼앗기고도 꿋꿋이…… 꿋꿋하게 이겨내신 분입니다.

'영혼 약탈자…… 시바.'

"약간의 시간을 두며 방향을 정하는 게 좋을 것 같습니다. 이지혜가 우리를 위해 움직이고 있다는 가정으로 움직일지, 완전히 적이 되었다는 방향으로 움직일지에 대한 선택이요."

-당연히 전자입니다.

"지금 당장 선택하지 마요. 전자라고 생각해 주사위 던졌다가 후자였습니다, 이렇게 마무리되면 그대로 배드 엔딩이에요."

-저는 지혜 씨를 믿습니다.

"저는 반만 믿어요. 그래도 지금 당장 해야 할 일은 이겁니다. 이지혜가 사라진 포탈을 추적하는 것."

-네.

"그리고 지금 들어갈 회의에서 만족스러운 결과를 끌어내는 것."

-알고 있습니다.

"그러니까 기사는 그만 찾아보고 움직입시다."

-…….

"다른 사람들 기다리겠습니다."

-네.

약간은 긴장한 표정으로 자리에서 일어나고 있는 조혜진이 눈에 들어온다.

살짝 문을 열자 수행원으로 함께 따라온 알프스가 기다리는 중. 걱정스러운 표정으로 조혜진을 바라보던 신입 길드원은 이내 반 발자국 뒤에서 그녀를 따라오기 시작했다.

얘도 이제 슬슬 알 건 아는 시기인 만큼 이 모임이 힘들 거라는 것을 이해하고 있겠지.

-파란 길드의 길드마스터 대리. 조혜진 님께서 입장하십니다.

하는 목소리가 들려온 이후에 안으로 발걸음을 옮기자 의도적으로 일그러진 표정을 보내는 이들을 확인할 수 있었다.

대충 봐도 적대하고 있다는 게 눈에 보인다. 자리에 착석하기까지 시선이 따라오고 있지 않은가.

-노을빛의 검사께서는 많이 바쁘신 겁니까?

-길드마스터께서는 현재 다른 일에 집중하고 계십니다.

-허허…… 거 참…….

-…….

-무슨 일을 하고 계시는지는 모르겠지만 무척 중요한 일이신가 봅니다. 에베리아 왕국이 멸망했습니다. 지도에서 완전

히 사라졌다 이 말입니다. 대륙이 위기에 빠진 이 시기에 노을빛의 검사 정도가 되는 분께서 나 몰라라 하고 있다니…… 하…… 거…… 참…….

-이봐요! 대륙을 구한 영웅에게 그게 무슨 망발입니까!

-대륙을 구한 영웅이기에 더욱더 이런 말씀을 드리는 겁니다. 엘리오스 님의 행방도 알 수 없는 상황이 아닙니까. 아주 작은 힘이라도 더 필요한 시기입니다. 그렇지 않습니까? 아무래도 파란 길드는 이번 일에 크게 관심이 없나 봅니다.

-말조심하세요…… 금수도 은혜를 잊지 않는 법입니다. 파란 길드가 있었기 때문에…….

-파란 길드 혼자서만 대륙을 위기에서 구한 것은 아니에요. 대륙 모두가 힘을 합쳤기 때문에 그 성전을 승리로 이끌 수 있었던 겁니다. 이번 일도 마찬가지입니다. 전 대륙이 모두 힘을 합쳐 이번 위기를 벗어나야지요. 한데…… 이게 뭡니까. 이기영 님께서 대륙 보호 관리 위원회를 만드신 이유를 다시 한번 떠올려 보자 이 말입니다!

'이 새끼 내 이름 파는 거 봐라.'

-노을빛의 검사뿐만이 아니라 용병여왕 역시 참여하지 않았습니다. 대륙 보호 관리 위원회의 정신을 계승한! 이기영 명예 추기경님의 뜻을 계승한 더 강한 통제 기관을 만들어야 한다고 주장했던 이유가 바로 이런 상황 때문이었습니다.

'……'

-다시 한번 뜻을 모아야 할 시기가 왔습니다. 여러분.

호랑이 없는 곳에서는, 시바, 여우가 왕이라더니⋯⋯. 이 새끼들이 뭘 노리는 건지 알 수 있을 것 같았다.

'너희들이, 시바, 현성이를 통제하겠다는 소리는 아니지? 시바 놈들아.'

웃음기가 사라지고⋯⋯.

'전술 김현성 해보겠다 이거야?'

짜증이 밀려들어 오기 시작했다.

'제정신이 아니네. 시바 새끼들이⋯⋯ 이 버러지 같은 새끼들이.'

나도 모르게 손가락으로 허벅지를 두드렸다. 주제도 모르는 새끼들이 중얼거리는 소리가 제대로 들려오지 않는다.

잠깐이었지만 킹갓지혜 님께서 옳은 판단을 하고 있는 것은 아닌가 하는 생각까지 떠올리게 될 정도. 많은 미친놈들이 미친 짓을 해오는 걸 봐왔지만 이 정도로 짜증이 밀려온 적은 오랜만이다.

괜스레 주변을 둘러보니 커피를 들고 서 있는 세라핌의 모습이 시야에 비친다.

"아버지."

"누가 네 아버지야?"

"말씀하신 대로⋯⋯."

얼마나 짜증이 밀려왔으면 손아귀에 힘이 들어가지 않을까. 나도 모르게 커피를 땅바닥에 부어버릴 정도로 손에 힘이 빠진다.

"다시 가져오겠……."

"꺼져. 세라핌."

-뜻을 모아야 합니다. 대륙을 지켜야지요. 고 이기명 명예추기경님의 뜻이 아닙니까.

그 와중에 제일 짜증 났던 것은 이름 모를 녀석이 내 이름을 팔고 있다는 것이었다.

이 새끼들이 무슨 생각을 하는 건지, 이 미친 생각이 어디에서부터 비롯된 건지, 이 행동의 근거가 어디서부터 온 건지는 이해가 된다. 운이 좋으면 순진한 새끼들 몇몇 꼬여내 본인들의 입맛에 맞게 조종할 수 있다고 생각하겠지만 그 정도로까지 일이 잘 풀릴 거라고는 장담 못 하겠지.

권력자들의 입장에서 가장 불가능한 것이 무엇일까 하는 생각을 떠올려 보면 의외로 답이 쉽게 나온다. 이 새끼들이 가장 두려워하는 것은 본인들이 통제하지 못하는 상황이다.

잠깐 동안 동족 혐오가 느껴져 현타가 찾아오기는 했지만 본래 위에 있는 놈들이라는 건 그런 법이다.

자신들이 통제할 수 없는 강함을 가지고 있는 모험가들을 이놈들이 어떻게 받아들이고 있을까. 이를테면 김현성, 차희라, 정하얀, 라파엘, 그 외 기타 등등을 가만히 바라볼 수 있을까. 개인의 힘으로 국가나 도시를 상대할 수 있는 괴물들을 어떻게 생각하고 있을까.

마왕을 해치운 뒤에 버림받는 용사 클리셰가 괜히 나타나기 시작한 것이 아니다. 위기에는 그 누구보다도 든든한 아군이지만 평화로운 시기에는 터지기 쉬운 폭탄처럼 비칠 것이다.

본인들이 아득바득 가지고 있는 기득권을 빼앗지는 않을지, 단순한 분풀이나 혹은 정치적인 이유 때문에 영향력을 끼치지는 않을지, 제대로 돌아가고 있는 사회를 망가뜨리지는 않을지 하는 걱정을 할 게 분명했다.

그렇게 생각하니 인간을 초월한 이들이 하늘로 올라가는 시스템 자체가 이해가 되기도 했지만…….

'지금은 과도기니까.'

이들이 위로 올라오기 위해서는 아직 많은 준비가 필요한 시기였다. 말하자면 인간들과 부대낄 수밖에 없다는 거다.

-이전보다 더욱더 강한 기관이 필요합니다. 이전까지의 대륙 관리 위원회에서 많은 부분이 바뀌게 될 테지만 의미가 있는 변화라고 생각됩니다. 어떻게 우리가 그 길고 힘든 싸움에서 이겼는지 생각해 보세요. 대륙이 하나가 되었기 때문 아닙니까?

-…….

-네. 여러분이 생각하시는 그대로 고 이기영 명예추기경님이 우리를 하나로 만들었기 때문입니다. 성자 그 자체나 다름없는 그분이 있었기 때문이에요.

저 새끼가 아무리 아부를 한다고 한들, 내 입가는 1㎜도 움직이지 않는다.

-이제 우리들을 하나로 뭉치게 해준 영웅은 존재하지 않습니다. 새로운 대안을 찾아야 한다 이 말입니다. 이종족, 공화

국, 교국, 중립국, 왕국 연합과 연방, 그리고 대륙의 영웅들을 하나로 뭉치게 할 새로운 구심점을 만들어야 합니다. 이는 필연적인 선택이며 거부할 수 없는 시대의 흐름입니다.

-하지만…….

-네.

-대륙이 커다란 위기를 맞은 현시기에…… 아주 좋은 제안이라는 것은 인정합니다만…… 대륙의 영웅들께서 우리의 손을 들어주시겠습니까. 여기서 회의가 진행되고 있다 한들, 그분들께서는…….

-아마 손을 들어주시지 않겠습니까. 우리들의 뜻이 아닙니다. 우리는 그저 대륙에 살아가고 있는 모든 종족과 시민들을 대표할 뿐이지 않습니까. 이는 대륙 시민들의 뜻이며 우리 영웅분들께서는 시민들의 손을 뿌리치지 않으실 거라고 생각합니다.

'저 새끼는 어디서 튀어나온 새끼야?'

초월적인 이들도 사회적인 동물이라는 것에는 변함이 없다.

주도적으로 회의를 이끄는 녀석이 다시 한번 눈에 들어온다. 햇빛이라고는 한 번도 쐬지 않았을 것 같은 놈. 비실비실하게 생겨 가지고 입만 터는 꼴은 눈꼴시려 참을 수가 없다.

파란의 이설호가 나를 처음 봤을 때 이런 느낌이었을까. 왜 그 꼰대 할배가 나를 아니꼬운 눈으로 바라봤는지 이해가 된다.

'어디 출신이야?'

마음의 눈으로 보니 한국식 이름이 눈에 띈다.

'근데 왜 저기에 앉아 있어? 린델 출신 아니야?'

내가 본 적 없는 녀석이니 정계에 합류한 지 얼마 되지 않았을 거고…… 솔직히 전쟁 전에는 저런 놈이 있었는지도 몰랐으니 최근에 합류한 녀석일 가능성이 높다. 이제 막 이 회의에 참석하기 시작한 햇병아리 같은 새끼.

'신진 길드야? 아니면 국가 정상이랑 연줄이 있어? 도대체 쟤가 여기 왜 앉아 있는 거야?'

"저거 누구예요?"

-왕국 연합 출신입니다. 유니온 길드의 길드마스터 송수경입니다.

"한국인이네요. 저거 린델 쪽 인사 아니에요?"

-튜토리얼 던전은 린델을 거친 것이 맞습니다만 왕국 연합으로 이적한 것으로 알고 있습니다. 전쟁이 끝난 이후, 그러니까 부길드마스터가 돌아가신 이후에 조금씩 이름을 날리기 시작했고…… 얼마 전에는 메르한 왕국에서 작위를 받았다고 들었습니다. 유니온 길드는 내실이 있는 탄탄한 길드이긴 하지만 사실…….

"여기에 초대될 정도는 아니라고요? 메르한 왕국발로 들어와 있다는 거 맞죠?"

-엄밀히 말하자면 그렇습니다.

'욕심이 그득하네. 아주.'

성향은 숨어 있는 분석가. 마치 녀석을 대변해 주는 것만 같은 성향이었다. 지금 보여주고 있는 게 놈의 진짜 모습이라면 놈이 왕국 연합으로 이적한 이유도 뻔했다.

'린델은 안 될 거라고 생각했었나 봐.'

린델에서는 자기 꿈을 펼치기가 힘들었다고 생각했을 수도 있다. 이미 교국에는 거대하게 자리 잡은 세 개의 길드가 있었고 신입 길드나 새로운 이가 위로 올라가기에는 힘든 구조였기 때문이다.

차라리 새로운 곳에서 제대로 된 꿈을 펼치는 게 낫다고 판단했을 테고 결과적으로 놈의 생각을 들어맞았을 것이다. 지금 이 자리에 있는 거 보니까. 시바.

메르한 왕국에서 작위를 받았고 길드도 나름대로 자리를 잡았다. 어디 그것뿐이랴, 대륙 정상들과 함께할 수 있게 되었을 때 녀석이 얼마나 뿌듯해했을지 상상도 가지 않는다.

인정하기는 싫지만 녀석이 감각이 있다는 것에는 고개를 끄덕일 수밖에 없었다. 난 맨몸으로 시작하지 않았지만 아무것도 없이 출발해 여기까지 오는 게 쉽지 않다는 건 내가 제일 잘 알고 있었으니까.

아마 내가 있을 때도 알게 모르게 활동하고 있었을지 모른다. 다만……

'눈에 띄면 위험하다고 느꼈던 건가.'

송곳을 꼭꼭 숨기며 감추고 있었고 본인이 나설 기회를 기다리고 있었다고 보는 것이 맞다.

이기영의 죽음을 기회처럼 느꼈을 테니 그동안 다져왔던 기반을 이용해 표면적으로 자신을 드러냈고 결과적으로는……

-부길드마스터의 모습이 보인다고 말하는 이들이 많습니다. 평가는 두말할 것도 없고요…… 부길드마스터의 빈자리를 메워주고 있는 인사라고들 하더군요. 저는 동의하지 않습니다만…….

'그래, 시바, 이렇게 됐겠지.'

이미 이야기가 된 것이 틀림없다. 교국의 인사를 제외한, 아니, 심지어 몇몇 교국 인사들마저 놈에게 한 표를 던지는 듯한 분위기.

근처에 앉아 있는 오스칼과 중립국의 프리스타나의 표정이 좋지 않은 것을 보니 보이지 않는 곳에서의 정치 싸움에서 커다란 성과를 얻지 못한 것 같았다.

공화국은 물론이거니와 이종족들도 마찬가지. 저 사기꾼 새끼의 간사한 혓바닥에 흔들리고 있는 것이 보인다.

-말도 안 되는 안건입니다.

'그래 내가 생각해도 말도 안 되는 것 같아.'

-두려움에 떨고 있는 대륙인들을 떠올려 보십시오. 오스칼 님. 이전의 대륙 보호 관리 위원회는 이미 신뢰를 잃어버렸습니다. 에베리아가 멸망했을 때, 그들은 어디서 무엇을 하고 있었습니까? 대륙인들이 믿고 의지할 수 있는 기관을 만들자고 하는 것이 어째서 잘못된 일이라 말씀하시는 겁니까?

-기관을 탓하는 것이 아닙니다. 그 방식이 잘못됐다고 말씀드리는 겁니다. 모든 인간은 자유로워야 합니다. 그것은 대륙을 구한 영웅들이라고 해도 다르지 않습니다.

-커다란 힘에는 커다란 책임이 따르는 법입니다. 우리 모두가 알고 있는 명언이 아닙니까. 결정적으로 말씀드리건대 저는 결코 영웅들의 자유를 침해하고자 하는 것이 아닙니다. 어느 누가 감히 그분들에게 명령을 내릴 수 있겠습니까.

-……

-누가 감히 그분들을 강제하고 통제할 수 있단 말입니까. 생각해 보십시오. 오스칼 님. 이기영 님조차도 그들을 완벽하게 컨트롤할 수 없었습니다. 우리는 그저 기관을 만들고 대륙인들의 염원을 담은 뜻을 그분들께 전달할 뿐입니다. 명령을 내리는 것이 아닙니다. 어디까지나 제안을 드리고 그분들이 움직이기 편하게, 대륙을 위해 움직이는 것에 불편함이 없도록 조치를 해드리는 것뿐이란 말입니다. 아까 전에도 말씀드리지 않았습니까. 우리는 대륙인들을 대변할 뿐입니다.

-여론으로 그들을 통제하자는 말처럼 들립니다만…… 이 안건이 정말로 옳은 안건인지는 다시 생각해 봐야 할 것 같습니다.

-시간이 없습니다. 오스칼 님. 우리에게 주어진 시간이 그리 많지 않습니다. 다시 한번 이런 일이 터졌을 때, 에베리아 사태가 터졌을 때 우리가 어떻게 대처해야겠습니까.

-……

-대륙 보호 관리 위원회의 정신을 계승한 새로운 기관이 필요합니다. 이에 저는 여러분들에게 다시 한번 신 대륙 보호 관리 위원회를 소개하고자 합니다.

천천히 강단으로 나오는 놈의 모습이 시야에 들어왔다.

'허…… 시바.'

박수 소리가 터져 나온다. 혹시나 지금 본인들이 실수하는 것은 아닌지, 둠현성의 쾌직 맛을 본 것 같은 몇몇 놈들의 얼굴에는 불안감이 있기는 했지만……. 그렇기 때문에 더욱더 신 대륙 보호 관리 위원회가 필요하다고 느끼는 것 같았다.

이윽고 커다란 여신의 거울에 놈이 준비한 자료 화면이 그 모습을 드러내기 시작.

솔직히 이전의 대륙 보호 관리 위원회와 무엇이 달라졌는지 모르겠다. 몇 가지 달라진 점이 있다면 그 안에 포함된 인사들, 교국과 중립국 인사들로 꾸려진 이전과는 달리, 공화국과 왕국 연합의 인사들로 채워져 있는 인사표가 눈에 보인다.

물론 균형을 맞추기 위해 교국의 인사들도 포함되어 있었지만 구색 맞추기 그 이상도 이하도 아니다. 실질적으로 힘을 휘두를 수 있는 모든 권한은 저 거지 같은 새끼들이 모두 차지하고 있다.

오스칼과 린델의 길드마스터들도 표정을 구기는 중, 완전히 교국을 배제하겠다는 의도가 들어가 있었으니 무슨 말이 더 필요할까.

'내가, 시바, 대륙에 투자한 게 저 새끼들 잘 먹고 잘살라고 투자한 건 아니자녀. 우리 새끼들 잘 먹고 잘살라고 투자한 거자녀.'

우레와 같은 박수 소리가 터져 나온다.

-대륙은 다시 한번 하나가 될 것입니다. 새롭게 태어난 대륙은 영원토록 안전할 것입니다.

다시 한번 함성이 터져 나온다.

신 대륙 보호 관리 위원회에서 관리하고자 하는 영웅들의 명단도 눈에 들어온다.

노을빛의 검사 김현성. 대마법사 정하얀. 용병여왕 차희라. 회색빛의 용사 라파엘. 그리고…… 신창 조혜진.

공화국의 오호대장군을 비롯한 교국 8좌. 대륙의 내로라하는 영웅들까지. 전부 다 나열되어 있다.

'오호대장 뭐시기를 공공재로 사용한다고 현성이까지 공공재로 사용하겠다고? 트레이드가 돼? 옥수수랑 다이아몬드랑 바꾸자는 심보 아니야? 이 새끼들아.'

-나아갑시다. 새로운 미래로. 명예추기경님이 지키고자 하는 대륙을 다시 한번 우리 손으로 지켜냅시다. 그분 없이도 우리가 할 수 있다는 걸 대륙의 신이 되신 그분에게 보여줍시다!

짝짝짝짝 하는 소리가 계속해서 울려 퍼진다.

'나 없이 해보겠다고, 시바.'

회의가 끝날 때까지 박수 소리는 사그라들지 않는다.

조혜진은 계속해서 얼굴을 구기고 있다.

이미 몇몇 이들이 모여 개인적인 이야기를 나누고 있었고 송수경이라는 놈은 의기양양한 얼굴로 본인의 인맥을 과시하는 중, 이윽고 조혜진을 발견한 녀석이 눈에 띄게 밝은 얼굴을 하며 다가오고 있는 것이 보였다.

대륙의 위기를 맞았다고 하기에는 지나치게 기분 좋은 얼굴, 솔직히 이 적폐 새끼가 진심으로 대륙을 위하고 있는지도 모르겠다.

-오늘 회의가 무례했다면 사과드리겠습니다. 조혜진 님.

-…….

-저를 원망하셔도 좋지만 대륙을 위한 결단이었다는 사실만 알아주셨으면 좋겠습니다. 대륙의 평화는 대륙인들의 염원이 아닙니까. 파란 길드마스터가 힘든 시기를 보내고 계시고 있다는 것은 이해하지만 이제는 그만 잊고…… 일어나셔야 하지 않겠습니까.

-…….

-실례가 되지 않는다면 그분께서 현재 어디에 계신지 말씀해 주실 수 있겠습니까?

-용건이 무엇인지 모르겠지만 제가 직접 전해 드리겠습니다.

놈은 웃으며 말을 이었다.

-딱히 다른 용건이 있는 것은 아닙니다. 이번 안건에 대한 설명도 설명이거니와…… 그저 그분을 직접 뵙고 말씀을 전하는 게 도리라고 생각했습니다. 많은 것을 잃으시지 않았습니까.

-…….

-영혼의 단짝과도 같은, 마치 형제와도 같은 친우를 잃으셨으니 얼마나 상심이 크시겠습니까. 어쩌면…….

-…….

-어쩌면…… 제가 혹시 명예추기경님의 빈자리를 채울 수

있지 않을까 하는 생각이 들었을 뿐입니다.

"그래 새끼야. 그래에…… 대륙 한번 멸망해 보자. 어디까지 가나 한번 보자. 이 새끼야."

–……

"나 없이 시바 얼마나 잘하나 보자고……."

–공화국의 대도시에서 전염병이 돌고 있다고 들었습니다. 왕국 연합에서는 의문의 실종 사고들이 늘어나고 있고요.

"뭘 그런 걸 신경 쓰고 그러세요? 전염병이 도는 게 처음도 아니고, 실종 사고도 많이 있는 일 아닙니까. 어디 던전이라도 발견된 거겠죠. 뭐. 그러려니 하세요."

–가면 쓴 이들이 목격되었다는 정보도 들어오고 있었습니다.

"아, 네. 슬슬 활동 시작할 때가 됐겠네요. 그보다 하얀이가 조사하고 있는 포탈은 어떻게 되어가고 있는 겁니까? 추적할 수 있는 방법을 찾은 건지 궁금한데…… 한번 확인 좀 해봐요. 알아서 잘하겠지만 뭐 도움이 필요한 부분이 있는 건지도 알려주시고요. 지금 상태에서 우리가 할 수 있는 최선의 행동은 이지혜가 사라진 포탈을 추적……."

–……지금 뭐 하자는 겁니까? 부길드마스터…….

"저야 제 할 일 하고 있지 않습니까. 교국 방위 계획서 드리지 않았어요?"

-그런 뜻이 아니라는 거 알고 계시지 않습니까. 지금……
후…… 섭섭한 것도 이해합니다…….

"……."

-부길드마스터가 일궈왔던 것들이 조금씩 변하거나 사라지
는 것을 보는 게 마음에 들지 않는다는 것도, 조금씩 변하는
대륙이 성에 차지 않으신다는 것도 알 수 있습니다. 저 역시 모
든 변화가 마음에 드는 것은 아닙니다. 하지만 아직 안건이 완
벽히 통과된 것은 아니지 않습니까.

"제가 어린애도 아니고 무슨…… 그런 것 때문에 그런 거 아
닙니다. 뭐 이미 이 세상 사람이 아닌 제가 뭘 할 수 있겠어요?
훌륭하신 인재들이 나와서 대륙을 보호·관리해 준다는 데 제
가 짜증 날 이유 하나가 있겠습니까. 교국과 린델을 제외하고
나머지 부분은 놈들한테 맡기는 것도 나쁘지 않을 거라고 생
각했을 뿐이에요. 업무 분담입니다. 업무 분담. 저라고 손이 여
러 개랍니까. 일단 내실이 튼튼해야 하는 거 아닙니까."

-그 말이 사실이라면 최소한 방해는 하지 않으셨어야 합니다.

"아니, 무슨 방해를 했다고 그러세요?"

-조각상에서 흘러내리고 있는 피눈물 좀 멈추실 수 없으신
겁니까? 그것 때문에 사람들이 얼마나 불안해하는지 알고 계
시고 있잖습니까.

"방해가 아니라 도움을 주는 거라니깐요. 커다란 위협에 빠
진 대륙을 위해 미리 경고해 주고 있는 겁니다. 세상에 저 같
은 신이 어디 있어요? 베니고어도 가만히 있고 바리안이나 다

른 애들도 전부 가만히 있는 마당에 저라도 대륙이 위험하다는 걸 알려야죠."

-다른 방식으로 알릴 수 있으셨습니다.

"일 잘하고 있잖아요?"

-…….

'이 시건방진 새끼들은 한번 망해봐야 돼. 진짜.'

한번 데어봐야 똥인지 된장인지 구분하지.

아무리 생각해도 킹갓지혜 님이 옳았다는 판단이 선다. 몸만 있었어도, 시바, 뛰쳐나가 둠기영 한번 장전하지 않았을까 하는 생각이 들 정도로 이 상황이 어처구니없다.

더 짜증 나는 것은…… 이 새끼들 생각보다 안정적으로 대륙을 운영하고 있다는 것이었다.

물론 신 대륙 보호 관리 위원회가 원하는 대륙이 만들어진 것은 아니었다. 놈들이 원하고 있는 영웅들의 통제 기관은 초읽기에 불과했으니까.

하지만 일 처리가 빨랐다는 것은 부정할 수 없는 사실이었다. 에베리아의 멸망을 알림과 동시에 신 대륙 보호 관리 위원회의 발족을 공표했고, 결과적으로 공포에 떨고 있는 시민들을 잠잠히 만들었다는 성과가 있기야 했다.

아마 지혜 누나 귀에도 이 사실이 들어가지 않았을까.

'누나 이 새끼들한테 밀리면 안 된다. 알지? 그렇지?'

놈들이 핵심으로 밀고 있는 계획도 잊지 않고 차근차근 진행시키고 있는 중, 여론을 움직이기 시작한 것이다.

이미 김현성의 참전을 바라는 많은 대륙인들이 목소리를 높였다는 것은 이미 정해진 수순.

그 와중에 시바 왕국 연합의 네임드 한 명이 사고를 친 것 또한 타이밍이 공교로웠다고 할 수 있으리라.

'심지어, 시바, 영웅 테두리 안에 끼어 있기도 민망한 새끼였는데.'

아직까지 교국 친화적인 성격을 유지하고 있는 언론사는 굳이 이 문제를 다루지 않았지만 신 대륙 보호 관리 위원회에 붙은 언론사들은 앞다투어 이번 사건을 조명하고 재조명하고 또 조명했다. 초월적인 힘을 가진 이들을 대륙이 관리해야 한다는 여론을 키우기 시작한 것이다. 일반인 모험가 가리지 않고 그 필요성에 대해 입을 열고 있는 상황.

상황이 이 지경이 됐는데도 움직이지 않고 있는 차희라, 이상한 기행만 벌이고 있는 김현성, 어디에 있는지도 모르는 라파엘이나 대륙의 위기에는 관심조차 없어 보이는 정하얀.

솔직히 얘네가 조금이라도 언론에 모습을 드러내 유감을 표시했다면 일이 이렇게까지 커지지는 않았을 것이다.

실제로 여론은 송수경 이 쥐새끼 같은 새끼가 의도한 대로 흘러가고 있었다.

'내가 살다 살다 보니까.'

"그래, 새끼야. 얼마나 잘하는지 보자. 진짜. 뭐?"

-네?

"아무것도 아닙니다."

-혹시나 기분 상하셨을까 말씀드리는 거지만 파란 입장에서는 선택의 여지가 없었습니다. 저 하나라도 그들을 지지하고 있다는 입장을 표명해야 한다는 거…… 알고 있지 않습니까. 아마…… 지금보다는 길드의 상황이 많이 나아질 겁니다. 일의 성공 여부와는 관계없이 여러 가지로 지원을 받기로 약속했으니…….

"……"

-길드가 지금의 모습을 유지하는 데는 아무런 문제가 없을 겁니다.

"……"

-솔직히…… 그들이 원하는 대로 일이 진행되지는 않을 것 같지만…….

"네. 뭐. 그러기야 하겠죠."

-길드마스터나 하얀 씨가 일을 받아들이지는 않을 테니까요. 특히 길드마스터께서는 절대로 이런 상황을 바라고 있지 않으실 겁니다.

'그래, 시바. 나도 현성이 믿어. 하얀이는 더 믿고.'

어중이떠중이들은 사실 의미가 없다. 진짜는 노을빛의 검사와 대마법사, 용병여왕이고 그중에서도 가장 중요하다고 생각하는 이가 바로 우리 사랑스러운 회귀자일 것이다.

얘네들은 정치적으로 압박한다고 말을 들을 애들도 아니거니와 당장 대륙의 평화에 관심이 있는 애들도 아니지 않은가. 굳이 나서서 불편함을 감수할 이유가 없다는 거다.

송수경과 빌런 무리들이 집중하는 것 역시 위에 3명, 아 라파엘까지 4명. 이 계획이 자리 잡기 위해서는, 위 4명 중 한 명이라도 놈들에게 손을 들어줘야 했다.

아마 그걸 알고 있기 때문에 송수경 저 새끼가 저렇게 그리폰 타는 걸 연습하고 있는 거겠지. 김현성한테 아부 떨라고. 시바.

아니나 다를까, 시바, 어울리지도 않는 고글까지 쓰며 공중에서 화려한 모습을 선보이는 꼴은 가관. 잘 타는 것처럼 보이는 것처럼 보이기는 하지만 실속 없고 기교만 넘치는 타입인 것 같았다.

한참 동안이나 공중을 유영하던 녀석이 내려오자 녀석을 반기는 보좌관들이 눈에 보이기 시작했다.

-파란 길드마스터는 그리폰을 좋아한다고 하더군요.

-네. 저도 그렇다고 들었습니다. 사석에서는 모습을 잘 드러내지 않는 분이시지만 그리폰 축제가 열리면 꼭 참석하신다고…… 관련 물품들을 모으시는 소소한 취미도 있으시다고 들었습니다. 기분이 안 좋으신 날에는 홀로 라이딩을 나가시거나…….

-명예추기경님과는…….

-하하…… 아쉽게도 명예추기경님께서는 그리폰을 다루는 것에 서투르셨습니다. 일반적인 비행은 가능하셨지만 높은 고도까지 올라가거나 빠른 속도로 움직이는 것을 선호하지 않으셨습니다. 물론 두 분이 함께 나가실 때도 있으셨다고 들었습

니다만…… 김현성 님에게는 지루한 시간이었을 수도 있을 겁니다.

'시발, 안 지루해했는데?'

-김현성 님께서 그리폰을 다루는 솜씨는 가히 대륙 최고라 해도 과언이 아니었으니까요.

-과연…….

-만약 라이딩 대회에 참가하셨다고 해도 손색이 없으셨을 겁니다. 멀리서나마 그분이 그리폰을 타는 모습을 지켜본 적이 있었습니다만…… 가히 압권이라는 말밖에는…….

-파란 길드에서 보유하고 있는 그리폰의 숫자는 어떻습니까?

-정확한 건 아닙니다만 약 15마리로 알고 있습니다. 성체가 두 마리고 나머지는…….

-선물을 준비해 주세요. 아이템 판정을 받은 물품을 포함해 전부, 최고급으로 준비해 주셨으면 합니다.

-네. 알겠습니다.

-내일까지 준비해 주셨으면 합니다. 아마 오늘 안으로 돌아오실지도 모른다고 하셨으니…… 대접에 소홀함이 있어서는 안 됩니다.

-네.

-이번 일이 얼마나 중요한 일인지 여러분 모두가 이해하실 거라고 생각합니다. 파란 길드마스터야말로 대륙을 지키기 위해 필요한 열쇠입니다. 노을빛의 검사가 있기 때문에 지금의 대륙이 있다는 것을 절대로 잊어서는 안 됩니다. 지금은 잠

시…… 과거의 상처 때문에 중심을 잡지 못하고 계시지만 저는 그분이 결국에는 일어서 이전의 모습을 보여주실 거라 믿어 의심치 않습니다. 언제나처럼 우리를 밝은 노을로 인도해 주실 겁니다.

-…….

-네. 밝은 노을로 말입니다.

이빨만 번지르르해서는, 시바.

사람 좋은 척하며 이야기를 나누고 있는 모습은 아니꼽다.

여러 가지 업무를 처리하면서도 웃음을 잃지 않는 모습, 하급자에게도 친절한 모습은 어디까지나 이미지를 신경 쓰기 때문일 것이다.

하루가 48시간인 것처럼 열심히 움직이고 있는 모습도 눈에 띄지만…….

'시바, 네가 그런다고 지혜 누나를 상대할 수 있을 것 같아?'

절대로 상대할 수 없을 거야. 시바 열 받은 지혜 누나는 빨간 불에서도 멈추지 않거든.

-보좌관님. 잠깐 말씀드릴 게 있습니다만…….

-네. 말씀하시지요. 송수경 님.

-식사 장소는 파란 길드마스터가 자주 이용하신다는 레스토랑으로 예약해 주셨으면 합니다. 새로운 사람들을 만나는 것도 불편하실 텐데…… 아무래도 익숙한 장소가 더 도움이 될 것 같습니다.

-그리하겠습니다. 따로 준비하실 건…….

-이외의 것은 제가 직접 준비하도록 하겠습니다. 김현성 님께서 돌아왔다는 소식이 들려오면 곧바로 전달해 주세요. 그리고…… 그것에 대한 문제입니다만…….

-네. 부족하지만 준비가 되었습니다.

천천히 몸을 일으키는 이들이 눈에 들어왔다.

송수경은 조금 긴장한 것 같은 모양새, 옆을 함께 걷고 있는 보좌관들은 열심히 입을 털기 시작했다.

처음에는 무엇에 대해 이야기를 나누는지 알 수 없었지만 이야기를 들을수록 놈들이 무슨 이야기를 하고 있는지에 예상할 수 있었다.

-전해져 오는 이야기에 따르면 노을빛의 검사님은 전장에 나가실 때 언제나 명예추기경님과 함께하셨다고 들었습니다. 명예추기경님께서 정말로 전장에 함께 선 것이 아니라 두 분의 정신이 연결되어 있다고 말입니다. 물론 과장된 표현입니다만 적들의 입장에서는 정말로 두 분의 머리가 연결되어 있는 것처럼 느껴졌을 겁니다.

-…….

-명예추기경은 언제나 커다란 방을 꽉 채운 여신의 거울을 바라보며 그분의 눈이 되어주셨다고 알고 있습니다. 말 그대로, 커다란 방 안을 꽉 채운 여신의 거울을 말입니다. 인간이 도달할 수 있는 영역이 아니었을 겁니다. 매초 단위로 바뀌는 전장을 정확히 꿰뚫을 수 있다는 건 전장을 내려다보는 신이 아닌 이상에야 가능한 일이 아닙니다. 그렇기 때문에 김현성

님께서는 더욱더 명예추기경님을 신뢰하셨던 것이겠지요.

-…….

-언제나 그분이 가야 할 길을 인도해 주셨습니다. 결코 길을 잃어버리는 법이 없었습니다. 어떤 상황에서도 반드시 돌파구를 찾았으니…… 하하…… 두 분이 영혼의 단짝이라는 말 역시 틀린 말이 아닐 겁니다.

-…….

조용히 다른 이들의 목소리를 듣고 있는 녀석은 고개를 끄덕이며 전방을 바라보기 시작했다.

눈앞에 자리한 것은 커다란 방 안을 꽉 채운 여신의 거울. 놈의 전방에는 아티팩트처럼 보이는 헬멧이 자리해 있었다. 괴상한 선들에 연결되어 있었고, 마법진이 주변을 꽉 채우고 있었다.

'시뮬레이션?'

-시작하겠습니다.

자리에 앉은 녀석은 천천히 헬멧을 머리에 가져다 댔고, 여신의 거울 안에서는 거대한 모의전이 진행되고 있었다. 정신없이 눈알을 굴리는 놈이 시야에 비친다.

시간이 얼마 지나지 않아 코에서는 코피가 흐르고, 그걸로도 모자라 두 눈에서도 핏줄이 터져 나가며 피눈물이 흐르는 중, 결국에는……

-우웨에에에에에에엑.

하는 소리와 함께 그 자리에서 엎드린 놈의 모습이 눈에 들어왔다. 잠깐 동안 블랙아웃된 것 같기도 하다. 갑작스러운 과부하를 이기지 못하고 정신이 끊어진 것이다.

근처에 대기하고 있던 사제들이 달려가 놈에게 신성력을 불어 넣고 난 이후에는 다시 한번 자리에 앉는다.

근성 하나는 인정해 줄 만하지만 하품이 다 나올 정도로 재미없는 광경이었다.

-마르크 님. 지금…… 제가 느끼고 있는 속도가 어느 정도였습니까.

-평범한…… 모험가 수준이었습니다.

"전술 김현성은 개뿔 푸…… 푸흐흣."

-정말로…… 평범한 수준이었습니다.

-…….

"푸흐하헤헤헤헤헤헷! 비유우우웅신! 비유우우우우우웅신!! 전술 김현성은 개뿔…… 엿이나 먹어라! 새끼야! 세라핌 커피 가져와, 시바!"

"오늘 커피 맛 괜찮네."

"감, 감사합니다. 아버님."

"자꾸 아버지라 부르지마 새끼야. 정들자너."

"……."

"내가 그럼 그럴 줄 알았지. 지능이 낮지는 않은데…… 전술 김현성은 개뿔, 전술 휜둥이도 버거워할 게 눈에 보이는데…….
욕심마아아아아아아안 많아 가지고. 에라이…… 푸…… 흐흐
훗. 푸하하헤헤헷. 엿이나 먹어라, 새끼야. 전술 휜둥이부터 배
우고 와야지."

"평…… 평범한 인간이 할 수 있는 일은 아닙니다."

"고렇지?"

"당연합니다! 제게도 쉽지 않은 일이었으니 한낱 인간 따위
가 어떻게 아버님을 흉내 낼 수 있겠습니까. 단순히 지력이 높
다고 해결될 문제도 아니거니와 전장이 어떻게 돌아가는지 판
단하고 분석하는 것은 결코 쉬운 일이 아, 아닙니다."

"그래?"

"만약 운이 좋아 성공한다고 한들, 흉내 내기나 열화판 그
이상도 이하도 아닐 겁니다."

"운이 좋아 성공한다고?"

"어디까지나 만약의 경우입니다."

"꺼져."

'성공은 개뿔…….'

지금 보여주고 있는 꼴을 보면 성공할 거라는 생각이 들지
는 않는다.

'지혜 누나도 손 놓은 걸 지가 어떻게 해?'

지휘관이라는 직업을 가지고 있는 이지혜조차 전술 김현성
을 제대로 다루지는 못했다. 몇 가지 간단한 입력어를 넣어주
는 것이 한계, 그마저도 그녀의 전술적 선택에 의거한 것에 불

과했으니 무슨 말이 더 필요할까.

누나를 깎아내리는 것은 아니지만 애초에 누나가 건드릴 수 있는 영역이 아니었을 것이다.

'조금 종류가 다르기는 했어.'

누나가 한 것은 김현성 개인을 부린 것이 아니다. 김현성을 빠른 보병 집단으로 가정해 써먹었다는 점에서는 커다란 점수를 주고 싶지만 그럴 거라면…….

'굳이 전술 김현성을 만들 이유가 뭐가 있겠어?'

빠른 보병 집단을 훈련시켜서 기용하면 되는데. 안 그래?

물론 김현성만큼 빠른 보병 집단은 존재하지 않으니 이런 가정 자체가 의미가 없지만…….

뭐 요지는 김현성은 김현성으로 움직일 때 가장 커다란 효율을 낼 수 있다는 거다. 전술을 지시하는 이의 개인적인 능력도 능력이거니와 김현성에 대한 이해도도 중요하다.

녀석이 어떤 생각을 하고 있는지, 녀석이 어떤 걸 할 수 있는지, 현재 컨디션이 어떤지, 사용할 수 있는 스킬이나 습관, 아주 사소하고 디테일한 부분까지 머릿속에 들어가 있어야 했고 이걸 이해한다는 것은 결코 쉬운 일이 아니다. 수많은 전장을 함께 헤쳐 나가며 쌓은 유대감과 진정한 우정, 서로를 진심으로 신뢰할 수 있기 때문에 만들어질 수 있었던 그 합체기.

'우리 필살기잖너.'

마음의 눈이라는 능력이 도움을 준 것은 사실이지만 메인은 이쪽이었다.

'암만, 시바, 연습해 봐라. 그게 되나.'

뭘 생각하는 건지는 알겠어. 전술 김현성이 솔직히 인상적이기는 했지 그 정도로 멋있는 광경이 또 어디 있겠어?

막 파바바박 하고 파바바박 하는데 네가 하고 싶어 하는 것도 이해하는데…… 애초에 시바 김현성은 상대 안 해줄걸. 최신 스마트폰 쓰다가 구식 2G폰으로 갈아타 봐라. 그게 되나. 휴대폰이 터지지 않으면 다행일 것이다. 지금 녀석의 상태처럼 머리가 뻥 하고 터져 버리지 않을까.

-우웨에에에에에엑! 하아…… 하아…… 하아…….

-괜찮으십니까?

-우웨에에엑…… 하아…… 하아…….

-송수경 님 아무래도 오늘은 여기까지…….

-아니요. 괜찮습니다. 이건 꼭…… 필요한 일이니까요. 천사의 탈을 쓴 악마와의 전쟁 같은 상황이 벌어지지 않을 거라는 보장이 없지 않습니까. 하아…… 하아…….

-…….

-최대한 빠르게 적응해야 합니다. 대륙에 살아가고 있는 모든 이들이 우리의 삶의 터전을 안전하다고 느껴야 해요.

-…….

-분명히 불가능한 일은 아닐 겁니다. 명예추기경님이 대단하신 분이라는 것은 알고 있지만 그분도 저와 같은 사람이 아닙니까. 조금 다른 방법이 필요할 것 같습니다. 일단 지력 스텟을 올려주는 아이템을…… 그리고 남아 있는 물약이 있으면

그걸로도 괜찮을 것 같습니다.

'내가 만든 물약 중에 지력 올려주는 물약이 있었나?'

"도핑까지 하겠다 이거죠?"

각성제 비슷한 효과를 주는 물약도 있을 것이다. 물론 지금 그걸 구할 수 있을지는 모르겠다. 내가 살아 있을 때 만들어 놓은 게 끝일 테니까.

'지금 시판되고 있는 건 효과가 구릴 거고……'

-장치의 출력을 조금 더 올릴 수는 없는 겁니까?

-문제는 없습니다만 아마 신체에 무리가 갈 확률이 높습니다. 현재로서도…….

-받아들일 수 있는 정보가 너무 제한적입니다. 제 눈으로는 이곳에 있는 것들이 전부 커버가 되지 않으니…… 머릿속에 직접적으로 받아들일 방법이 필요한 것 같습니다. 출력을 높이지 않으면 아무것도 되지 않아요. 출력을 올려주세요. 분명히 버틸 수 있을 겁니다.

장치가 그런 용도였던 모양이다. 예상하기는 했지만…….

'아주 뒈질려고 작정했죠?'

마음의 눈과 망원경이 없으니 저런 방법이 최선이었을 것이다. 쓰고 있던 헬멧이 어떤 역할을 해주는 것인지 이제야 이해가 간다. 눈을 거치지 않고 곧바로 뇌로 정보들을 때려 박는다면 그나마 비슷한 효율을 낼 수 있겠지. 인지하고 받아들이는 시간을 줄인다는 것만으로도 녀석에게는 한숨 돌릴 여유가 생기기야 하겠지만 그걸로도 충분하지 않다.

-정말로 괜찮으시겠습니까?

-네. 지금 당장은 힘들지도 모르겠지만…… 조금만 더 기다린다면…….

"뭘 기다려?"

다시 한번 마음의 눈으로 놈을 살펴본 것은 당연지사. 특이점이 눈에 들어온다.

지력 89. 그리고…….

"전직한 지…… 오래된 것 같은데."

슬슬 전직할 때가 된 건가? 싶기도 했다. 지력 90이 넘어가면 새로운 특성이 열린다는 건 이미 대륙에 알려진 이야기, 전직에 대한 정보 역시 마찬가지다.

시스템은 모험가의 행동 패턴에 맞춰 전직할 수 있는 직업을 제안한다. 놈이 밥 처먹고, 시바, 이 짓만 반복한다고 가정하면 이 행동에 적합한 직업을 가지게 될지도 모른다.

"와, 시바, 이 지독한 새끼……."

성향에 떠 있는 분석가가 어떤 의미였는지 이해가 된다.

"이 쥐새끼 같은 여우 새끼."

놈은 시스템을 이해하고 있다. 이걸 어떻게 써먹을 수 있는지, 어떻게 하면 최대한의 효율을 볼 수 있는지에 대해 계산하고 있는 것이다. 일부러 타이밍을 맞췄는지는 모르겠지만 만약 노린 것이 맞다면 꽤 오래전부터 이 상황을 염두에 두고 있다는 말이 된다.

사실 그렇다고는 해도…….

"네가 그래 봤자지. 시바."

전술 김현성이 거저로 만들어진 건 아니니까.

슬그머니 김현성에게 시선을 돌린 것은 당연지사.

조금 힘없어 보이는 어깨가 괜스레 눈에 들어온다. 북부에서 뭔가 커다란 성과를 얻지 못한 채로 되돌아오고 있는 모양. 뭔가 이상한 유물이나 아이템 같은 걸 가지고 온 것 같기는 한데, 별로 쓸모가 없다는 것은 본인이 가장 잘 알고 있는 것 같았다.

'조금 처량해 보이기는 해.'

검이라도 한 자루 내려줄걸 그랬자녀.

베니고어가 가지고 온 옐룬의 계정을 이용해 마켓에 접속하자 여러 가지 이름의 검이 눈에 띄기 시작.

적당한 걸 찾아봤지만……

'검은 너무 비싼데……'

다른 차원의 영웅들도 검을 선호하는 모양인지, 가격대가 많게는 5배 정도가 차이가 난다.

듀렌달의 발끝에도 미치지 못하는 검이 이 정도 가격인 게 불합리하게 느껴지기도 했지만 이것보다는 현세로 내려보낼 때 드는 비용이……

'세금 너무 빡세…… 살기 너무 팍팍하자녀.'

어마어마하다.

발이 움푹움푹 꺼지는 설산을 군이 걸어 내려오고 있는 이유를 모르겠지만 군이 예상해 보자면 생각할 시간이 필요해서 이지 않을까.

아니나 다를까 멍하니 걸어가고 있는 모습이 보인다. 근처 동굴을 발견한 이후에는 잠깐 앉아 있다……. 주르륵 눈물을 떨어뜨린다.

고개를 한번 뒤흔들고 만화 영화 주인공처럼 본인의 얼굴을 짝짝 친 이후에는 몸을 일으켰다가 다시 한번 벽면에 등을 보낸다.

천천히 여신의 손거울을 꺼낸 이후에 두툼한 손으로 버튼을 꾹꾹 누르는 모습, 얼굴이 잠깐 동안 펴지는 것이 눈에 보였지만 이윽고 심각한 표정으로 허겁지겁 날개를 펼치는 것이 눈에 들어왔다. 조각상이 피눈물을 흘리고 있다는 사실을 이제야 접한 것이다.

거대한 날개로 순식간에 하늘을 가로지르는 모습이 멋있기야 한다.

-김미영 팀장님 계십니까? 김미영 팀장님?

-네. 부길드마스터. 김미영 팀장입니다.

-메시지를 읽었습니다. 방금 전에 제가…… 아니, 정확히 언제부터였습니까? 언제부터였어요?

-조각상에서 피눈물이 떨어지기 시작한 것은 21일 11시부터였습니다.

-어째서 더 빠르게 알리지 않은 겁니까! 제길!

-……죄송합니다. 길드마스터.

'왜 김미영 팀장한테 뭐라고 그래…… 네가 안 읽은 거자

너…… 팀장님 상처받겠다. 김미영 팀장 진짜 요즘 힘들단 말이야…….'

사회생활하기 힘든데…… 김미영 팀장님 파란 관두면 네가 책임질 거야? 안 그래도 스카우트 제의 들어오는 곳도 많아 보이던데…….

-아니…… 아니…… 죄송합니다. 제가…… 제가 잠깐…… 죄송합니다. 이성을 잃었던 것 같습니다. 네…… 죄송합니다. 김미영 팀장님.

-사과하실 필요 없습니다. 길드마스터. 조금 더 직접적으로 연락드릴 수 있는 방안을 마련했어야 하는데…… 제 불찰입니다.

'대인배자너…… 우리 팀장님 진짜 보물이야.'

-아닙니다. 제가 지금……. 네……. 그래서…… 다른 징후가 있는 겁니까? 다른 메시지가 내려온 겁니까? 길드 차원으로 조사가 들어가고 있는 게 맞습니까? 지금 이 일을 알고 있는 이들은…… 혜진 씨는 알고 있는 게 있는 겁니까? 그 창에서는…….

말이 너무 빨라 알아들을 수조차 없다.

-네. 일단 말씀을…….

-아니, 이럴 게 아니라 제가 직접 가서 확인하겠습니다. 신전 출입 통제하세요. 지금부터 통제해 주세요! 하얀 씨는 지금 어디에 있습니까? 제가 있는 곳으로 올 수 있으십니까?

-정하얀 님은 현재 이 사실을 모르시고 계십니다만…… 말

씀하신 위치로 정하얀 님을 보내 드려도 되겠습니까?

-아…… 아니…… 괜찮습니다. 모르고 계시다니…… 다행입니다. 잘 조치하셨습니다. 최대한 빠르게 가고 있습니다. 신전으로 바로 향하겠습니다.

날아가면서도 눈을 감고 기도 비슷한 걸 하고 있다. 별다른 일이 생기지 않았기를 기도하는 것만 같다.

한 명이 죽고 서로 만난 지 오래됐는데도 여전히 변함이 없지 않은가. 신뢰로 똘똘 뭉친, 진정한 유대감을 토대로 쌓아 올린 이 건전하고 건강한 관계. 저 오만방자한 놈이 나를 대신할 수도 없는 것은 물론이거니와 김현성이 이기영을 버릴 상황은 결코 찾아오지 않는다고 장담할 수 있다.

버림받을까 벌벌 떨었던 옛날 생각이 나기야 했지만 이제는 그런 가정을 하는 것 자체가 의미 없는 일이지. 사실 굳이 걱정할 필요도 없으니까. 여유롭게 할 일이나 하면서 검 말고 다른 거 줄 거 있나 찾아봐야지.

'형은 널 믿는다.'

메시지도 보내놔야겠다.

[저는…… 저는…… 노을빛의 검사를 믿고 있습니다.]

애절한 톤으로.

-기영 씨! 기영 씨! 제길! 기영 씨!!!

ㅈ나 애절했어. 시바.

내가 생각해도 진짜 애절했다. 뭔가 다급하게 느껴지기도 하면서도 그리움에 사무치는 듯한 목소리. 절대로 내가 보내는 믿음을 배신할 수 없게 만드는 목소리라고 할 수 있으리라.

조금 불안한 감이 없진 않았지만······.

'이제는 믿을 때도 됐어. 시바.'

우린 시바 신뢰로 똘똘 뭉쳤으니까. 이제 곧 신물도 내릴 거자녀. 솔직히 지금 당장 내리는 게 맞나 싶기도 한데······ 일단 준비해서 나쁠 건 없을 것 같고······ 뭐라도 준다는 거 자체가 중요했으니까.

솔직히 그동안 내가 차가웠던 것은 아닌지 되돌아보는 계기가 됐던 것 같기도 했다. 괜스레 허벅지를 두드리며 생각에 빠졌을 때였다.

"이기영 후배? 이기영 후배?"

"아······ 네. 베니고어 님. 죄송합니다."

"어제도 밤늦게까지 일한 거야?"

"비슷합니다."

"너무 일 열심히 한다. 우리 이기영 후배. 이러다가 몸이라도 상하면 어떻게 해? 그래도 조금 쉬면서 해야지. 몸이 재산인데. 안 그래?"

"네. 베니고어 님 말씀이 맞는 것 같네요. 아까 엘룬 섭외에 대해서 말씀하시던 도중이었죠?"

"웅! 아주 아주 순조로워 이기영 후배. 사실 엘룬이 조금 강경하게 나오기는 했는데······ 막 윗선에 알린다고 으름장 내놓고 그랬다니까. 근데 알지? 이번에 세계수 소멸되고 엘프들 완전히 길바닥에 나앉았잖아. 조각상도 전부 사라지구 신전도 완전히 없어져서…… 엘룬이 뭘 선택할 수 있는 입장이 아니야."

"아…… 네."

"엘프들 어떻게 할 거냐고 살짝 겁주니까 바로 조용해져서 무릎 꿇고 싹싹 비는 거 있지?"

'굳이 무릎 꿇리고 빌게 할 필요가 있었어?'

신뢰로 똘똘 뭉쳐 있는 김현성과 나 같은 관계는 아니었던 모양이다. 베니고어가 가능할 거라고 호언장담했을 때부터 뭔가 싸하기는 했지만 얘도 진짜…….

'악마 그 자체잖아.'

어쩌면 신계에서 베니고어를 스카우트해 간 이유가 적대 세력이 더 강해지는 것을 우려한 것은 아닐까.

"이제 와서 빌어봤자 늦었다고 하니까. 막 치맛자락도 붙잡구…… 내가 다 난처해져서 혼났다니까. 그러게 적당히 했어야지. 그렇게 뻣뻣하게…… 쯧. 아무튼 안심해도 돼. 이기영 후배. 엘룬은 내가 확실하게 교육시켜 놨으니까. 아마 여기에 와서도 별문제 일으키지 않을 거야. 아, 그리고 로렌은 같이하기로 했어. 여기로 데려와도 괜찮지?"

"네. 다음 회의 때부터 함께하면 좋을 것 같네요. 연방도 어느 정도 복구가 되고 있는 것 같고…… 앞으로의 방향에 대해서 나눌 이야기도 있으니까요. 기왕이면 엘룬도 같이 데리고 오세……."

"문제는 상부야."

"네?"

"알잖아. 아직 확실한 건 아니기는 한데 상부에서 나를 의심하고 있는 것 같더라구…… 아니, 의심이라기보다는 빨리 노을빛의 신을 올려 보내라고 닦달하고 있다니까. 일단 계속 노을빛의 신이 거절 의사를 밝히고 있다고 둘러대고 있기는 한데…… 내가 무능하다고 생각하는지 자기들이 직접 접선할 거라고 막 그러는 거 있지?"

"그건 조심해야겠네요. 계약을 진행 중이라고 둘러대는 게 좋겠습니다."

'현성이가 여기 올라오면 말짱 도루묵인데.'

"누구 보고 무능하다고 하는지 모르겠다니까. 지금은 내가 이렇게 당하고 있지만 기회만 되면 전부 다 혼구녕을 내줄 거야."

'얘 살짝 취한 상태인 것 같은데…….'

옐룬을 무릎 꿇린 것 때문인지는 모르겠지만 고개가 조금 뻣뻣하고 온몸에 힘이 들어가 있다. 본인이 거물이 된 것 같은 느낌에 취해 있는 것 같았다.

'얘 어떻게 해…….'

아무래도 벨리알과 오랜 시간을 같이 보내다 보니 저도 모르게 영향을 받고 있는 모양이다. 일반적인 가정의 부모님들이 나쁜 친구를 사귀면 안 된다고 말하는 이유가 이해가 가기 시작했다.

"이기영 후배는 조금 어때? 잘 막아낼 수 있겠어?"

"그거야 현세의 인간들이 어떻게 하느냐에 따라 다르기는 해요. 근데 피해가 없지는 않을 것 같습니다. 안 그래도 오늘이 건에 대해 이야기 좀 나누고 싶었는데…… 피해 복구에 들어가는 예산을 조금 늘려야 할 것 같아서요. 재무팀장님이 알아서 잘해주실 거라고 믿습니다. 그렇죠 디아루기아 님?"

"……."

"그렇다네요."

"끄응…… 지금 우리가 가지고 있는 예산도 빠듯한 편인데…… 나도 따로 신탁을 내리는 게 좋을까. 상황을 지켜보는 게 더 낫겠지? 의외로 인간들이 더 잘 이겨낼 수도 있고, 이지혜라는 인간의 속내가 밝혀진 것도 아니니까."

"타이밍 보고 신탁 한번 내리는 것도 괜찮을 것 같기는 합니다. 신경 거슬리게 하는 놈이 한 명 있는데……."

손날로 목 쪽을 긋자 단호하게 고개를 돌리는 베니고어의 모습을 확인할 수 있었다.

"안 돼. 이기영 후배도 알고 있잖아. 신이 직접 인간의 죽음을 사주 내리는 것은 금기라구. 만약 정말로 사주 내린 신탁으로 현세의 인간이 목숨을 빼앗기면 시스템한테 페널티를 받게 될걸. 시스템이 우리의 독립을 거부할 수도 있어."

생각해 보니 대류의 시스템에 대해 파악하기 시작했을 때 일찍이 결론을 내린 기억이 있다.

"지금에서야 하는 이야기지만 만약 그런 게 가능했다면…… 이기영 후배가 대류의 암 덩어리 시절, 아니, 그런 오해를 사고 있었을 때…… 벌써 신탁이 내려가지 않았을까. 아! 물론 내가 신탁을 내린다는 소리는 아니구…… 엘룬이나…… 로렌이

나…… 다 이기영 후배랑 사이가 좋지는 않았잖아."

어째서 윗놈들이 나에 대한 신탁을 직접적으로 내리지 않았는지에 대한 결론이었지.

"뭐 그럼…… 악마는 가까운 곳에 있다. 내지는 선한 얼굴을 하고 사람을 속이는 악마의 존재에 대해서 한번 언급해 주세요. 지금 당장은 아니고 제가 타이밍 봐서 말씀드리겠습니다."

"뭐, 무슨 말인지는 모르겠지만 일단 알았어. 그, 그래도 너무 그런 식으로 가면 안 좋아. 이기영 후배. 인간을 질투하거나 시기해서, 혹은 단순히 마음에 들지 않는다거나 재수 없다고 쓱싹 해버린 신들의 끝은 대개 좋지 않거든. 이기영 후배도 성숙해져야지. 현세의 인간들은 현세의 인간일 뿐이니까. 우리는 이제 어엿한 신인데. 그에 걸맞은 격을 가지고 있으니까. 높은 격을 지닌 자로서의 품위를 지켜야 하지 않겠어?"

단언컨대 엘룬을 무릎 꿇린 베니고어에게 품위나 품격은 존재하지 않았을 것이다.

"정상적인 절차를 밟으면 전부 교육받는 내용이기는 한데…… 뭐! 어쩔 수 없지. 이기영 후배는 특이 케이스니까. 선배된 내가 차근차근 알려주는 게 좋겠어!"

'빨리 내려가고 싶네.'

"그럼 오늘도 파이팅 한번 하자. 다 같이 손 모으고. 자! 재무팀장도 이리와!"

"……."

"하나, 둘, 셋!"

"파이팅……."

"파이팅!!"

"파, 파……."

한심한 표정으로 우리를 바라보다 끝까지 말을 잇지 못하는 디아루기아. 그리고 한층 더 의기양양해진 얼굴의 베니고어.

아무래도 얘 자신감의 원천이 이거였던 모양이다. 허리를 쭉 펴고 콧김을 뿜는 모습, 한쪽 손에는 커피를 움켜쥐고 언제 썼는지 뾰족한 선글라스를 쓰고 있다.

저러다 사고 치지 않을까 하는 걱정이 슬그머니 샘솟기는 했지만 엘룬과 로렌이 한배를 타기로 했으니 어느 정도는 커버쳐 주겠지.

"그럼 특이사항 있으면 연락해, 이기영 후배!"

"네."

조금 이상하기는 했지만…….

'그래도 쟤가 있어서 다행이기는 해.'

베니고어를 영입하는 게 좋을지에 대해 많은 고민을 하기는 했지만 솔직히 도움이 되기는 된다는 생각이 든다. 내가 모르고 있는 정보를 알고 있다는 것도 그랬지만, 솔직히 이런 부분에서도 도움이 된다.

'확실히 신이기는 신이야.'

격에 대한 발언도 그랬고, 현세와 위쪽을 분리해야 한다는 마인드 자체가 쪼끔 성숙하게 느껴진다.

'그래. 뭐 굳이 길가에 치이는 돌멩이 같은 애한테 신경을 쓰

고 그랬을까. 높은 격을 지닌 존재로서의 품격이 있는데.'

놈이 빛과 정의의 철퇴를 맞아야 한다는 생각에는 변함이 없지만 그건 내 몫이 아니라 인간들의 몫이다. 굳이 내가 하지 않아도 김현성 이놈의 뚝배기를 부숴 버리지 않을까.

발로 의자를 밀어 책상으로 이동한 이후에는 다시금 김현성의 모습을 살피기 시작.

'오늘 이것 때문에 온종일 설렜잖어.'

아침 드라마를 기다리는 사람들의 마음을 이해할 수 있었던 시간이었다.

이미 신전에 도착한 지 제법 오래됐는지, 조각상 앞에서 초조해하고 있는 모습이 눈에 보인다. 당연하지만 얼굴은 이미 울상이었고 심지어 조각상의 피눈물을 닦아낸 것 같기도 했다. 회의 때문에 의도적으로 끊어냤던 목소리도 계속해서 들려오는 도중.

-괜찮으신 겁니까? 기영 씨? 그쪽에서 무슨 문제가 생기신 겁니까?

-…….

-제발 대답해 주세요. 너무 불안합니다. 너무 불안해요.

-…….

-믿는다는 게 어떤 의미인지 알려주세요. 제가 해결할 수 있는 일이라면 당장 해결하겠습니다. 아니, 제가 직접 찾아뵙겠습니다. 위쪽에서 곤란을 겪고 계신 게 맞다면 제가 가겠습니다. 문을 열어주세요! 도움이 필요하다면 말씀해 주세요!

-…….

-제가…… 제가 멍청하다는 거 알고 계시지 않습니까. 제발…… 제발 부탁드립니다. 기영 씨…… 무슨 일이 있는지, 원하시는 게 뭔지 설명해 주세요.

-…….

-제길…….

도착한 이후에 꼬박 하루를 쉴 틈 없이 소리치는 모습은 살짝 걱정되기도 했지만 우리의 유대감이 변함없다는 사실을 증명해 주고 있지 않은가.

석상에서 뭔가 변함이 없자 허겁지겁 검을 붙잡고 신전의 밖으로 향하려고 하는 모습이 눈에 들어온다. 다른 신전에서는 피드백이 있을지도 모른다고 판단하고 있는 모양.

'슬슬 올 때 됐잖아. 아니, 이미 기다리고 있었겠구나?'

아니나 다를까 신전 밖에서 기다리고 있는 놈들의 모습이 눈에 띈다.

'둠 맛 좀 봐라.'

신전의 밖으로 나간 김현성을 바라보고 황급히 달려오는 송가 놈과 빌런 무리들, 이 장면을 보고 싶었다.

'아주 가관이네. 가관이여.'

꼴에 단정한 옷차림을 하고 있지 않은가. 심지어는 이제 막 도착한 듯 본인의 그리폰까지 옆에 대령해 놨다.

누가 봐도 작위적이다. 그리폰 위에 있는 라이딩 보조 장비의 로고도 잘 보이게 세팅해 놓은 모습, 저런 작위적인 모습에 걸려들 사람이 몇이나 있을까.

시바, 빡돈 현성이 눈에 그런 게 보일 것 같아?

-파란 길드마스터. 처음 뵙겠습니다.

-…….

-신 대륙 보호 관리 위원회의 송수경이라고 합니다. 이렇게 갑자기 찾아온 무례를…….

-…….

-이렇게 뵙게 돼서 너무나도 영광입니다. 시기가 좋지 않지만 꼭 드리고 싶은 말씀이 있어…….

예상했던 그대로의 모습이었다. 녀석 따위는 보이지 않는 듯 성큼성큼 발걸음을 옮기는 모습, 신전의 부지 안이 아니었다면 냅다 뛰거나 날개를 펼치지 않았을까.

-노을빛의 검사님 잠깐만 시간을 내주시…….

'시바, 현성아. 형 감동했어.'

아예 눈길조차 주고 있지 않다. 이빨을 으득 깨물며 계속해서 몸을 움직이고 있는 모습은 시바…….

-파란 길드마스터! 파란 길드마스터!

점점 표정의 여유가 없어지는 쥐새끼 같은 여우 새끼. 뭔가 이건 아니라고 생각하는 게 눈에 보인다. 본인이 그리고 있던 그림은 이게 아니겠지. 하지만 시바, 우리 현성이는 친우의 피눈물에는 절대로 멈추지 않는다고.

-노을빛의 검사님! 잠깐만 제 이야기를 들어주십시오!

그나마 선을 지키던 놈이 데드라인에 발을 들인 것은 바로 그때였다. 영화 속 주인공 마냥 팔을 쫙 벌린 채로 김현성의 앞 길을 가로막은 것.

눈빛에는 목숨을 걸고서라도 자신의 목소리에 귀를 기울이게 만들겠다는 의지가 담겨 있겠지만 실제로 목숨을 걸어야 하는 상황이 올 거라고는 생각하지 못하고 있는 모양.

한편으로는 조금 불안해지기야 한다. 이 새끼가 그래도 의외로 무른 구석이 있어서 매몰차게 하지는 못할 것 같아서…….

하지만 불안감은 불안감에 불과했던 모양.

김현성은 자리에 멈춰 녀석을 바라보다 천천히 입을 열었다.

"……꺼져."

마치 순식간에 공기가 얼어붙는 듯한 느낌이었다.

북풍에서 불어온 매서운 한파가 여기까지 닿는 착각이 들 정도로 차가운 얼굴, 이게 내가 아는 김현성이 맞나 싶을 정도로 익숙하지 않은 표정이다.

물론 김현성의 차가운 표정을 본 적이 처음은 아니었다. 둠 현성 때도 그랬고, 악마에 의해 유대감이 끊겼을 때 역시 나를 차가운 표정으로 바라본 전적이 있었다.

하지만 지금 녀석이 보여주는 표정은 그때와 다르다. 정확히 설명하기는 어렵지만 뭔가 다르다. 굳이 적절한 단어를 찾아보자면…… 아마…….

무관심. 정도로 표현할 수 있지 않을까.

길가에 굴러다니는 돌멩이나 개미 새끼를 바라보는 듯한 표정. 유대감이 끊겼을 때의 김현성의 복잡한 얼굴에는 적의라도 담겨 있었지만 송 빌런을 바라보는 눈에는 그런 적의마저 느껴지지 않는다.

아무런 감정도 없다. 아주 약간의 짜증만이 얼굴에 들어서 있다. 어째서 이 사람이, 아니, 이게 신전에 있는지 궁금해하고 있겠지. 적절한 예는 아니지만 악플보다 무관심이 더 무섭다는 게 이해가 갈 정도였다.

-노, 노…… 노을빛의 검사님?

-꺼져.

-네?

더 이상 말하는 것도 귀찮은 모양인지 천천히 한쪽 팔을 들어 올리는 모습이 들어왔다.

'뭐야? 진짜로? 때리려고? 때리려는 거지? 현성이 폭력으로 해결하는 사람 아니었자녀.'

단순히 위협하는 것이 아니다. 검을 들어 올리지는 않았지만 저 팔이 휘둘러지면 저 새끼가 돼지지 않는다는 보장은 없다. 아니, 장담컨대 완큐에 요단강을 건너게 되리라.

'그렇게까지 한다고?'

이걸 말려야 할지 바라봐야 할지 모르겠다. 아니, 애초에 이 새끼가 왜 이러는지도 모르겠다.

솔직히 기분이야 좋다.

'믿고 있었다구, 젠장! 부숴 버리라구! 하고 싶은 거 다 하라구!'

하지만 한편으로는 불안해진다. 이게 김현성의 올바른 가치관 형성에 도움이 될지에 대해서는 고개를 저을 수밖에 없는 상황.

처음이야 어렵지 두 번째부터는 더 쉽다. 자기 눈에 거슬리는 놈들 뚝배기 부수면서 행복 라이프를 살아간다면 그건 더 이상 영웅이 아니다.

'아무리 그래도 죽이면 어떻게 해. 그냥 길만 막은 건데.'

사이코패스 살인마 아니자녀. 우리 현성이 사이코패스 아니자녀. 생명을 소중히 여기는 사람이자녀.

아니, 이 새끼는 사람을 죽인다는 자각조차 없을지도 모르지. 그냥 앞길을 가로막는 돌멩이 하나를 치운다는 생각을 하고 있을지도 모르겠다.

'시바, 내가 뭐 이런 거 걱정할 땐가?'

"그래, 씨바, 보여줘! 현성아! 노을빛의 강타를 관자놀이에 한번 박아줘!"

김현성의 손등이 녀석에게 향한 것은 순식간, 송 빌런이 죽음을 떠올릴 정도로 빠르게 쇄도하던 김현성의 팔이 멈춘 것은 녀석의 바로 앞이었다.

김현성이 갑자기 녀석을 인간으로 인식했기 때문이 아니다. 아직까지 이곳이 신전의 안이라는 것을 깨달은 것인지 뒤를 돌아보고 있는 것이 시야에 비친다. 나쁜 짓 하는 것을 부모에게 들키고 싶어 하지 않은 것만 같다.

본인도 자기 자신이 어울리지 않는 행동을 한 것은 이해하고 있는지 후회하는 얼굴이었지만 아마 김현성이 힘을 거두지 않았더라도 주먹은 송 빌런에게 닿지 않았을 것이다. 김현성의 팔을 막고 있는 인형이 눈에 들어왔기 때문이다.

"창렬아…… 걍 막지 말지."

-무례를 용서해 주십시오. 길드마스터. 하지만…….

파란 길드에 얼마 남지 않은 정상인 중 한 명, 이미 상위 모험가를 넘어 최상위에 이름을 날리고 있는 창렬이…….

평소였다면 아주 똑똑한 행동이었다고 칭찬 한번 해줬을 것이다. 만약 여기서 김현성이 수경이의 뚝배기를 부숴 버린다면 여러 가지로 문제가 될 수도 있었을 테니까.

솔직히 파란 길드가 곤경에 처하는 것은 정해진 수순이었겠지. 정치적으로 처리해야 할 일이 많아지는 것 정도가 아니라 아예 궁지에 몰리게 될 확률이 높다.

하지만 고맙다고 말하고 싶지는 않다.

'저거 팔 부러졌겠는데.'

본래 민첩 위주의 암살자로 내구와 힘 스탯이 높지 않은 김창렬이었으니 지금쯤 팔이 비명을 지르고 있을지도 모르겠다. 항상 쓰고 다니는 복면의 뒤로는 일그러진 표정이 자리하고 있지 않을까.

-아닙니다. 창렬 씨. 제가 실수를 저지를 뻔했군요. 하마터면 신전의 부지 안에서…… 네. 실수를 저지를 뻔했습니다.

-아닙니다. 제가 조금 더 주의를 기울여야 했습니다. 길드마스터. 신전 출입에 대해서 조금 더…….

-손님을 배웅해 주시면 될 것 같습니다. 저는 지금 향해야

할 곳이 있습니다. 그럼…….

-네. 명령에 따르겠습니다.

-파, 파란 길드마스터! 잠깐 할 말이…….

-죽고 싶지 않으면 입 다물어. 멍청한 새끼.

-뭐?

-입 다물라고 말했다.

다시 한번 손을 뻗으려는 송수경을 붙잡은 김창렬의 입에서 험한 목소리가 쏟아져 나온다. 그만큼 상황이 급하다는 걸 인지한 것인지 김창렬 역시 다급해 보인다.

어쩌면 김현성의 눈을 바라봤기 때문일지도 모르겠다. 항상 이성적인 모습을 보여줬던 김창렬답지 않은 모습이다. 신대륙 보호 관리 위원회의 핵심 관계자에게 욕설을 내뱉는 것은 결코 평소의 김창렬이 하는 행동이 아니다.

그 와중에 이 새끼는 방금 자신이 죽었다 살아남았다는 것을 모르고 있는 모양, 다리가 후들거리고 있는 와중에도 입은 살아 있는 모습은 존경스러웠지만 현명한 행동은 아니다.

김창렬은 송수경을 붙잡고 길에서 벗어났고…….

-잔디.

-…….

-잔디 밟지 마세요.

마침내 신전에 부지에서 벗어난 김현성은 노을빛에 둘러싸인다.

녀석이 막 하늘로 떠오르려고 했을 때였다.

-에, 에베리아 왕국이 멸망했다는 사실은 알고 계십니까!

-…….

-에베리아 왕국이 멸망했습니다! 세계수가 소실됐고 폭발에 휩싸인 왕국이 흔적도 없이 사라졌습니다! 새로운 위협이 다가오고 있습니다! 대륙에서 동시다발적으로 역병이 창궐하고 있으며…… 의문의 실종 사고가 늘어나고 있습니다. 대륙에 똬리 틀고 있던 세력들이 들고일어나 커다란 혼란이 일어나고 있습니다! 신 대륙 보호 관리 위원회에서는 대륙을 보호하고자, 최선을 다하고 있습니다! 파란 길드마스터의 도움이 필요합니다! 우리는 대륙인들을 위해 싸울 준비를 하고 있습니다. 커다란 대의를 위해 움직이고 있습니다!

저 목소리를 듣지 못했을 리가 없다. 김현성은 관심 없다는 듯이 다시 한번 날개를 펄럭인다.

하지만 김현성이 우뚝 뒤를 돌아보는 모습이 눈에 보였다.

-명예추기경님께서 지켜내신 대륙입니다!

'거기서 내 이름을 팔아?'

나쁜 방법은 아니다. 순간적으로 당황할 정도의 절묘한 타이밍이었다. 하지만 그게 긍정적인 영향을 끼쳤는지, 부정적인 영향을 끼쳤는지는 두고 봐야겠지. 나는 후자에 걸게.

김현성의 얼굴이 일그러진다. 분노와 슬픔으로 순식간에 일그러진 표정, 적의와 살의로밖에 표현할 수 없는 기운들이 쏟아진다.

정확히 무슨 생각을 하는지는 알 수 없지만 김현성의 화가 순간적으로 폭발한 것이 전해진다. 감히 네가 내 소중한 형제의 이름을 입에 담아? 같은 생각을 하고 있을지도 모르겠다.

김창렬 역시 이제는 끝났다는 표정, 더 이상 자신이 어떻게 할 수 있는 영역을 벗어났다고 생각하고 있는 게 눈에 보인다.

김현성의 눈에 핏발이 서기 시작하고 입술을 꽉 깨물었는지 입에서는 피가 흘러나온다.

마침 딱 적절한 화풀이 대상이 필요했을 것이다. 배때기를 찌른 장본인이 누굴 원망할 수 있을까.

-아…… 으…….

살기 때문인지 다리가 후들거리는 녀석, 저기서 입을 벌릴 수 있다는 것도 대단해 보인다.

-그, 그분께서…… 목숨을 바쳐 지켜내신 대륙이지 않습니까.

-그 입 다물어.

이 새끼 근성 하나는 인정할 만해.

'근데 지뢰 밟았음.'

-명예추기경님께서 원하시는 대륙을…….

-네가 그 사람을 입에 담아?

-대, 대륙을 지켜야 합니다.

-네가? 네까짓 게 감히! 네가 감히!

-대, 대, 대륙을…….

끝까지 입 터네. 돼지우리 엔딩이 놈을 기다리고 있다. 현성이도 요즘 스트레스 심했을 테니까. 이런 거로라도 풀어야지.

-이기영 님께서 슬퍼하실 겁니다.

김현성이 움직임을 멈춘 것은 바로 그때였다. 눈물을 흘리고 있는 송수경이 시야에 들어온다.

 -분명히 슬퍼하시고 계실 겁니다. 목숨을 바쳐 지켜낸 대륙이 다시 한번 위협받고 있다는 게, 대륙인들이 다시 한번 고통을 받을 것이라는 사실에 원통해하고 계실 겁니다.

 '어?'

 -다, 다…… 다시 한번 지켜내야 합니다.

 '뭐야? 아니야. 현성아.'

 -노을빛의 검사님께서 대륙을 외면하시는 걸 이기영 명예추기경님 께서는 결코…… 바라지 않고 계실 겁니다.

 '아닌데…….'

 -노을빛의 검사님의 힘이 필요합니다. 대륙을 지키기 위해서…….

 -…….

 -명예추기경님께서 돌아오셨을 때를 위해…….

 -…….

 -그분이 사랑하시는 대륙을…… 우리들이 망쳐서는 안 되지 않습니까.

 이빨이 으득으득 갈린다.

 공포로 인해 오줌을 지린 녀석에게 천천히 손을 뻗는 김현성이 보인다.

 회귀자의 얼굴에 적의는 없다. 오히려 깨달은 듯한 얼굴이다. 어째서 내 조각상이 피눈물을 흘렸는지에 대한 퍼즐을 자기 혼자 맞추어 나가고 있다.

'시바 새끼. 시발.'

짜증이 순간적으로 솟구쳐 오른다.

김현성에게 불순물이 닿는다면 나 역시 그 불순물을 배제하기 위해 최선을 다하지 않을까…… 하는 가정을 한 적이 있기야 했다. 애지중지 키운 회귀자를 냉큼 뺏어 먹으려고 하는 새끼가 있다는 걸 상상하는 것만으로도 불안해한 적이 있었으니까. 처음 조혜진을 경계했던 이유도 바로 그런 이유가 아니었던가.

'시바 개뿔. 신의 품격은 개뿔.'

그냥 죽이는 게 좋을 것 같다. 그게 가장 깔끔한 방법이다.

베니고어의 조언도 조언이었지만 괜히 복잡해질 상황을 만들고 싶지는 않다.

'내조는 내가 했는데 덕은 네가 보겠다고…… 맛없는 부분 꾸역꾸역 삼켜놓으니까, 시바, 맛있는 부분은 네가 다 처먹겠다? 배때기 찔린 건 난데 좋은 건 네가 다 하겠다?'

이것만큼 불합리한 상황이 세상천지에 어디 있을까. 재주는 곰이 부리는 데 왜 돈은 저 새끼가 받냐고.

지금까지, 시바, 피 토하고 이 갈릴 정도로 열심히 산 게 송빌런의 행복을 위해서라 생각하니 심사가 뒤틀리기 시작.

더 이상 선택의 여지가 없다. 방법이야 쉽지. 뭐, 직접적으로 죽이라는 말만 하지 않으면 되는 거 아닌가. 편법이라고 할 것도 없다.

[그자는 노을빛의 검사의 적입니다. 그자는 악마의 화신이며 저를 고통스럽게 만든 장본인입니다. 고통스럽습니다. 노을빛의 검사. 저를 도와주세요. 노을빛의 검사. 너무…… 너무 괴로워…….]

라고 한마디 날려주면 되니까.

하지만 아랑곳하지 않고 송수경에게 손을 뻗는 모습이 보인다.

'뭐야?'

이해할 수 없는 행동이었다. 내 목소리 못 들었어? 현성아 형 목소리 못 들었냐구.

[그자는 우리들의 적입니다.]

'뭔데…… 뭔데?'

[노을빛의 검사 제 목소리가 들리십니까?]

'어……'

[현성 씨. 내 목소리가…….]

김현성이 송 모 씨의 손을 잡고 몸을 일으키는 것이 시야에 비쳤다.

[현성아, 형 목소리 들려?]

-자세한 이야기를 들어봐도 되겠습니까.

눈앞이 깜깜해진 것 같은 듯한 느낌. 김현성에게 내 목소리가 닿지 않는다.

이유는 알 수 없었지만…… 회귀자 사용설명서에 이상이 생기고 있었다.

-이야기 드리기 적당한 장소를 예약해 놨습니다. 제가 안내하겠습니다. 아! 다시 한번…… 자기소개를 드려야 할 것 같군요. 파란 길드마스터. 제 이름은 송수경입니다.

-…….

-신 대륙 보호 관리 위원회의…… 송수경입니다. 꼭…… 만나 뵙고 싶었습니다.

224장
마지막(6)

　회귀자 사용설명서는 신화 등급의 특성으로 사실상 이레귤러에 가까울 정도로 대륙의 법칙을 위반한 종류의 특성이었다.

　회귀자 사용설명서뿐만이 아니라 신화 등급이라는 게 본디 그렇다. 일정 부분 시스템에 영향을 끼칠 수 있을 정도로 강력했고, 일반적인 방법으로는 제재할 수 있는 수단이 없을 정도였다.

　신화 등급의 아이템이나 특성에 기능이 서술되어 있다면 그 기능을 제재할 수단이 없다는 거다. 조혜진이 가지고 있는 부러지지 않는 창이 그렇다. 아이템 설명에 부러지지 않는다고 적혀 있다면 그 창은 절대로 꺾이지 않는다. 휘거나 녹거나, 부식될지언정 절대로 부러지지 않는다.

　물론 예외야 존재한다. 등급 안에서도 상위와 하위의 개념이 있었으니까.

문제는 회귀자 사용설명서가 상위에 랭크되어 있는 특성이라는 것에 기인한다.

김현성과 나는 연결되어 있다. 이 연결은 절대로 끊기지 않는다. 나는 녀석의 모든 걸 읽을 수 있어야 했고, 내 목소리가 녀석에게 닿지 않는 경우는 존재하지 않아야 했다. 다른 이레귤러가 없는 한은 말이다.

'시바…… 이게 뭔데?'

피가 차갑게 식는 듯한 느낌.

"시바, 김현성 이 멍청한 새끼! 세라핌 개새끼! 가면 쓰레기 진청 새끼!"

짜증이 머리끝까지 올라왔지만 애써 마음을 억누를 수밖에 없었다. 흥분하면 이도 저도 안 된다는 걸 알고 있었으니까.

'이게 끊길 일이 뭐가 있지?'

시스템의 개입? 내가 룰을 위반했다는 것 때문에 페널티를 내리는 건가?

아니면…… 더 상위의 이레귤러와 충돌하고 있는 건가.

회귀자 사용설명서보다 더 상위의 존재나 힘이 나와 김현성의 연결을 방해하고 있다면 이상한 일은 아니다. 주변에 모든 통신 수단을 차단하는 신화 등급의 아티팩트를 송수경이 가지고 있다면 지금 일어나고 있는 상황이 이해가 간다.

하지만…….

"그건 아닌데……."

저 머저리가 그런 아이템을 구할 수 있는 수단도 없었거니와 신화 등급의 물건이 그렇게 흔한 것은 아니다.

하지만 어떤 힘이 이걸 방해하고 있다는 것 하나만은 알 수 있을 것 같았다.

'연결이 끊긴 건 아니야.'

김현성의 금안은 아직 그 빛을 잃어버리지 않고 있었으니까. 단지 목소리가 닿지 않게 됐을 뿐이다. 나는 여전히 김현성의 감정을 느낄 수 있었고, 녀석의 거대하고 사소한 정보들을 수용할 수 있었다. 물론 이게 조작되지 않았다는 증거는 없었지만…… 녀석과 내 연결은 계속해서 유지되고 있다.

잠깐 자리에서 일어나 괜스레 의자 주위를 한 바퀴 돌았다. 뭔가 우물쭈물하는 세 개의 빛이 떨고 있는 게 보이기는 했지만 그다지 관심을 주지는 않았다.

눈치를 보던 은색 빛은 굳게 마음을 먹은 듯 천천히 다가오는 것이 눈에 보여 손등으로 팍 하고 쳐낸 이후에 다시 한번 자리에 몸을 앉혔다.

'혜진이한테 처리해 달라고 해야 하나?'

아니, 조혜진이랑은 연결이 되어 있는 건가? 전부 다 끊긴 건 아닌가?

순간적으로 불안한 마음이 생겨난 것은 당연지사.

"혜진 씨?"

…….

"혜진아?"

－…….

"야. 조혜진."

-네, 부길드마스터? 들립니다.

'시바, 얘랑은 안 끊겼구나.'

안도의 한숨을 내쉬자 곧바로 하고 싶은 말이 쏟아져 나온다.

"내 말 들어봐 혜진아. 송수경 그 개애애애애새끼 있잖아?"

-네?

"아니…… 아니다. 조금 이따 다시 연락할게."

'끊기지는 않았어.'

지금 당장 송 빌런을 처리해 달라고 말하고 싶었지만 한 가지 가능성 때문에 쉽게 입을 열 수가 없다.

'시스템한테 제재당하고 있는 거일 수도 있으니까.'

일종의 경고일지도 모른다. 내 발언이 송수경의 죽음을 사주했다는 말처럼 들렸을 가능성이 없다고는 할 수 없다. 직접적으로 말하지는 않았지만 내 목소리를 듣는다면 김현성이 곧바로 검을 꺼내 들 거라는 걸 알고 있었으니 말이다.

믿습니다와 피눈물까지가 마지노선, 녀석에 대해 직접적으로 이야기를 꺼내는 것은…….

'선을 넘었다는 건가.'

혜진이한테 사람 하나를 죽이라고 말한 건 왜 제재를 안 받은 거지?

가져다 붙일 수 있는 이유야 많다. 하지만 확실한 것은 없다. 정확한 것 하나는 현 상태에서 내가 할 수 있는 일이 그리

많지 않다는 것.

회귀자 사용설명서를 완전히 잃어버리거나 시스템에게 자격을 박탈당하는 최악의 상황을 마주하고 싶지는 않았다.

'한정적이기는 하지만 방법이 아예 없는 건 아닐 거야.'

허벅지를 툭툭 두드리며 망원경으로 녀석들을 바라보자 조용히 발걸음을 옮기는 모습을 확인할 수 있었다.

-무례를 용서해 주시기 바랍니다. 파란 길드마스터. 바쁘시다는 것도, 여유가 없으시다는 것도 알고 있지만…… 상황이 너무 위중한 터라…….

-…….

-간단히 식사라도 하시면서 이야기를 나누고 싶은데…… 괜찮으십니까?

옆에서 뭐라 뭐라 끊임없이 재잘거리던 녀석이 멈춰선 곳은 평소에 나와 김현성이 자주 들렀던 식당이었다.

계속해서 입을 열지 않았던 녀석이 조용히 건물을 바라보며 말을 잇는 것이 귀에 들려왔다.

-식사를 할 기분은 아닙니다.

-아…… 죄송합니다.

-용건부터 말씀하시죠.

당황하고 있는 송 모 씨의 얼굴이 보인다. 저 얼굴을 보니 올라왔던 짜증이 조금은 내려가는 것 같이 느껴진다.

'이 새끼 엿 같겠네.'

대화를 꺼내거나 중요한 이야기를 하는 것에 가장 중요한 것은 좋은 분위기와 빌드업이 기본이 아니겠는가. 다짜고짜 용건을 말하라고 하는 것은 상대방을 무시하는 것으로 비칠 수도 있다.

김현성이 송수경을 무시하는 것처럼 보이지는 않았지만, 김현성이 대화하기 쉽지 않은 상대라는 것은 눈치챘을 것이다.

'그래. 완전히 낚인 건 아니지.'

조금만 생각해 보면 김현성이 놈에게 손을 뻗은 이유도 이해가 가기야 한다. 이기영 조각상의 피눈물 사태가 대륙의 위협과 연관이 있을 수 있다고 생각할 만했고, 사실 송 빌런이 이야기한 것 역시 틀린 말은 아니었으니까.

물론 이해가 된다고 해서 용서할 수 있는 것은 아니다.

-일단 신 대륙 보호 관리 위원회라는 것은…….

무슨 길바닥 한가운데서 이야기를 주고받고 있는 모습, 김현성이 마력으로 주변을 완전히 차단하고 있다고는 하지만 이런 경우는 그 어디에도 없을 거라고 단언할 수 있다.

'아직 형 배신한 건 아니구나. 현성아. 그래도 시바, 배신한 거야.'

기왕이면 저 새끼가 말실수를 해줬으면 좋겠다. 빨간 불에서도 멈추지 않는 김현성을 강림시켜 줬으면…… 싶은 마음이 굴뚝 같았지만 적절한 선을 지키는 솜씨가 예사롭지 않다.

내 이름이 김현성의 트리거라는 것을 눈치챘는지 부정적인 워딩을 최대한 조심하고 있는 모습이 눈에 띈다. 유지를 이어받았다거나, 이미 죽었다 같은 워딩은 다시 되돌아오실 장소나, 그분을 위한 단체로 바뀌어 있었다. 남들이 보면 이놈이 내 신도인 줄 알 정도였다.

녀석의 말을 듣고 있던 김현성은 작게 고개를 끄덕이는 중, 솔직히 무슨 생각을 하는지 모르겠지만 감정이 요동치는 게 느껴지기야 한다.

그만큼 김현성이 걱정되기도 했고…… 이 새끼는 이런 데 젬병이었으니까. 얼씨구나 하고 놈의 제안을 덜컥 받아들여도 이상하지 않을 것 같았다.

'아니야. 그렇게 멍청하지는 않지.'

-그래서 파란 길드마스터의 힘이 필요하다고 생각했었습니다. 통제하거나 압박하기 위해 만들어진 기관이 아닙니다. 명예추기경님께서 사랑하시는 대륙인들이 안심할 수 있는 대륙을 만들기 위해서입니다. 저희 신 대륙 보호 관리 위원회에는 대륙을 구한 영웅분들의 협조가 필요합니다.

-…….

-현재 신 대륙 보호 관리 위원회에서 가지고 있는 정보들을 토대로 여러 가지 이상 현상에 대해 조사 중입니다. 임무를 제안해 드리거나 하는 방향으로…… 명예추기경님에게 비한다면 죄송스러울 정도로 부족하겠지만…… 나름대로 최선을 다하고 있습니다. 다시 한번 대륙을 하나로 뭉치게 하기 위해서는…….

-…….

-노을빛의 검사님이 필요합니다. 부디 저희들의 구심점이 되

어주셨으면 합니다.

겉으로 포장하는 솜씨가 여우 같기야 했다. 차라리 조혜진이나 김미영 팀장을 통해 이야기를 하는 게 좋을 뻔했다.

'너 이 시바, 진짜 이거에 낚이는 거 아니지?'

나쁜 이야기로 안 들리니까 얼씨구나 꿀이다 하고 받아먹는 거 아니냐고. 아니, 애초에…….

'김현성 그런 거 싫어하는데, 시바.'

구심점 어쩌구 중심 어쩌구 하는 이야기는 우리 애 정신 건강에 좋지만은 않다.

아니나 다를까 눈빛이 흔들리고 있는 것 같은 얼굴, 다행히 크게 압박감을 느끼는 것 같지는 않았지만 누가 봐도 상태가 좋지 않다는 것을 알 수 있다.

김현성이 저 말을 어떻게 받아들일까. 다시 한번 짐을 들어 달라고 호소하는 놈의 말을 어떻게 생각하고 있을까.

잠깐 동안 어지럼증이 느껴진다. 내가 느낀 것이 아니라 김현성이 느끼는 것이다. 애써 주먹을 꽉 쥐고 있는 모습은 뭐라고 설명하기 어렵다. 하지만…… 짐을 다시 한번 들어 올려야 한다고 판단하고 있는 것처럼 보였다.

-이기영 님께서 사랑하시는 대륙을…….

-…….

-노을빛의 검사님…….

-…….

-지켜주셔야 합니다. 그분을 위해서…….

호흡이 계속해서 거칠어진다. 주변을 둘러보는 김현성의 모습이 시야에 비친다.

신 대륙 보호 관리 위원회의 수행원들이 김현성과 녀석을 둘러싸고 있다. 지금 김현성의 눈에 자신을 바라보는 이들이 보이지 않을 리가 없지 않은가. 막연한 희망을 품고 있는 얼굴들이 들어오고 있을 것이다.

순간적이지만 스트레스가 치솟은 것 같이 느껴진다. 김현성이 떠올리고 있는 생각들이 자꾸만 머릿속으로 이미지화된다.

천천히 죽어가는 나. 피 묻은 검. 폐허가 된 주변. 뛰어오고 있는 길드원들과 울부짖고 있는 박덕구의 모습. 계속해서 머리를 붙잡고 중얼거리고 있는 정하얀과 소란스러워진 장내.

나는 보지 못했던 광경이다. 눈을 감을 직후부터 녀석들을 볼 수 있었던 것은 아니었으니까.

박덕구 이 새끼는 몸이 으스러지도록 나를 껴안고 있는 중, 어쩌면 박덕구 이 돼지 새끼가 나를 죽였을지도 모른다. 분명히 저 과정에서 어디 한 군데는 부서졌을 거라고 장담할 수 있다.

'제발…… 흐으으윽…… 제바알…… 우리 형님 좀 살려주요. 우리 형님 좀 살려주요…….'

누구한테 살려달라고 하는지 모르겠지만 일단 살려달라고 외치고 있는 중. 찬란한 노을빛이 떠 있는 풍경은 어딘가 슬퍼 보인다.

'흐으으윽…… 눈 좀 떠보라니깐! 눈 좀…… 흐으윽…… 흐으으윽……
제발 데려가지 마, 제발…… 우리 형님한테 한 번만 더 기회를
주쇼…… 제발…… 이렇게 데려가면 안 된다니까…… 이렇게 데
려가지 말아주쇼……'

정하얀도 크게 다르지는 않다. 호흡이 거칠어지고 제대로
숨도 쉬지 못하고 있는 모습.

박덕구에게 안겨 이리저리 흔들리고 있는 내 몸을 보고 있
는 하얀이의 눈에 시퍼런 분노가 가득 찬 것은 순식간이다. 한
소라가 제때 와주지 않았다면 정말로 무슨 사달이 나도 제대
로 났을지도 모르겠다.

한소라한테 안겨 엉엉 울고 있는 모습. 뭐라고 말을 하고 싶
은데 제대로 말이 나오지 않는지 계속해서 뻐끔대고만 있다.
저러다 숨넘어가지 않을까 걱정이 된다.

'끄윽…… 끄으윽…… 끅…… 끄으윽……'

김현성이 이 모든 모습을 바라보고 있었다. 당시 녀석이 제
대로 주변 사물을 인식하고 있는지는 알 수 없었지만 녀석은
틀림없이 이 모든 광경을 눈에 담고 있었다.

숨을 거둔 내 입에 희미하게 남아 있는 성자의 미소, 대륙
을 위해 이 한 몸 바치는 건 아무렇지도 않다는 그 미소를 김

현성은 하늘이 무너진 표정으로 바라보고 있었다.

김현성의 표정 변화에 기묘한 표정을 짓고 있는 송수경이 시야에 비친다.

송수경의 표정은 뒤틀려 있다. 단순히 권력에 대한 욕심뿐만이 아니라, 어딘가 확실하게 뒤틀린 얼굴이었다.

이 새끼…… 도대체 뭐야?

-지금 이 자리에서 곧바로 답을 주시기 어렵다는 것은 알고 있습니다. 생각할 시간이 필요하시겠지요.

-…….

-궁금하신 점이 생기신다면 언제든지 연락해 주셨으면 합니다. 제가 언제든지 준비가 되어 있다는 사실만 알아주셨으면 합니다. 노을빛의 검사님.

'뭐야? 도대체…….'

찰나였지만 위화감을 담고 있는 표정이었다.

'맛탱이 간 것 같았는데?'

혹시 이지혜가 뿌린 씨앗이 아닐까 하는 가능성을 떠올려 볼 정도였으니 무슨 말이 더 필요할까.

물론 터무니없는 가설이었지만 이런 가설마저도 진지하게 생각해 볼 정도로 기괴한 얼굴이었다.

생각해 보면 군이 신 대륙 보호 관리 위원회를 발족시키면서까지 자신에게 시선이 쏠리게 만들 이유가 있었나 싶기도 하다.

'따로 원하는 게 있어? 아니면 사주를 받고 움직이는 거야?'

공화국과 연합의 비호를 받고 있다지만 리스크가 없지만은 않다. 자신을 드러내고 움직인다는 건 언제나 페널티를 맞을 수 있다는 걸 고려해 봐야 했기 때문이다. 하물며 놈은 대륙의 영웅을 적으로 돌릴 생각을 하고 있지 않은가. 자다가 뒈져 버릴 가능성도 없지는 않다는 거다.

그렇다고 뒤에 누군가가 있다는 생각은 들지 않는다. 루시퍼가 없을 거라는 보장은 없지만 최소한 놈에게 악마나 다른 이들이 개입했다는 물증이 없었으니까.

이기영의 자리를 대신해 보겠다는 것 자체가 목적처럼 비칠 수는 있기는 하지만 권력이 목적이 아니라면 굳이 그럴 이유도 없다.

머릿속 생각이 제대로 정리가 되지 않는 상태, 아무래도 우리 애들이 오열하는 꼴을 한번 보니 마음이 복잡해진 것 같다.

김현성 역시 마찬가지인 것인지 아직까지도 녀석이 떠나간 자리를 바라보고 있었다.

'시바, 때려치우자. 사실 궁금해할 필요도 없는데⋯⋯.'

김현성이 어떤 생각을 하든지, 놈이 정말로 대륙을 위하고 있는지는 이쪽과는 관계없는 이야기다.

사실 이 새끼가 대륙의 마지막 남은 희망이라고 해도 내 생각은 변함이 없다. 송 빌런이 명백히 선을 넘었다는 건 부정할 수 없는 사실이었으니까.

발걸음을 천천히 옮기고 있는 김현성이 시야에 비친다.

마음을 먹었다는 듯이 주먹을 꽉 쥔 얼굴, 혹시나 이 새끼

가 나를 배신하지 않을까 하는 생각만으로도 꼴도 보기 싫어
진다.

물론 특성으로 그렇지 않다는 것은 알고 있었지만…….

'사람 일 어떻게 될 줄 모르자녀.'

헌신하면 헌신짝 되는 거 흔한 일이자녀. 항상 최악을 생각
하고 움직여야지.

만약에 김현성이 나 버리면, 시바, 어떻게 해?

'뭘 어떻게 해. 뒈지는 거지.'

뒤쪽에서 목소리가 들려온 것은 바로 그때였다.

"재미있군."

"오랜만입니다. 벨리알 님."

"어떤가. 그 인간은…… 제법 쓸 만해 보이는 인간이 나타난
것 같던데."

쓸모는 무슨.

"착각하신 걸 겁니다."

"어딘가 쓸 데가 있을지도 모르지."

어차피 배제해야 하는 놈이다. 솔직히 송 빌런이 비참한 최
후를 맞이할 정도의 잘못을 저질렀는지는 잘 모르겠지만 애초
에 내가 그럴 판단을 할 입장은 아니지 않은가.

자기 세뇌 때문인지 자꾸만 기분이 업다운 되고 있기는 했
지만 솔직히 송 빌런한테는 살짝 고마운 마음도 있다. 다시 한
번 이기영에 대해서 생각해 볼 수 있는 계기가 됐으니까.

대륙 땅을 밟은 이래로 이기영은 양보한 적이 없다. 누구든

내 거에 손을 대면 시바, 죽는 게 맞다.

지혜 누나한테 맡기는 게 합리적인 방법이 아닐까 하는 생각을 해봤지만 솔직히 기다리기 싫다. 누나가 어떻게 나올지도 모르겠고……. 아껴먹으려고 침 발라놓은 생크림 위 딸기에 손을 대는 놈들은 바로바로 처리해야지.

오히려 머릿속이 차가워진 것 같은 느낌이 들었다.

벨리알 얘는 내가 어떤 생각을 하고 있는지 대충 알고 있는 것 같은 느낌. 정말로 즐거운 것 같은 얼굴을 하는 것을 보니 단순히 이죽거리기 위해 찾아온 것은 아닌 것 같았다.

"궁금하지 않은가."

"무슨 말씀을 하시는지……."

"저 인간이 궁금하지 않느냐 이 말이다."

"그다지 궁금하지는 않습니다."

"그렇지 그게 당연하겠지. 저 인간이 어떤 인간인지와는 관계없이 그대의 노여움을 샀다는 것은 달라지지 않을 테니 말이다. 그대는 결국 알게 될 것이다. 시스템이 막고 있다고 한들, 방법이 없는 것도 아니고…… 결국에는 목적을 완수하겠지. 내가 말하는 것은 저 미천한 필멸자를 어떻게 처리할까에 대한 이야기다."

"……."

"우리 역시 시스템에 영향을 받는다. 조금 다르기는 하지만 계약서를 시스템이 공중한다고 생각하면 편할 것이다. 현세에 영향력을 끼칠 수 있는 것은 계약되거나 소환된 악마뿐이지만

악마나 신의 노여움을 산 인간이 비참한 꼴을 당하는 사례가
아예 없지는 않지."

"……."

"조금은 재미있는 걸 가지고 왔는데 도움이 될지 모르겠군.
내게도 여흥이 될 것 같고…… 또 뇌물이라고 생각해도 좋다."

"……."

"지루하던 차에 잘되었구나."

재미있어 죽을 것 같다는 벨리알의 얼굴, 이유는 모르겠지
만 입꼬리가 슬슬 올라가기 시작했다.

"감사합니다. 벨리알 님."

"감사받기 위해 전한 물건이 아니다."

벨리알이 꺼낸 것은 작은 구슬.

관심 없는 척 들여다보자 송수경의 모습이 눈에 들어왔다.

언제인지는 알 수 없었지만 현재는 아니다. 지금과 모습이
눈에 다른 것이 보였으니까. 나름 깔끔한 제복을 입고 있었던
녀석의 옷이 너덜너덜해 보이지 않는가.

배경도 다르다. 놈이 자리 잡고 있는 왕국 연합이 아닌, 린델.

내가 지금 뭘 보고 있는지에 대해 금방 이해할 수 있었다.

'과거네.'

정확히는 송수경의 기억일지도 모른다. 녀석의 린델 시절,
왕국 연합으로 떠나게 된 계기라고 생각해도 되지 않을까.

근데 이건 또 어떻게 구해왔어? 우리 벨 이사 너무 유능해.

벨리알의 얼굴을 살짝 바라본 이후에는 다시 한번 작은 구

슬로 시선을 돌리기 시작, 정확히 언제 일어난 일인지는 알 수 없었지만 지루하다면 지루하다고 말할 수 있는 이야기였다.

녀석이 당시에 동료들과 사냥을 나가는 평범한 영상이다. 뭔가 약점 잡을 게 있나 싶어 조용히 구슬을 바라봤지만 그것마저도 보이지 않는다. 일반적인 대화가 오가고 있기는 했지만…… 인상적이지는 않다. 전형적인 초보 모험가들처럼 보였으니 말이다.

'살아남으려면 해야 하는 일이야. 용기를 가져야지.'

'알고 있어.'

'너는 생각이 너무 많아. 쉽게 쉽게 판단해 수경아. 파란 길드 이야기는 들었어? 김현성, 이기영, 정하얀…… 이곳에 들어온 지 얼마 되지도 않았는데도 언론에서는 걔네들 이야기밖에 안 해. 린델의 중심이라고. 기회라고 생각해. 몬스터를 잡고 장비를 맞추면 강해진다. 그게 기본이라고. 우리라고 그 사람들처럼 되지 못한다는 보장은 없어. 우리도 될 수 있어. 그들처럼.'

'……'

'아직도 신이 우리를 구원해 줄 거라고 생각하지 마. 이제는 지구가 아니라 이곳이 현실이니까. 심지어 여기에는 가짜가 아니라 진짜 신이 존재하고, 그들은 우리를 버렸어.'

'나도 알고 있어. 그럼 움직이자.'

'한번 가보자고.'

풍경이 변한 것은 바로 그때. 허겁지겁 쫓기고 있는 놈의 모습이 눈에 들어온다.

'허억…… 허억…… 허억…….'
'수경아, 도망쳐!'
'허억…… 허억…….'

거대한 몬스터 한 마리가 놈을 향해 달려오고 있는 것이 보인다. 사냥을 나가던 모험가가 사고를 맞는 경우인 것 같다.

녀석의 파티 같은 경우에는 제대로 걸린 모양, 상위 모험가나 상대할 수 있는 몬스터에게 숲의 중반부에서 쫓기는 경우가 사실 흔하지는 않다.

숲을 헤치며 무작정 뛰고 있는 놈에 바로 뒤까지 몬스터가 바로 쫓아온다. 하의가 축축해진 것은 옵션, 눈물까지 찔끔찔끔 흘리면서 장비를 버려가며 달리는 모습에 괜스레 기분이 좋아진다.

오직 살아남고 싶다는 열망이 담겨 있는 얼굴이었다.

'아아아아아아아아아아악!!!'
'제길! 민철아!!'
'살려줘! 살, 살려줘!!'

한 녀석이 잡혔는지 그대로 공중에서 몸이 두 동강이 나는 모습, 뒤를 돌아볼 여유도 없이 허겁지겁 뛰어나가는 녀석의 모습에는 공포가 들어서 있다.

'하아…… 하아…….'

지금과는 너무 다른 모습, 솔직히 그냥 공포에 질린 머저리로 보인다.

이성을 잃은 것처럼 보이기도 한다. 사실 누가 저런 상황에서 이성을 유지할 수 있을까. 동료들의 시체가 바로 옆 나무에 처박히고 비명 소리가 계속해서 들려오는 상황은 나름 극한 상황이라고 할 만했다.

최근이야 여러 가지로 안전장치들이 많아지기는 했지만 아마 보통의 클랜이나 소규모 길드들은 전부 이런 식이었겠지.

'아아아아아아아아악!!'

"가랏! 힘내! 없애 버려!"

몬스터의 팔이 마침내 놈에게 닿았을 때였다. 피슉 하는 소리와 함께 거대한 괴물의 몸이 갈라진 것.

완전히 두 동강이 난 몬스터의 몸 사이로 한 인형이 눈에 들어왔다.

"……."

어째서 벨리알이 이걸 가지고 왔는지 알 것 같다.

녀석을 구한 것은 바로 김현성이었으니까.

무표정한 얼굴, 시선도 주지 않은 채로 조용히 몸을 돌리는 모습.

송수경은 무슨 일이 일어났는지도 모르는지 바들바들 떨며 천천히 눈을 뜨는 것이 시야에 비친다.

간지는 나⋯⋯. 진짜. 현성이 멋있기는 해. 그건 인정해.

녀석은 린델을 떠나기 전에 김현성을 만난 적이 있다. 송수경을 수습하는 파티원들과 멍한 얼굴로 김현성이 발걸음을 돌린 곳을 바라보는 녀석이 눈에 보인다.

'살았다. 제길⋯⋯ 살았어.'

'수경아. 괜찮아?'

'방금 누구야? 방금⋯⋯ 파란 길드마스터였어?'

'어째서 파란 길드마스터가⋯⋯ 여기에⋯⋯.'

'감사 인사라도 드려야 하는 거 아니야?'

'파란 길드마스터! 김현성 님!'

송 모 씨의 눈이 확대되고 있는 것처럼 느껴진다.

천천히 발걸음을 옮기는 김현성이 검을 휘두를 때마다 몬스터들이 반으로 갈라진다. 비명도 지르지 못하고 너무나도 무기력하게 쓰러진다. 놈의 얼굴이 흥분에 가득 찬 것은 순식간. 아까 전에 봤던 기괴한 표정이 무엇인지 알 수 있을 것 같았다.

이윽고 녀석이 중얼거린 목소리에는 커다란 웃음을 터뜨릴 수밖에 없었다.

'메시아…….'

'…….'

'저, 저 사람이 메시아야…….'

"푸…… 홉……."

그런 거였어? 그래, 이상하다고 했어. 내가 뭔가 이상하다고
했다고.

자꾸만 웃음이 나온다. 녀석이 김현성을 메시아라고 불렀
기 때문은 당연히 아니다. 꽤 괜찮은 아이디어가 떠올랐기 때
문이다.

벨리알 역시 슬슬 입꼬리를 올리는 중. 아마 내가 답을 찾았
다고 생각하고 있는 거겠지.

"나도 듣고 싶군."

구태여 숨길 필요도 없다. 어차피 벨리알의 도움이 필요했
으니 말이다.

"이 새끼…… 푸…… 푸흐흐홋……."

"……."

"이 새끼…… 악마랑 계약시킬 겁니다."

"하핫……."

"이 새끼 악마랑 계약시킬 거라고요. 푸…… 푸흐하헤헤헷!"

"하…… 하하하하하하하하핫! 역시나 구역질 나는 영혼이

로구나."

"이 새끼 악마랑 계약시킬 거라고…… 흐헤헤하하하핫!"

뒤늦게 도착한 베니고어가 괜스레 눈치를 보며 함께 웃는 것이 시야에 비쳤다. 무슨 일이 있는지는 모르는 것 같았지만 즐거워 보이기는 했다.

"어?"

"하하하하하하핫!"

"어?"

"푸헤하헤헤헤헤헷!"

"푸…… 힛……? 푸…… 푸히히히히힛!"

송 빌런을 딱히 뭐라고 정의할 수는 없지만 굳이 명명하자면 노을빛의 신도라고 정의할 수 있을 것 같았다.

녀석의 행동이 어느 정도 수긍이 가는 시점이었다. 어째서 쥐죽은 듯이 살았던 녀석이 움직인 것인지도 이해가 간다.

김현성을 메시아, 신으로 생각하고 있다면 그 생각이야 뻔하지 않은가. 현재 김현성이 완성되지 않았다고 판단한 걸지도 모르지. 되다 만 상태라고 생각하고 있을지도 모른다.

위엄 넘치고 항상 위에 있으며 압도적인 모습을 보여줬던 김현성이 이기영의 죽음 이후에 흔들리기 시작한 것처럼 비쳤을지도 모른다.

자신이 부족함을 채워줄 수 있다고 판단했을 수도 있고, 본인이 완성시킬 수 있다고 생각할지도 모르겠다. 놈의 생각을 쥐어뜯어 볼 수 없었지만…… 정황상 들어맞는 부분이 많다. 화면 속에 송 빌런은 자신감 없어 보였고, 대륙에 잘 적응한 것처럼 보이지도 않았으니까.

　물론 그사이에 제법 많은 일이 일어났겠지만 놈이 움직이자 마음먹은 것은 오롯이 김현성 하나 때문이었을 거라고 생각했다.

　'누가 걔를 신으로 만든 줄 알아?'

　회귀자는 처음부터 끝까지 내가 만들었다.

　'누가 김현성을 완성시켰는지 아느냐고.'

　갑자기 튀어나온 놈이 내가 이룬 것에 불순물을 묻힌다는 것 자체에 화가 치밀어 오르기는 한다.

　하지만 초조한 마음이 일부 사라졌다는 것은 인정할 수밖에 없었다. 베니고어의 말처럼 놈과 내 차이를 실감했기 때문일지도 모르겠다. 너무 크게 생각한 것과는 다르게 놈은 별 볼 일 없었고…… 나를 과대평가하는 것은 아니지만 녀석과 내 스펙을 비교한다는 것 자체가 내게 미안해질 지경이었으니까.

　'내가 더 유능해.'

　근데 꼭 이런 대결에서는 아무것도 없는 애가 이기기는 하더라. 적절한 예는 아니지만 아침 드라마 같은 데서 보면 꼭 흙수저로 시작한 애들이 승리하잖어. 막 꿋꿋하게 살아가고 아무 능력도 없는 애가 승리하잖어.

　근데 그건 아침 드라마에서나 나오는 일이야.

천천히 주변을 떠돌아다니는 삼색이들을 한 번씩 쓰다듬어 주니 이놈들도 기분이 좋은지 뱅글뱅글 떠돌아다니는 것이 눈에 보여왔다.

동시에 망원경 한쪽으로 보이는 송수경 역시 시야에 비친다. 무척 바쁘게 움직이는 모습이다. 나름 꿋꿋해 보이기야 했다.

-웨일즈브 평야에서 언데드들과 전투가 일어났습니다. 정확한 숫자는 파악되지 않으며…….

-지원 병력을 보내겠습니다.

-정하얀 님의 도움이 필요합니다. 시간이 너무 오래 걸릴뿐더러 몇몇 거점 도시에 문제들이 생기나 병력이 움직일 수 있는 상태가 아닙니다. 최소한 그리폰이라도 지원해 주셔야 할 것 같습니다.

-정하얀 님의 소재는 현재 파악되지 않고 있습니다.

우리 하얀이 바빠.

-원인은 아직 파악하지 못한 겁니까?

-역병이 터진 곳을 중심으로 언데드들이 빠르게 불어나고 있는 것으로 보입니다. 아직은 초기 진압이 가능한 상태로 보이지만 신성력에도 효과를 받지 않는 것이 특징이며…….

우리 지혜 누나는 잘한다.

-시민들을 대피시키고 지역을 봉쇄하세요.

-네. 명령에…… 아아아악!

보고를 받고 있던 놈의 뒤에서 모습을 드러낸 것은 우리 팀 여단 쌍둥이들. 가면을 쓴 채로 서 있는 모습이 망원경에 들어왔다. 아마 송 빌런은 볼 수 없겠지.

-죽었어?

-아니, 죽지는 않았어.

-마법사 맞지?

-응.

-수준은.

-영웅 등급 정도.

-끌고 가자.

-언니가 좋아할 거야.

-누나가 좋아할 거야.

믿음직스러운 우리 쌍둥이들. 왠지 모르게 나도 1회차 때 너네 좋아했을 것 같아. 우리 가면의 영웅 패밀리. 사이코패스 살인마한테 구박받으면 내가 막 실드도 쳐주고 그랬을 것 같다고. 쌍둥이들 건드리지 말라구. 어쩌면 그 반대였을 수도 있고.

머리를 짚고 있는 송 빌런의 모습을 보니 일이 생각대로 풀리지 않는 모양인 것 같았다.

'뭐 벌써부터 저러고 있어. 아직 시작도 안 한 것 같은데.'

송 빌런의 무능함을 꾸짖고 기만하기 위해서가 아니라 정말로 아직 시작하지도 않았다.

몇 개의 소도시에서 문제가 생긴 것뿐이고 작은 평야에서 문제가 생긴 것뿐이다. 에베리아가 멸망했다는 특수한 상황이 아니었다면 보고조차 올라오지 않았을 사소한 문제였다.

주변 던전이 문제를 일으켰을 수도 있고 새로운 던전이나 새로운 보스 몬스터가 출현했을 수도 있다. 해당 지역의 모험가들이 해결해야 할 사안이라는 거다. 안정화되지 않은 지역이라면 흔하게 일어나는 일이다.

사소한 문제가 있다면 이런 현상들이 전 지역에서 벌어지고 있다는 것. 자랑스러운 신 대륙 보호 관리 위원회의 송수경으로서는 결코 좌시할 수 없는 상황이었다.

'그렇다고 영웅들을 떼거리로 운용하기에도 민망한 수준이기는 해.'

소 잡는 칼을 닭 잡을 때 쓸 수는 없지 않은가.

우리 지혜 누나가 어쩌나 신출귀몰한지 야금야금 이득을 보고 있는 것을 보면 망원경을 가지고 있는 나도 사방에서 새는 물줄기를 막기가 쉽지 않을 것 같았다.

'우리 지혜 누나가 얼마나 센 줄 알아?'

크게 맞았다고 하기에는 민망한 수준이기는 했지만 놈이 스트레스를 받고 있다는 사실만은 확실해 보였다.

몸도 떨어져 있고, 딱히 그녀가 이 상황을 의도한 것 같지는 않았지만 지혜 누나가 내 일에 힘을 보태고 있다. 정신적으로 궁지에 몰아넣어야 구슬리기가 쉬우니까. 누나가 활약하면 활약할수록 내가 움직이기 쉽다는 거지.

-공화국에 연락해서 해당 지역 수습해 달라고 전해주세요. 보호 관리 위원회에서 조사단도 함께 파견하겠다는 전언도 부탁드립니다. 사제보다는 연금술사나 마법사들로 구성된 조사단으로…… 네. 지역 모험가들에게 정보를…….

-…….

-휴우…… 관련 조사 보고서는 최대한 빠르게 부탁드립니다.

-노을빛의 검사와 이야기는…….

-네. 나쁘지 않게 끝난 것 같습니다. 제법 분위기가 좋았던 것 같아서…… 어제도 메시지를 주고받기도 했고요. 아마 오늘 내로 연락을 주실 거라고 생각합니다. 구조의 개편이나 요구 사항들이 있기는 하지만 크게 달라지는 것은 없을 겁니다. 어쩌면 김현성 님의 자리를 마련해 드려야 할 수도 있고요. 이 문제는 제가 처리하겠습니다.

-좋은 결과가 있으면 합니다. 아무래도 최근 조금씩 일이…….

-네. 동의합니다. 보좌관님. 아직까지 커다란 성과가 없으니.

잠깐 동안 여신의 손거울을 바라보다 통화 버튼으로 손가락을 움직이고 있는 녀석이 눈에 보인다. 답답하겠지.

-파란 길드마스터. 신 대륙 보호 관리 위원회의 송수경입니다.

-…….

-파란 길드마스터?

-김미영 팀장에게 전권을 위임했으니 그쪽으로 연락해 주십시오.

-아…… 네. 불편하셨다면 죄송합니다.

-불편하지는 않았습니다. 그럼.

'파란 길드도 바쁘네.'

잠깐 눈을 감은 뒤에 김미영 팀장과 연락을 하는 녀석의 모습이 시야에 비친다.

필기까지 해가며 열심히 합의점을 찾아가고는 있지만 이런 통화로 중얼거리는 협상이 마무리될 리 만무, 의견 차이가 좀처럼 좁혀지지 않은 것은 물론이거니와 별다른 성과가 없을 거라 장담할 수 있었다.

쉬운 이야기다. 김현성이 본인 하고 싶은 대로 하겠다며 곧바로 관리 위원회에 발을 들이는 것은 아닌지 걱정했지만 얘가 그렇게까지 멍청할 리가 없지 않은가.

본인이 해결하기 복잡한 상황이라 판단해 김미영 팀장에게 도움을 청한 것이 파란 길드에게는 호재로 작용한 것이다. 공화국과 왕국 연합을 중심으로 꾸려진 인사단의 구조 조정과 애초 계획했던 영웅들의 관리 시스템에 수정 사항을 요청했고, 녀석은 이러지도 저러지도 못하는 입장에 끼게 됐다.

언론을 이용해 여론전을 펼치는 것은 여전했지만 다른 사람은 몰라도 김현성은 여론에 휘둘리는 타입은 아니었다.

문제점은 김현성이 불안해하고 있다는 것 하나.

녀석과 김미영 팀장이 나눴던 대화는 아직도 기억 속에 남아 있다.

'현재 일어나고 있는 상황에 대해서 말씀해 주셨으면 합니다. 신 대륙 보호 관리 위원회는 뭔지, 에베리아가 정확히 어떤 상태에 처해 있는지, 차근차근 설명해 주세요.'

일하라고 할 때는, 시바, 가방 쇼핑이나 다니더니 일하지 말라니까 갑자기 일하려고 하는 심보가 어디서부터 비롯된 건지는 모르겠지만, 나쁘지 않은 대화였다.

'또 우리 길드와 제가 움직여야 할 방향에 대해서도…… 제 입장에 대한 것은 생각하지 마시고 김미영 팀장님의 의견이 어떤지 말씀해 주셨으면 합니다.'

'현재로서는 신 대륙 보호 관리 위원회의 대체 수단이 없다고 보시면 될 것 같습니다. 전 대륙의 모든 집단이 그들에게 지지를 보내고 있으니까요. 그들이 가지고 있는 정보와 인프라는 절대로 무시할 수 없습니다. 파란 길드는 혼자 싸울 수는 없으니까요.'

'그럼 제가 그자의 제안을 받아들이는 게 낫다고 말씀하시는 겁니까?'

'아닙니다. 그건…….'

'어쩌면 기영 씨가 그걸 바라고 계실지도 모른다는 생각이 들었습니다.'

'……'

'목숨을 걸어서라도 지키고 싶어 하신 대륙입니다. 돌아오셨을 때를 위해서라도 온전한 풍경을…… 에베리아의 세계수를 바라보며 웃으며 커다란 나무라고 말씀하셨던 모습이 머릿속에 떠오릅니다. 일이 터진 이후에 얼마나 슬퍼하셨을지 상상이 되지 않습니다. 조각상에서 흐르고 있는 눈물은 아마…… 네…… 그런 의미였을 겁니다. 상처받은 에베리아와 엘프들 때문에 흘린 눈물…… 제게 믿는다고 말씀하신 것 역시 이 일을 해결해 주기를 바라고 계시기 때문일 겁니다.'

'……'

'구태여 혜진 씨에게 창을 내린 이유 역시…… 아마…….'

'네?'

'제가 혼자 짐을 드는 것을 원하지 않기 때문이겠죠.'

이제야 깨달았다는 듯이 허탈하게 웃고 있는 모습은 한 대치고 싶을 정도로 얄미웠지.

'언제나 함께하고 있다고 말하고 싶어 하신 것 같습니다. 제게 무너질까 불안한 마음과 현재의 상황을 해결해 줬으면 하는 두 가지 마음을 가지고 계실지도 모릅니다.'

'그게 무슨 말씀이신지…….'

'아무것도 아닙니다. 팀장님.'

시선을 돌리자 길드 직원들과 회의를 나누고 있는 김미영 팀장의 눈에 보였다.

돌파구를 찾았다고 생각했는지 열심히 입을 열고 있는 김미영 팀장이 어떤 생각을 하고 있는지 알 것 같다. 공화국과 왕국 연합이 주도적으로 이끄는 것이 아니라 김현성을 중심으로 한 신 대륙 보호 관리 위원회를 추진하자는 생각이다.

내가 김미영 팀장이더라도 최선의 선택이라고 생각하지 않았을까. 대륙은 신 대륙 보호 관리 위원회의 영향력에서 온전할 수 없었으니 김현성으로 단체 하나를 먹어보겠다는 계획. 현실성이 없지도 않다. 김미영 팀장의 능력이야 내가 보증하고 있었으니까.

아무튼 쟁점은 여러 가지로 놈이 스트레스를 받고 있다는 사실 하나.

한숨을 푸욱 내쉬며 전술 김현성 훈련장으로 가 헬멧을 썼지만 그 연습이 제대로 될 리 만무하지 않은가. 애초에 능력도 없었고 기다리고 있던 전직이나 특성도 나오지 않는 상황이었으니까.

콧노래를 흥얼거리는 와중에도 놈은 토악질을 하며 스스로를 고통으로 몰아넣는다.

-제길…….

거칠게 헬멧을 집어 던지며 험한 말을 쏟아내는 녀석.

나는 곧바로 입을 열 수밖에 없었다.

"내 손을 잡아라. 필멸자여."

최근 절대로 빠뜨리지 않은 일과였으니까.

-어?

"내 손을 잡거라, 필멸자여. 그리하면 네가 원하는 것을 얻게 되리라."

-누…… 누구야. 당신. 누구야!

"네가 원하는 모든 것을 얻게 될 것이다."

정확히는 녀석의 안에 파고든 악마가 내 말을 전하고 있는 것뿐이었지만 달콤한 기분이 들기야 했다.

"네가 원하는 모든 것을 네 두 손아귀에 안겨주마. 어리석고 아둔한 필멸자여. 자아…… 내 손을 잡아라아아아아."

바이브레이션도 좀 섞어주니 주변을 황급하게 둘러보는 빌런 송의 시야에 비쳤다.

식은땀을 뻘뻘 흘리고 있는 모습은 가관, 스트레스를 받고 있다는 것은 예상했지만 내 생각보다 더 궁지에 몰린 모양인 것 같았다.

-누구냐고!

달다. 계속해서 주변을 둘러보는 모습을 보니 달콤하다.

놈이 곧바로 악마의 손을 잡을 거라고는 생각하지 않았지만 저렇게 혼란스러워하는 모습을 보이는 것만으로도 웃음이 실실 삐져나왔다. 내가 조금 꼬인 게 아닌가 하는 생각이 들 정도였으니 무슨 말이 더 필요할까.

하지만 악을 배제해야 한다는 빛의 사명은, 시바, 내게 끊임없이 엔돌핀을 불어넣고 있었다.

'정의를 집행하는 중이자녀.'

빛은 절대로 사사로운 감정에 의해 움직이지 않아. 모든 것은 대륙을 위해서지.

'내가 바로 대륙이다.'

의자의 팔걸이를 붙잡고 거칠게 숨을 몰아쉬고 있는 모습, 머리를 계속해서 매만지고 있는 것을 보니 자기 머리에 문제가 생긴 것은 아닌지 의심하고 있는 것처럼 보이기는 한다.

아마 나름대로 현재의 상황을 판단하고 있을 것이다. 방금의 목소리가 뭔지, 어째서 자기 자신에게 이런 일이 생긴 건지 의아해하고 있겠지.

일차적으로는 본인에게 쌓인 피로가 원인이 되었을지도 모른다. 정신적으로 많은 에너지를 소모하다 보니 지치기도 했고, 최근에는 특히 사건 사고가 많았으니 환청을 들은 거라고 생각하고 있을 것이다. 본래 악마와 계약을 맺는 이들이 비슷하게 시작하는 편이니까. 아마 진청 역시 벨리알의 목소리를 들었을 때 비슷한 생각을 하지 않았을까.

천천히 야금야금 녀석의 정신을 마모시키며 접근하는 것이 정석이었지만 솔직히 그렇게 하고 싶지 않다.

'너무 시간이 오래 걸려.'

기왕이면 녀석이 빠르게 악마와 계약을 맺었으면 좋겠다는 거다.

찬물로 얼굴을 씻은 이후에 거울을 보는 모습, 암실에 비친 자신의 얼굴에서 뭘 봤는지 흠칫거리고 있다.

-이게…… 뭐야.

믿을 수 없다는 듯이 다시 한번 거울을 바라보고 있는 얼굴에는 여전히 의구심이 들어가 있다.

놈은 바보가 아니다. 이렇게까지 힌트를 줬는데도 불구하고, 자신의 몸에서 일어나고 있는 이상 현상이 무엇을 뜻하고 있는지 모를 리가 없다.

-이럴 리가…… 없는데.

'뭐가 이럴 리가 없어. 다 그런 거야. 처음에만 조금 힘들고 나중에는 다 적응되고 그래.'

-이럴 리가…….

때마침 등장하는 갤러리들이 문을 벌컥 열고 들어오는 모습이 시야에 비친다. 깜짝 놀란 송수경이 그들을 경계하고 있는 모습도 눈에 들어온다.

-송수경 님.

-잠깐…… 잠깐만…….

-상태가 좋지 않으신 것 같습니다만…… 사제라도…….

-아니요. 괜찮습니다. 저는…….

-훈련을 하고 계실 거라고 생각했지만…… 오늘은 더 이상 무리하지 않으시는 편이…… 조금은 휴식을 취하셔야 하지 않겠습니까.

-잠깐만 혼자 있겠습니다.

-네?

-모두 나가주셨으면 합니다.

숨을 거칠게 몰아쉬는 모습은 누가 봐도 정상인 것 같지 않았지만 일단은 고개를 끄덕이는 갤러리들, 빛이 희미한 공간 안에서 웬 놈이 허억허억거리고 있으니 소름이 돋을 만도 하다.

어쩌면 빌런 송이 타 신전의 조각상을 찾아가 문제를 알아보려고 하는 건 아닌지 걱정되기도 했지만 예상했던 것처럼 녀석은 입을 다무는 것을 선택했다.

"뻔하지 뭐."

놈이 다른 신에게 문제를 해결해 달라고 말할 리가 없지 않은가.

몸에 악마가 들어선 것 같다고 고백하는 것 자체가 쉬운 일이 아니거니와 간다고 하더라도 악마를 몰아낼 수 있다는 보장은 없다. 오히려 녀석의 자질을 걸고넘어지지 않으면 다행이지 뭐.

굳이 그게 아니더라도 놈은 스스로 문제를 해결할 수 있다고 생각하고 있을 것이다. 녀석은 노을빛의 신도니까.

덜덜 떨리는 다리를 이끌고 황급하게 자리를 나서는 꼴은 가관, 허겁지겁 달리기 시작하는 놈을 부르는 소리가 들려왔지만 녀석은 반응하지 않는다.

본인의 방 안으로 들어간 이후에는 곧바로 문을 잠가 버린 이후에는 커다란 책장을 툭툭 두드리고 있다.

비밀 방으로 향하는 문이 열린 이후에 한참이나 내려간 녀석의 눈앞에 비친 것은 작은 석실, 작은 촛불 몇 개가 밝혀주고 있는 방 안에 여러 가지 물건들이 시야에 비쳤다.

'이 싸이코 같은 새끼. 시바 내가 이럴 줄 알았자녀.'

─신이시여. 메시아시여.

한 자리에 들어서 있는 커다란 조각상이 보인다. 녀석이 직접 깎았는지 어색해 보이는 모습을 하고 있다.

아니, 언뜻 보면 괜찮게 보이기는 하지만…….

'확실히 한소라가…… 다르기는 다르네.'

일반인과 장인의 차이가 뭔지 이제야 알 수 있을 것 같다.

전체적인 모습을 보면 김현성이 보이기는 하지만 저걸 김현성이라고 부른다는 것 자체가 우리 회귀자에 대한 모욕이라 말할 수 있지 않을까. 몸은 그나마 훌륭하게 깎은 것 같았지만 얼굴은 전혀 닮은 구석이 없다.

본래 신전의 조각상이라는 건 신성함을 담아야 하는 법인데 신성함이라고는 한 톨도 느껴지지 않는다.

'혼이 실려 있지 않아. 노력이 부족하다구.'

그 외에도 몇 가지 물건들이 눈에 띈다.

노을빛의 신을 형상화한 것만 같은 로자리오, 녀석의 이야기를 그대로 적어놓은 것 같은 성경, 정체 모를 물건들까지 신줏단지 모시듯 모셔지고 있었기 때문에 저게 다 뭔지 알아차릴 수 없을 정도였다.

잘나가는 조각가에게 의뢰라도 맡기고 싶었겠지만 이런 걸 누구한테 말할 수 있겠는가. 우리 사랑스러운 회귀자가 날개 달고 빛을 얻었다고는 하지만 녀석을 향해 올라오는 신성이 완전하게 정돈된 것은 아니다. 노을빛의 신은 아직 현세의 껍질을 벗지 못했고 정하얀처럼 스스로를 신격화하지도 않는다.

신앙과 믿음 사이에 있다는 게 적절한 표현일지도 모르지. 대부분의 대륙인들이 김현성에게 보내는 신성은 완벽한 신앙과는 거리가 있고…… 김현성이 자격을 얻지 못했다는 것도 그런 의미였으니까. 이 새끼가 하고 있는 행위는 대중들에게 또라이 짓으로밖에 비치지 않을 가능성이 크다.

물론 다른 시점으로 볼 수도 있겠지. 송수경에게 노을빛의 신화를 정립하고 직접 종교를 만들게 하는 방향도 생각할 수 있겠지. 본래 신화나 종교라는 게 다 그런 식이니까.

하지만 거기에 녀석의 자리는 없다.

'내 거야. 시바.'

앞서 말했던 것처럼 노을빛의 신은 내가 만들었고, 내가 완성시켰다. 노을빛의 교단을 만드는 것 역시······.

"내가 할 거야. 새끼야."

내가 할 거라고. 처음부터 끝까지, 하나부터 열까지 전부 다 내 손 안에서 이루어져야 돼.

어떻게 해. 지혜 누나. 나 컨트롤 프릭 맞나 봐.

-메시아시여. 당신을 향한 믿음을 저버린 것이 아닙니다. 사악한 이들의 유혹에 넘어간 것 역시 아닙니다.

-제 믿음이 변함이 없다는 사실만 알아주십시오. 제 믿음은 결단코 변하지 않을 것입니다. 아무리 더러운 이들이 거짓된 목소리로 속삭인다고 한들, 저에게는 그들의 목소리가 들리지 않을 것입니다.

'그럴 것 같아?'

-언제나처럼 제게 힘을······ 저에게 힘을 내려주시옵소서. 제가 이 거짓된 목소리를 이겨낼 수 있게 힘을 주시옵소서.

'힘은 개뿔.'

그냥 아무런 힘도 없는 조각상에다 대고 중얼거리는 꼴이 우습게 느껴진 것은 당연지사. 솔직히 비유응신으로밖에 보이지 않는다.

손을 모으고 있었던 녀석이 몸을 일으킨 것은 그로부터 한참의 시간이 지난 이후, 자신의 기도가 효과가 있을 거라고 생각하는지 조금은 안심한 것 같은 얼굴이 눈에 띄지만 그거야말로 자기 자신을 위로하는 행위에 가깝다. 녀석의 약한 틈을 파고들어 간 악마는 여전히 놈의 마음속 깊은 곳에 눌어붙어 있고 지금 이 순간에도 놈이 약해질 틈을 노리고 있다.

사실 틈이라고 말하기에도 그렇지. 이 새끼는 애초부터 궁지에 몰려 있었으니까.

"혜진아 준비됐어?"

-네. 준비는 됐지만…… 이미 보고 계시지 않습니까. 신 대륙 보호 관리 위원회 본부 앞입니다. 훈련차 온다는 허가를 받았고, 예리도 데리고 왔지만…….

"걍 적당히 맞춰주라고 해요. 어느 정도까지 하나 보게."

-예리 표정이 그렇게 좋아 보이지는 않습니다.

"딱 원하는 그대로의 상황이네요."

-도대체 무슨 생각을 하시고 계신지 모르겠지만……. 아, 그리고 하얀 씨가 실마리를 잡아가고 있는 것 같습니다.

"정말입니까?"

-아직 확신하고 계시지 못한 것 같지만 틀림없이 포탈을 역추적할 수 있을 것 같다고 전달받았습니다. 이상한 포교 활동만 아니라면 조금 더 빨랐을 것 같지만…….

"일단 계속 진행하라고 말씀해 주세요."

-하얀 씨가 실마리를 잡으면 지혜 씨와 만날 수 있는 겁니까?

"네. 애초에 그러려고 한 건데요. 뭐. 사실 이상한 포교 활동 아니더라도 시간이 더 걸리기는 했을 겁니다. 이지혜가 퍼즐을 조금씩 조금씩 뿌리고 있는 것 같아서요. 이상 현상이 있었던 곳에서 발견된 것들이 중요한 역할을 해준 거 맞죠?"

-그게 아니었다면 시간이 더 걸렸을 수도 있다고 전달받았습니다.

'주려면 한꺼번에 좀 주지.'

-확실히…… 아직 남아 있는 지혜 씨의 의식이 우리에게 길을 알려주고 있는 게 맞다면 다행이겠지만…….

"지혜 씨는 잘 하고 있는 것 같으니까. 일단 들어가요. 예리랑 이야기는 다 끝낸 거 맞아요?"

슬쩍 시선을 돌리니 좋지 않은 표정을 보이는 김예리가 눈에 띄었다. 누가 봐도 억지로 왔다고 말하는 것 같은 얼굴, 지금 자신이 이 자리에 있다는 것도 마음에 들어 하지 않는 것만 같다.

'그래. 애도 짜증 나겠지.'

우리 꼬맹이. 파란에서 성장한 우리 꼬맹이. 김예리. 싫어하는 척하면서 은근히 나 좋아하자녀. 집 나간 회귀자 대신해서 내가 키워주다시피 했자녀.

조금 과장하기는 했지만 틀린 말은 아니다. 지금이야 박덕구 안기모와 몰려다니지만 초기에도 그런 것은 아니었으니까 파티의 어머니 이기영이 얼마나 그녀를 챙겼는지 굳이 설명이 필요할까. 내가 죽은 이후에 가장 슬퍼한 사람 중에 김예리가 끼어 있다는 걸 생각해 보면 지금 저런 표정을 짓고 있는 것도 무리가 아니리라.

갑자기 나타나 내 자리를 꿰차려고 하는 빌런을 김예리가 어떻게 생각할지는 뻔할 뻔 자. 성질머리대로라면 단검으로 난도질을 해도 시원치 않다고 생각하고 있을 수도 있다.

그렇게 친했던 조혜진과도 조금 서먹해진 듯한 모습, 가기 싫다고 말했을 텐데 억지로 끌고 오는 게 마음에 들지 않았다고 생각할 수밖에 없었다.

-싫다고. 말했는데. 언니.

-부길드마스터의 뜻이야. 예리야. 지금은 아무 말 하지 말고 일단.

-마음에 안 들어. 자기가 뭐라고. 신 대륙 보호 관리 위원회니 뭐니. 짜증 나.

뒤에서만 이러지 말고 앞에서도 표현을 하지 좀.

-그 사람. 훈련을 내가 도와준다는 것도 마음에 안 들어.

-…….

-그런 걸 할 수 있는 건. 아저씨밖에 없을 거야. 흉내 내기 하는 것 같아서. 짜증 나.

적절한 예는 아니지만 지금의 김예리에게는 이 상황이 계모나 계부가 등장한 것 같은 상황처럼 느껴지지 않을까.

내 추측이 맞다는 걸 말해주는 것처럼 김예리는 괜스레 단검을 잡고 빙빙 돌리고 있다.

심지어 조혜진과 인사를 나누고 있는 송수경과 눈도 마주치지 않았을 정도, 대놓고 짜증을 부리고 있었지만 송 빌런 입장에서도 그런 김예리를 두고 볼 수밖에 없었으리라.

녀석에게도 선택의 여지가 없다. 김현성과 김예리는 클래스가 다르기는 하지만, 그녀가 김현성의 밑에서 힘을 키웠다는 건 사실이었으니까.

실제로 길드 내에서 김현성과 가장 움직임이 비슷한 사람을 꼽으라면 모두가 김예리를 꼽을 정도로 그녀는 김현성과 닮아 있었다. 이를테면 사전 연습이라는 거다.

물론 김예리가 그런 녀석을 배려해 줄 리 만무.

'우리 애가 좀 세.'

송 빌런과 함께 간단한 모의전을 치른 이후, 귀에 꽂혀 있는 수신기를 집어 던지는 그녀의 모습이 시야에 비쳤다.

-퉤!

'침까지 뱉는 건 좀…… 그렇지 않아?'

너무 예의 없어 보이잖녀.

-쓰레기. 쓰레기. 쓰레기.

심지어 집어 던진 수신기를 발로 콱콱 밟고 있다. 누가 봐도 감정이 실린 것 같은 발놀림이라 뭐라고 표현할 수조차 없다. 거칠 거라는 건 예상했지만 내 예상을 뛰어넘을 정도로 적개심을 표현하고 있었다.

-쓰레기! 쓰레기! 쓰레기!

'얘 어떻게 해. 삐뚤어지고 있잖녀.'

-최악! 최악! 쓰레기! 쓰레기! 쓰레기이이!!!

뒤늦게 질풍노도의 시기를 겪고 있는 것만 같았다.

언뜻언뜻 눈에 희열마저 보이는 모습, 혹시나 둠예리로 변신하는 건 아닌가 싶을 정도로 표정이 심상치 않다. 얼굴에 쾌감마저 들어서 있는 것 같아 뭐라고 표현해야 할지 모르겠다. 입술을 꽉 깨물고 연기를 펼치고 있는 것 같기는 했지만 점점 올라가는 입꼬리는 현재 김예리가 지금 이 상황을 즐기고 있다는 것을 말해주고 있었다.

-쓰레기! 쓰레기이이이!!

콱! 콱!

'애 이러다가 진짜로 삐뚤어지겠어. 우리 애 좀 어떻게 해봐요. 진짜. 얘가 누굴 닮아서 이래. 시바.'

알게 모르게 쌓인 게 많았던 모양.

자신을 둘러싸고 있는 모든 상황이 자기 자신을 괴롭히고 있는 것처럼 느껴졌을 테니 열이 오를 만도 하지. 하기 싫은 훈련을 억지로 돕는 것도 거슬렸을 테고, 시신의 소유권 분쟁이나 대륙에서 일어나고 있는 이상 현상, 조혜진의 이해할 수 없는 행동이나 김현성의 기행, 마음에 드는 구석이 단 하나도 없었을 거라고 장담할 수 있다.

모든 길드원이 그렇지만 특히 길드원들과 우르르 몰려다니는 걸 은근슬쩍 좋아했었던 만큼, 변해 버린 길드의 환경이 마음에 들지 않았을 것이다.

'게다가…….'

본래 자신이 가지고 있던 걸 빼앗긴 거라는 생각도 한몫하고 있겠지. 김예리는 빈민가 출신으로 꽤나 혹독하게 살아왔었으니까.

'원래 줬다가 뺏는 게 제일 화나는 상황 아니냐고.'

정리하자면 김예리가 저렇게 폭발한 것도 이상하게 느껴지는 않는다는 거다. 이유야 어찌 됐건 원망할 사람이 필요했을 테고…… 마침 등장한 송 빌런이 눈 밖에 난 것이다.

당연하지만 무례한 행동으로밖에 보일 수밖에 없는 상황. 실컷 화풀이하고 있는 김예리보다 그런 그녀를 지켜보는 조혜진의 얼굴이 조금 더 초조해 보인다.

당장은 신 대륙 보호 관리 위원회가 김현성의 눈치를 보고 있었지만 대륙의 중심이라 할 수 있는 집단의 핵심 인물과 사이가 틀어지는 건 원하지 않을 테니 말이다.

-대신 사과드리겠습니다. 나쁜 뜻은 없었을 겁니다.

라고 말한다고 한들, 위로가 될 리가 없다. 표정을 구기고 있는 송수경이 시야에 비친다.

사실 누굴 원망할 수도 없겠지. 녀석이 쓰레기 같았다는 건 부정할 수 없는 사실이었으니까.

아니, 어쩌면 녀석은 나름 만족스러웠을지도 모르겠다. 모의전이라고 한들, 김예리와 송 빌런은 주어진 미션을 완수했고, 어찌어찌 퀘스트를 완료하는 데 성공했으니까. 미션 자체는 돌파했다는 것에 의의를 두지 않았을까. 환산된 점수가 많이 쳐줘야 C등급이라는 게 문제였지.

자랑은 아니지만 내가 김예리로 방금 전 모의전을 시행했다면 SSS등급 정도는 가볍게 받지 않았을까 싶다. 박덕구, 안기모와 함께 맛을 본 적이 있는 만큼 김예리도 그 사실을 알고 있을 것이다.

-하아…… 하아…… 하아…….

급기야 숨을 몰아쉬고 있다. 고개를 한 번 흔들고 단검을 갈무리한 이후에 퀘스트 장소에서 빠져나오고 있는 것이 시야에 비친다.

감정을 드러내는 일이 흔하지 않은 만큼 일단은 무표정으로 복귀하고 있는 모습. 속은 한 방 먹였다고 좋아하고 있을 수도 있지만 아무 일도 일어나지 않았다는 듯이 발걸음을 옮기고 있었다.

뭐라고 할 말을 잃은 송 빌런, 그 옆에서 자꾸만 김예리를 쉴드 쳐주고 있는 조혜진. 그리고 위풍당당하게 복귀하는 예리좌.

모의전이 끝났으니 브리핑을 비롯해 피드백하는 시간을 가져야 하지만 어색한 분위기는 그것마저도 허락하지 않고 있었다.

그나마 정신을 빠르게 차린 것은 송수경이었다. 본인이 실망할 입장이 아니라는 것을 이해하고 있는지 다시 한번 얼굴에 미소를 띠고 있지 않은가.

이럴 때일수록 연장자의 아량을 보여줘야 한다고 생각하고 있는지는 모르겠지만, 이유야 어찌 됐건, 가장 빠르게 침착함을 되찾은 것 같았다.

-예리야.

-…….

-방금…….

끝까지 말을 잇지는 않았지만 무례한 행동을 하기는 했으니 사과를 하기는 해야겠지? 하고 은근슬쩍 운을 띄우는 것 같다.

-아!

-괜찮습니다. 조혜진 님. 굳이 그러실 필요 없습니다.

-들으셨구나.

-네?

-미션이. 종료된 시점에서 연결이. 끊긴 줄. 알았는데. 미안 합니다. 나도 모르게.

-……김예리.

-정말로. 들으실 줄은 몰랐는데. 계속 보시고 계신 줄 알았 다면. 그런 행동 하지 않았을 겁니다.

히죽히죽 살며시 입꼬리를 올리는 모습은 마치 도발이라도 하는 것만 같다.

내가 많이 해봐서 아는데 저거는 누가 봐도 이죽거리는 듯 한 말투라고 할 수 있지 않을까. 대놓고 나 당신 마음에 안 들 어, 당신이 기분 상했으면 좋겠어, 라고 시위하고 있는 모습.

솔직히 얘가 이 정도까지 할 거라고는 예상하지 못했다.

'파란이 키운 괴물. 시바.'

-하하…… 괜찮습니다. 형편없다는 것 정도는 저도 잘…….

-형편없다. 정도가 아니었는데.

-…….

-언니. 내가 솔직하게 말해주는 게 이 사람한테도 더, 더, 좋은 일이야. 이런 훈련은 의미 없을지도 몰라. 그리고 이건 버릇없거나 무례한 것도 아님. 훈련이니까. 솔직한 피드백이 필요해.

옛날에 박덕구와 함께 훈련을 하면서 죽창처럼 딜을 박아넣었던 그녀의 모습이 떠오른다.

-네. 김예리 님의 말씀이 맞습니다. 솔직하게 말씀해 주시는 게 더 도움이 될 겁니다. 입에 발린 칭찬을 받자고 귀하신 손님들을 모신 게 아니니까요.

-일단.

-…….

-시야가 너무 좁음. 어째서 이걸 원하고 있는지 대충 예상은 가지만 기본적으로 재능과 역량이 부족, 정보를 처리하는 속도가 너무 느려서 매번 반 박자, 한 박자, 두 박자, 세 박자, 느리던데. 판도를 보는 능력 자체가 너무 딸림. 송수경 님께서는 대륙 전쟁이나 공화국 전쟁, 27군단 전쟁에서는 무엇을 하고 있었는지?

-…….

-기영이 아저씨는 크고 작은 전투와 전쟁을 모두 지휘함. 몸으로 직접 뛰고 피를 토하며 얻은 그 경험은 결단코 단기간에 얻을 수 있는 것이 아님. 아무리 많은 데이터를 축적하고 그걸 기반으로 전술을 짜낸다고 해도, 결정적 판단을 내릴 수 있는 경험이 뒷받침되지 않으면 실시간으로 변하는 전장을 컨트롤

하는 것은 가능한 일이 아님. 작은 클랜이나 길드에서 얻을 수 있는 경험이 아니라는 거임.

'왜 점점 말이 짧아지고 있는 건데.'

별로 존대해 주고 싶지 않다는 의지가 느껴진다.

-원래 천재적인 능력을 지닌 사람이 자신의 몸을 버리면서까지 쌓은 경험으로 할 수 있는 것. 평범하고 경험까지 부족한 사람이 아티팩트나 보조 도구의 도움을 받는다고 한다고 해서 할 수 있는 거였다면 대륙에 있는 모든 사람이 아저씨랑 비슷한 걸 할 수 있었을 것임. 송수경 님은 전장에 대한 이해도만 적은 것이 아님. 직접 몸으로 뛴 경험이 부족한 것도 티가 남. 송수경 님의 잘못이라고 하기에는 조금 미안하지만, 이건 단기간에 극복할 수 있는 문제가 아니라는 것.

-네…….

-방금의 모의전을 관통하고 있는 커다란 문제에 대해서만 설명을 드린 것. 자세하게 말씀드리자면 앞서 말씀드린 것처럼 시야가 너무 좁음. 아저씨는 조금 더 위에서 전장을 바라보고 있는 느낌이었음. 미래 예지에 가까운 능력이었고, 거대한 전장을 하나처럼 보고 있었음.

김예리가 지도를 쫙 편 이후에 단검을 꺼내 선을 긋는 것이 눈에 보인다.

-북부 전체.

지금 이 모습을 보기 전까지는 엘레나에게 처맞았던 엘리오스가 가장 불쌍하다고 생각했었다.

'얘 살기 싫겠어……'

-방금 송수경 님께서 모의전에서 사용하신 범위? 끽해야 대도시 수준. 현성이 오빠가 움직일 수 있는 범위는 북부 전체가 넘음. 고작 대도시 하나에서 써먹자고 이걸 한다는 게 이해가 가지 않는 상황. 바닷물을 어떻게 물컵에 담겠음. 전력의 상승에 아무런 도움이 되지 않을 것이라는 게 솔직한 판단임. 아. 시야에 문제가 있다는 의미가 한 가지가 더 있음. 송수경 님께서는 타 직군이나 적 네임드 병사들이 어떻게 움직이는지에 대해서 이해하지 못하고 있음. 어떻게 기영이 아저씨가 이걸 할 수 있는 건지는 모르겠지만. 기영이 아저씨는 현성이 오빠가 상대하고 있는 모든 네임드들의 움직임과 스킬, 버릇이나 습관 같은 것들을 알고 있었음.

-…….

-오차는 없었음. 하나도 빠짐없이, 분명히 전부 다 파악하고 있는 것처럼 느껴졌음. 근접 직군이나 칼밥 먹고 사는 사람이 아닌데도 불구하고 그걸 파악하고 있을 수 있다는 건 이미 재능의 영역. 눈썰미가 좋다는 것. 그것마저도 재능의 영역. 노력으로 격차를 줄인다는 것을 비난하는 입장은 아니지만 그건 절대로 따라갈 수 없는 재능의 영역.

'마음의 눈 고마워요.'

-심지어 신 대륙 보호 관리 위원회의 송수경 님께서는 나에 대해서도 제대로 이해하지 못하고 있음. 내가 괜히 송수경 님에게 일부 스텟과 능력을 공개한 것이 아님. 정말로 알려주기

싫었지만 그래도 뭐 한번 해본다기에 알려드린 것. 결과는 뭐…….

-네…….

-송수경 님께서는 내가 뭘 할 수 있는지도 모르고 있음, 절정에 오른 모험가가 진심으로 싸운다는 게 어떤 건지도 전혀 이해하지 못하고 있음. 목이 날아가거나 팔이 잘려 불구가 될 수도 있다는 위험을 나는 당신을 믿고 맡긴 것. 모의전이라지만 내 목숨을 당신에게 맡긴 것이나 다름없음. 정확히 3번 죽을 뻔함. 실전이었으면 반병신이 됐을 것. 다운그레이드 버전이라고 할 수 있는 나도 이해하지 못하는 송수경 님께서 현성이 오빠를 이해할 수 있을 리가 없음.

-그건…….

놈의 얼굴에 변화가 생긴 것은 바로 그때였다.

-제 말이. 틀렸습니까?

김예리는 오랜만에 말을 늘였다. 자신의 말이 확실하다는 듯이 송수경을 무표정으로 바라보고 있다.

일단은 고개를 끄덕이고 있는 송 빌런의 모습이 시야에 들어오기는 했지만 그다지 수긍하고 있다는 생각은 들지는 않는다.

당장 뭐라고 말은 못 하고 있었지만 녀석이 김현성을 제대로 이해하지 못하고 있다는 말은 놈에게 있어서 제대로 빡치는 상황이라고밖에 설명할 수 없다.

당장 바젤 교황에게 당신은 베니고어 님을 제대로 이해하지 못하고 있다고 말한다고 가정해 보라. 다음 날 아침 녀석의 목이 수도의 광장 위에 걸릴 거라고 장담할 수 있다. 녀석에게 당신은 김현성을 이해할 수 없을 거라고 말한다는 건 그런 의미라는 거다.

우리 눈치 빠른 꼬맹이도 놈의 역린이 어떤 것인지 깨달은 모양, 이왕 속을 긁을 거 제대로 긁어보자 다짐이라도 했는지 끊임없이 입을 놀리는 모습이 예사롭지 않다.

작은 움직임이나 소소한 오더에 대해 피드백을 하는 와중에도 마무리는 항상…….

-이해할 수 있을 리가 없음. 이해할 수 없을 거임.

공부하겠다는 마음가짐으로 자리한 송수경의 얼굴에서 웃음기가 사라지기까지는 그리 오랜 시간이 걸리지 않았다.

겉으로는 그녀의 말을 받아들이고 있는 것처럼 보였지만 속으로 무슨 생각을 하고 있는지는 뻔할 뻔 자. 너는 딴 생각해라 나는 계속 입이나 털란다 모드로 들어간 예리좌는 아직까지도 입을 멈추지 않고 있었다.

-소규모 전투에서는 효율을 볼 수 있을 거임. 평범한 파티나 클랜을 대상으로 하면 어느 정도는…… 응. 어느 정도는……. 하지만 그 이상이 된다는 건 상상도 할 수 없음. 이건 송수경 님께서 다시 태어나지 않는 한 절대로 불가능한 이야기. 이건 통계. 지금부터 내가 말씀드리는 사실은 파란 길드에서 자체적으로 집계한 통계에 의거해서 말씀드리는 것. 원래는 대외비인데 훈련에는 피드백이 필요한 법이고…… 신 대륙 보호 관리 위원회의 중요 인사니까 밝히는 것임.

조혜진의 얼굴에 불안함이 감돈다. 도대체 얘가 뭘 말하려고 하나 궁금한 거겠지.

잠깐 동안 김예리에게 눈치를 보내봤지만 김예리가 상관없다는 듯이 입을 열고 있다.

얼굴을 확인한 조혜진도 굳이 김예리를 말리지는 않았다. 김예리도 대충 길드가 어떤 식으로 돌아가는지 파악하고 있는 만큼 말해도 되는 사항과 말하면 안 되는 사항을 구별해 주리라고 생각한 것이리라.

-이기영 아저씨가 현성이 오빠와 연결을 유지하면서, 연결을 유지하는 도중에 총 몇 명에게 미션을 내렸을 것 같음? 북부 전투에서…… 몇 명에게 미션을 내렸을까.

-…….

-정확히 5,421명. 712명의 사제. 831명의 마법사. 심지어 검은 백조의 박연주 언니, 교국 8좌를 포함한 각 대륙의 네임드들 역시 개인 미션을 하달받음.

'그 정도나 돼?'

잘 기억은 나지 않는다. 아마 저 정도는 아니었을 것이다. 김예리가 약간 과장해서 말하고 있는 거겠지.

-현성이 오빠와 연결을 유지하면서. 현성이 오빠가 전투에만 집중할 수 있게. 만들었다는 거임. 이런 게 가능한 이유가 뭐라고 생각?

-…….

-지금까지 재능, 재능했지만…… 사실 정말로 천재라고 그

런 게 가능할 거라고는 생각하지 않음. 이기영, 아니.

－…….

－기영이 오빠가…….

'나도 오빠 됐자너.'

－신에게 선택받은 사람이라서. 가능하지. 않았을까.

피드백하는 시간이 이기영 자랑하는 시간으로 뒤바뀐 현장, 송수경이 자신도 모르게 입술을 꽉 깨문 채로 테이블을 붙잡고 있는 모습이 눈에 비쳐왔다. 흥분하려고 하는 자신을 가까스로 억누르고 있는 모양새였다.

김예리는 내가 베니고어에게 선택받았다고 말했지만 아무래도 녀석은…… 내가 김현성에게 선택받았다고 듣고 있는 것만 같았다.

점점 가라앉고 있는 것이 느껴진다. 내가 녀석과 연결되어 있는 것은 아니었지만 놈의 감정이 지하 밑바닥까지 처박히는 게 보이는 것만 같다.

너무 이르다고 생각했지만 다시 한번 놈을 향해 입을 열 수밖에 없었다.

"너도, 이기영 그자와 같은 것을 원하고 있구나."

라고 말이다.

"그대 역시, 이기영 그자와 같은 것을 원하고 있었어."

－피드백 감사합니다. 김예리 님. 다음 훈련 때는 꼭 참고할 수 있도록 하겠습니다.

－방금까지 제가. 무슨 말을 했었던 건지. 송수경 님께서는.

제대로 이해하신 게 없으신 모양이네요. 저는⋯⋯.

-죄송합니다만 잠깐 피드백 내용에 대해 정리할 시간이 필요한 것 같습니다. 조혜진 님에게도 감사의 인사를 드려야겠군요. 여러분을 위한 식사와 연회가 준비되어 있으니 거절하지 마시고 즐겨주셨으면 좋겠습니다. 만약 다른 약속이 없으시다면 이곳에 머무르셔도 괜찮습니다. 필요한 게 있으시면 언제든지 말씀하시고⋯⋯.

-집으로 가자. 불편해. 언니.

-제의는 감사하지만 이만 돌아가겠습니다. 처리해야 할 업무들이 많은 터라⋯⋯.

-아쉽지만 어쩔 수 없겠군요. 제 보좌관들이 바깥까지 안내해 드릴 겁니다. 다시 한번 수고 많이 하셨고⋯⋯ 그럼, 이틀 뒤에 뵐 수 있도록 하겠습니다.

-⋯⋯이틀 뒤에 얼마나 달라질지는 모르겠지만. 그렇지? 언니?

-예리야.

-왜? 내가 틀린 말 한 건 아니잖아.

'김예리 독하다.'

끈질기게 극딜을 넣는 것으로는 모자랐는지 귓속말로 조혜진에게 속삭이고 있는 모습이 무섭다. 들리지 않게 소곤대고 있기는 하지만 누가 봐도 들으라는 것마냥 목소리가 새어 나온다.

베니고어 교단의 수행사제도 뚜껑이 열리고 이성을 잃지 않을까 생각해 보게 하는 도발 수위였지만 지금 빌런 송에게는 그녀의 목소리도 들리지 않는 모양이다. 흠칫 놀랐던 이전과는 다르게 내 목소리가 끊기지 않을까 걱정하고 있는 것 같지 않은가.

이기영 그자와 같은 것을 원하고 있었다는 말이 신경 쓰여 참을 수 없다는 듯한 표정. 조혜진과 김예리에게 축객령에 가까운 멘트를 날린 이후, 뒤처리를 보좌관들에게 맡긴 것만 봐도 녀석이 어떤 상태인지 눈치챌 수 있었다. 김예리와 조혜진을 무시한다기보다는 그녀들을 챙길 여력이 없다고 하는 것이 더 알맞다.

물론 그렇다 하더라도 놈이 둘을 홀대했다는 사실은 변함이 없지만······.

'권력 맛 한번 보니까 아무것도 안 보이는 거야? 아니면 정신이 없는 거야?'

어쩌면 둘 다일 수도 있겠지. 아무튼 중요한 것은 우리 예리 좌가 이 판을 흔들었다는 것 하나다.

'예리야, 네가 캐리한 것 같아.'

-기분 나쁜 사람이야. 짜증 나. 쓰레기.

-오늘 고생 많았어. 예리야.

-······언니는 괜찮은 거야?

-그럴 리가 있겠니.

관리 위원회 본부를 나서는 와중에도 기분 나쁘다는 표현을 확실하게 하는 모습이 너무나 사랑스러워 참을 수가 없다.

'네가 대륙을 구한 거야.'

송수경의 자존심에 상처를 입혔기 때문이 아니다.

물론 김예리의 독한 멘트들이 녀석의 자존감을 깎아내린 것은 맞지만 겨우 그것만으로 놈이 이쪽의 손을 잡을 거라는 생각이 들지는 않았다. 중간중간에 저질렀던 핵심 멘트들이 놈의 심장에 틀어박히지 않았을까. 자신의 무능력함을 실감한 것과는 별개로, 본인이 노을빛의 신에게 선택받을 가능성이 없다는 것에 절망했을 수도 있겠지. 옆에 서고 싶다거나 인정받고 싶다거나, 함께하고 싶다거나, 뒤따르고 싶다거나, 따위의 희망 사항들이 무너지기 시작한 것이다.

아무리 시간이 지나도 절대로 따라잡을 수 없을 거라는 불안감. 자신은 절대로 선택받을 수 없을 거라는 생각은 안 그래도 궁지에 몰려 있었던 놈의 정신을 다시 한번 밑바닥으로 떨어뜨렸다.

이쪽이 적당한 합의점만 제시해 준다면 계약은 순조롭게 이루어질 것이다.

왜? 놈에게도 시간이 없었으니까. 커다란 폭탄이 터지기 직전이라는 걸 녀석이 모를 리가 없다.

예상대로 조혜진과 김예리를 내보낸 이후에 녀석은 다시 한번 황급하게 자리를 옮기기 시작했다.

자신의 방 안에 있는 비밀 신전으로 들어가는 것은 아닌지 걱정했지만 잠재적으로 악마라고 가정하고 있었던 이와 대화하는 장소로 적절하지 않다고 생각하는 것만 같았다.

결국에는 다시 한번 훈련장으로 발걸음을 옮긴 이후에 조용히 입을 여는 모습이 시야에 들어왔다.

  -당신 누구야. 누군데…… 자꾸.

  "네가 가장 잘 알고 있을 것이다. 어리석은 필멸자여."

  -누구야.

  "네가 원하는 것을 선물해 줄 수 있는 존재."

  -어떻게 내게…… 말을 걸 수 있는 거지?

  "그대의 간절함이 내게 닿았기 때문이다. 그래. 신을 향한 그대의 간절함이 나를 이곳으로 불러들였지."

  -너는 악마야. 더러운 악마 자식.

  "어째서 나를 악마라고 부르는가. 필멸자여."

  -…….

  "신이 아니면 악마라고 주장하는 것은 그대의 아둔함을 증명하는 행동일 뿐이다. 그대가 나를 악마라고 부른다면 악마가 되는 것이고 신이라고 부른다면 신이 되는 거겠지. 두 가지 모두를 부정하고 싶다면 그리해도 좋다. 이름 모를 초월적인 존재라 생각한다면 초월적인 존재가 될 것이고, 그대의 조력자라고 생각한다면 조력자가 될 것이다. 어떤 식으로 생각하는 것이 이로울지는 그대가 판단해야 할 문제. 내게 답을 요구하는 것만큼 멍청한 행동이 없지. 무슨 말을 듣고 싶은가. 내게 무슨 대답을 원하는 것인가."

  -지금 무슨 개소리를…….

  "그대가 알고 있는 것보다 세계는, 이 대륙을 관리하고 있는 의지는 훨씬 복잡하고 다양하다. 인간의 시각으로만 해석할 수 있는 문제가 아니라는 것이다. 그대에게 나를 이해해 달라고 말하는 것은 아니지만 그대는 조금 더 시야를 넓힐 필요가 있어 보이는군."

-악마가 아니라는…… 겁니까.

"나는 대륙 그 자체이며 대륙 안에 깃들어 있는 의지다. 신이나 악마라는 말로는 나를 정의할 수 없다. 나는 그대에게 나를 섬기라고 말하지 않는다. 나를 숭배하고, 경배하라고 말하지도 않는다. 혼을 팔라고 이야기하지도 않을 것이다. 그대는……."

-노을빛의 신도입니다.

"노을빛의 신에 대한 믿음을 저버리라고 말하지도 않을 것이다."

조금이지만 대화할 분위기가 마련되었다는 생각이 든다.

이쪽을 경계하는 것은 여전해 보였지만 마지막 멘트가 결정적이었던 모양, 자신의 믿음을 시험하려는 의지가 없다는 것을 알아차린 것이다. 맹렬하게 돌아가는 머리가 보이기는 했지만 나와 대화를 할 생각이 있다는 것만으로도 충분하게 느껴진다.

여전히 입술을 꽉 깨물고 있는 모습, 믿어야 할지 말아야 할지 고민하고 있는 것처럼 보였다.

-내가 당신의 말을 어떻게 믿을 수 있겠습니까.

"나는 그대에게 나의 존재를 믿어달라 청한 적이 없다. 내 손을 잡을지 잡지 않을지는 순전히 그대의 의지이며 그대가 거절한다면 다른 이에게 손을 내밀 뿐이다."

-그게 무슨 말씀이십니까.

"나는 그대의 궁금증을 해소해 주기 위해 나타난 것이 아니다."

-이기영과 같은 것을 원하고 있다 말씀하신 건 무슨 의미였습니까.

"그자 역시 나의 도움을 받았다고 설명한다면 이야기가 빠르겠지."

-네?

"그자 역시 나의 도움을 받았다고 말했다. 필멸자여."

-그랬던 건가…….

미세하게 고개를 끄덕이는 모습은 가관. 이제야 수긍이 된다는 듯 초조하게 손톱을 물어뜯고 있는 모습이 눈에 보였다.

사실 그렇게 보이기도 할 것이다. 이기영의 업적은 망원경과 마음의 눈을 빼놓고는 설명할 수 없었으니까. 그걸 모르고 있다면 내가 어떤 초월적인 존재의 도움을 받거나 계약을 맺었다고 생각하는 게 당연하겠지.

생각해 보면 이상한 점이 많았다고 결론을 내릴 수도 있고…… 굳이 여러 가지 가설을 생각해 보지 않아도 될 것 같았다. 애초에 이 새끼는 이기영의 존재 자체를 인정하지 않으려고 했으니까.

노을빛의 신화에서 빛의 아들을 빼고 이야기한다는 것이 어디 가당키나 한가. 그럼에도 불구하고 놈은 빛의 아들의 업적을 의도적으로 배제하고 있었으니, 아마 후자 쪽에 무게를 싣고 있을 것이다.

"그는 노을빛 신의 옆에 서고자 했다."

".......".

"그의 발자취를 밟고 싶어 했고, 그와 함께 걸어가고 싶어 했지. 그것은 일그러진, 추악한 욕망이었고, 어린아이의 순수한 동경이나 꿈같은 감정이기도 했다. 나를 깨운 것이 바로 빛의 아들, 그자의 의지였다. 나는 그자의 욕망과 꿈에 의해 다시 몸을 일으켰고 빛의 아들은 결국 자신이 원하는 것을 손에 넣었지. 동등하게 옆에 서는 것은 물론이거니와 노을빛의 신의 선택을……."

".......".

"받았지."

침을 꿀꺽 삼켜 넘기는 놈의 모습이 눈에 보인다.

"그것은 신앙이었으며 존경의 표현이었다. 한낱 인간이었지만 신의 옆자리에 서고 싶다는 진실 된…… 마음이었지."

-이기영 그자는 무엇을…… 어떤 것을 받았습니까.

"필요한 것. 그자가 원한 것. 그대 역시 같은 것을 받을 수 있다. 물론 그대가 원했을 때의 이야기다만……."

고민하고 있는 얼굴은 무척 재미있다. 본인 안에서 들려오는 목소리를 믿어야 할지 말아야 할지 판단하고 있는 것처럼 보였지만 아마 녀석은 자기 자신을 합리화하는 중일 것이다. 그만큼 내가 녀석에게 던진 먹이는 달콤했으니까.

'신의 옆에 설 수 있다' 라거나 '그에게 선택받을 수 있다' 라거나 '그에게 인정받을 수 있다' 따위의 미끼.

수행 사제들이라고 해도 거절하기 쉬운 유혹은 아니다. 베니고어의 옆에 설 수 있다는 것 하나만으로도 자신의 영혼을 내놓을 신도들이 한 트럭으로 나타날 거라고 장담할 수 있다. 그게 바로 순교고 그게 바로 신을 위한 희생이지.

목숨을 걸고 싸우는 성기사단이나 자신의 몸을 아끼지 않는 이단 심문관들, 자신들이 죽으면 베니고어의 곁에서 쉴 수 있을 거라고 믿는 신념. 광기와 다를 바 없는 일부 종교적 신념은 인간의 판단력을 흐리게 만들기도 하고 확고하게 만들기도 한다. 신에게 가까이 다가가고 싶다는 욕망은 그만큼 무섭다.

'이 새끼한테도 예외는 아니야.'

지하 밑바닥까지 추락한 와중에 눈에 비치는 작은 불빛, 그곳에 위험이 있는지 없는지에 대해 판단하는 것이 중요한 것이 아니지.

놈은 여전히 합리화하는 중이다. 자신에게 말을 건 게 악마가 아니라는 합리화, 이 제안을 받아들이는 게 노을빛의 신에 대한 배신이 아니라는 합리화, 모든 것은 신을 위해서고 그를 위해서라는 합리화. 그를 완전하게 만들기 위해서 어쩔 수 없는 선택을 해야 한다는 합리화.

-제안을 받아들이지 않는다면…… 어떻게 되는 겁니까.

"멍청한 질문이군. 그대에게는 아무런 일도 일어나지 않을 것이다."

-그렇다면…….

"신과 함께 걷고자 하는 것은 그대뿐만이 아니니까."

'네가 안 해도 다른 새끼가 할 거야.'

-…….

'노을빛 신과 함께 걸을 수 있는 사람은 굳이 네가 아니어도 돼.'

-제가…….

'나는 급할 게 없어. 급한 건 너야.'

-저는…….

'이번에도 뺏길 거야? 탐나지? 시바 탐나자너. 다 알어. 탐나자너어.'

"내 손을 잡거라. 필멸자여."

-…….

"그대가 원하는 모든 것이 이루어질 것이다."

-신이시여. 신이시여…….

이제는 기도까지 드리고 있다. 눈물을 왜 흘리는지는 모르고 있지만 놈이 엄청난 내적 갈등과 싸우고 있다는 것이 느껴진다.

-신이시여…….

아무것도 보이지 않는 암실. 놈의 표정을 확인하니, 굳이 다음 말을 내뱉지 않아도 될 것 같았다.

녀석의 안에 숨어 있는 악마는 놈에게 손을 뻗었고.

놈은 일그러진 미소를 지으며 그 손을 붙잡았다.

"그대는 그대가 원하는 것을 얻게 되리라."

─······.

"빛의 아들의 눈과 심장."

─······.

"그대에게 필요한 것은 빛의 아들의 눈과 심장이야."

내가 입을 열면서도 히죽히죽 웃음이 나오기 시작했다.

'설정 한번 죽이네. 진짜.'

고전적인 클리셰였지만 본래 왕도는 패배하지 않는 법이다.

업무에 제대로 집중하지 못하고 있는 모습, 당연하지만 며칠 전에 나누었던 이야기를 계속해서 떠올리고 있을 거라고 생각했다.

본분은 잊지 않았는지 대륙에서 일어나고 있는 사안들을 처리하고 있었지만 누가 봐도 혼이 다른 곳으로 가 있는 것만 같이 느껴진다.

아마 이 계약이 효과가 있다고 생각했기 때문일 것이다.

보좌관들에게 보고를 받은 이후에 빠르게 발걸음을 옮기는 빌런 송. 곧바로 자리에 앉은 이후, 헬멧 같은 아티팩트를 만지작거리는 모습이 시야에 비쳤다.

-상황은 어떻습니까?

-전투가 벌어지고 있는 도중입니다. 영웅 등급 이상의 언데

드 개체들이 확인되고 있으며…… 그들을 지휘하는 것은…….

-예.

-에베리아 왕국의 엘리오스 님으로 확인되고 있습니다.

-그건…….

-정황상 누군가에게 세뇌당했다고밖에는…… 급하게 전선을 구축했지만 타락한 엘리오스에 의해 속수무책으로 무너지고 있으며 피해가 계속해서 누적되고 있는 상황입니다. 지원군이 곧 닿을 예정이기는 하지만 이 상태라면…….

'엘리오스 뭐 하고 있나 했더니 드디어 등장했자녀.'

-브리핑은 됐습니다. 지금부터는 제가 직접 현장 지휘하겠습니다. 현재 전투를 벌이고 있는 병력 중 네임드 명단을 확인해 주세요.

-네. 공화국의 신 대장군 중 하나인…….

-연결해 주세요.

-네. 알겠습니다.

규모가 크지 않은 수성전이기는 했지만 나름대로 전략적 요충지라고 불리는 곳이었으니 놈이 직접 지휘권을 가져가는 것은 당연한 선택일 것이다.

며칠 전에도 꽤 멋진 모습을 보였기 때문일지는 모르겠지만 주변 이들의 선망의 시선이 놈에게 쏟아졌다.

보기 흉한 헬멧을 쓰려다 그대로 내려놓는 녀석, 이제는 자신에게 필요 없는 것이라고 판단한 거겠지.

자리에 앉은 이후에 화면을 바라보는 놈의 시야에는 이미 격전을 펼치고 있는 전장이 들어섰다.

언제나 그렇듯 치열한 현장. 여러 가지 소리와 광기가 뒤섞인 곳에서 검을 휘두르고 있는 엘리오스와 녀석을 둘러싼 언데드들은 대륙의 위기가 찾아왔다고 주장하기에 충분했다.

이미 데뷔 무대를 치른 송수경이었지만, 자신을 증명할 수 있는 자리에 조금 긴장한 것이 느껴졌다. 저번보다는 더 잘하고 싶다는 욕심도 생겼을 것이다.

-지금부터 제가 직접 지휘하겠습니다. 나트리안 님.

-네? 당신은……

-신 대륙 보호 관리 위원회의 송수경입니다. 명령에 최우선으로 따라주십시오.

바쁜 건 나자녀. 계약의 대상은 내가 아니었지만……

'싸구려 자동차 타게 생겼네.'

계약에 연관되어 있는 입장이었으니 가만히 두고 볼 수 있을 리 만무, 녀석과 계약한 악마에게 내 의지를 전하는 것이 내 일이다. 간단히 말해 외주 업체를 끼고 진행하는 계약.

물론 이상은 없다. 계약상으로도 문제가 없었고 기능적으로 문제가 없다는 것 역시 확인할 수 있었다. 저번 이름도 못 들어본 루키를 대상으로 진행한 이후에는 이번이 두 번째였으니까.

'아무한테나 막 해주는 사람 아닌데. 진짜 이기영 이 새끼 갈 데까지 갔자녀.'

진짜. 나도 품격이 있고 품위가 있고 자존심이 있지. 시바.

'근데 얘는 좀 괜찮기는 하겠다.'

김현성, 쓰로누스, 라파엘, 심지어 조혜진과 비교하기에도 조금 민망한 수준이기는 했지만 공화국의 새로운 별로 떠오른 이유가 있기는 하다. 나이도 젊고 아직 성장 가능성도 열려 있는 거로 보인다.

억지로 장점을 찾아보자면 경쾌한 리듬을 가지고 있다는 것. 빠르지도 않고 강하지도 않지만 레이피어를 찔러 넣는 동작에서 재미있는 리듬이 느껴졌다. 너무 일정하지도 않다. 적이 적응하거나 지루해질 때 즈음에 변속하는 솜씨가 나쁘지 않다.

내가 눈이 높아지지 않았다면 아마 그럭저럭 만족하면서 쓰지 않았을까. 심심하기는 했지만 그럭저럭 나쁘지 않았다는 거다.

망원경에 비치는 작은 전장, 공화국의 새로운 별이 수행해야 할 미션을 떠올리자 기다렸다는 듯이 입을 여는 송수경이 시야에 비쳤다.

아마 내가 떠올린 것을 본인이 떠올리고 있다고 착각하고 있을 것이다.

-왼쪽부터 돌겠습니다. 좌표 확인한 이후에는 곧바로 움직여 주십시오. 뒤는 제가 맡겠습니다. 어떠한 상황이 오더라도 명령에 최우선으로 따라주십시오.

-네…… 네.

'너무 느려.'

재미있기는 하지만 기본적인 스펙이 구리니 지루하기는 하다.

영웅 등급의 네임드 언데드들을 상대로 레이피어를 찔러 넣는 나트리안의 몸에 계속해서 빛이 떨어진다.

쉴 새 없이 움직이는 검사의 얼굴이 환희로 가득 차기까지는 그리 오랜 시간이 걸리지 않았다. 본인과 전장이 일체화하고 있다는 생각을 하는 것처럼 보인다. 지금까지 느껴본 적이 없던 경험이었으니 오죽할까.

-전방에 엘리오스. 지금은 부딪치지 않습니다. 우회하겠습니다.

-네!

적 아군을 가리지 않고 떨어지는 화살과 마법이 자신을 피해가는 듯한 감각. 마치 영화 속의 주인공이라도 된 것 같은 기분을 느끼고 있을 거라고 생각했다.

내가 조종하는 것이 김현성이었다면 나도 그 감각을 느낄 수 있었겠지만 아쉽게도 나는 녀석이 느끼는 것을 느낄 수가 없다. 어쩌면 그것 때문에 더 지루하게 느껴지는 건지도 모르겠다.

나트리안이 꽤 마음에 들어 여러 가지로 서비스해 주기는 했지만 능력의 2할 정도만 사용하기로 했기 때문에 여기서 아웃. 이 정도 해주는 것만으로도 전황을 바꾸기에는 충분할 것이다.

엘리오스, 아니, 지혜 누나도 딱 여기까지가 이 부대의 한계점이라고 생각한 모양인지, 곧바로 병력을 뒤로 물리는 것이 시야에 비쳤다. 지원군을 의식하고 있을 거고, 꼬리를 잡히기 싫다고 판단한 것이다.

　-이건…… 하…… 하하…… 이건 도대체…….

　그 와중에 아직까지 여운을 잊지 못했는지 레이피어를 들고 우두커니 서 있는 검사. 한 것도 없는 주제에 땀을 뻘뻘 흘리고 있는 송수경의 표정이 어두워지는 것이 눈에 들어왔다.

　'만족 못 하셨나 보네요. 우리 송수경 님은.'

　-고생하셨습니다.

　-아, 아닙니다. 송수경 님이야말로…… 수고 많으셨습니다. 정말로 고생하셨습니다. 하…… 하하…… 대단하시군요.

　-제가 드리고 싶은 말씀입니다.

　여신의 거울을 바라보고 있는 상황실의 분위기와 놈을 둘러싼 분위기는 정반대. 방금의 전투가 만족스럽지 않았다고 느꼈을 것이다.

　이전과는 확연히 달라지기는 했지만 놈이 바라보는 것은 더욱더 위에 있었으니 말이다.

　-빛의 아들이 현신한 것 같았습니다.

　-허허…… 신께서 아직까지 대륙을 버리지 않으신 모양입니다. 대륙의 복이로군요.

　-대단하십니다.

　-노을빛의 검사와 함께 싸울 수 있으실 겁니다.

　주먹을 꽉 쥔 녀석의 모습에 괜스레 비웃음이 튀어나왔지만 꾹 참고 있을 수밖에 없었다.

-오늘도 고생하셨습니다.

-대륙을 위한 일입니다. 그보다 엘리오스 님의 소재는……
아니, 엘레나 님에게 먼저 전하는 게 좋을 것 같군요. 엘프 레
인저를 중심으로 한 부대를 편성하겠습니다. 아직까지 눈에
보이고 있지는 않지만 적들의 실체가 점점 드러나는 듯한 느낌
입니다. 계속해서 모니터링에 힘써주세요. 부대 편성이 끝난
이후에는 곧바로 투입하셔도 됩니다.

-네.

-다른 특이 사항은 없습니까?

-연방 전투에서 발견된 다수의 생존자들이 정신을 차린 것
같습니다. 여러 가지 방향으로 조사를 해봤지만 가면을 쓴 이
들을 봤다는 말밖에는…… 아직까지는 심신의 안정을 취해야
하는 상황이라…… 조사에 시간이 더 걸릴 것 같습니다.

-새로운 정보가 들어온다면 곧바로 보고해 주시기 바랍니
다. 그럼 저는 이만…….

-네. 이후의 스케줄은 어떻게 하시겠습니까.

-취소해 주세요. 잠깐…… 조금만 휴식할 시간이 필요할 것
같습니다.

-네. 편히 쉬십시오.

'신 대륙 보호 관리 위원회 행복해 보이네.'

본인들이 던진 패가 들어맞았다고 생각한 모양인지, 모두가
훈훈한 분위기를 만들어내고 있다. 녀석과는 다르게 말이다.

방 안으로 들어온 놈의 시선이 여신의 거울로 향한다. 언론

에서 자신을 치켜세우고 떠들어대고 있는 걸 보고 싶었던 거 겠지. 뭐, 빛의 아들의 현신이라거나, 전술 천재 따위의 수식어 를 붙이고 있는 것을 보니 조금은 만족스러운 것 같았지만 초 조한 건 여전한 모양이다. 저 소식을 김현성도 듣고 있다고 생 각할지도 모르니 아마 더 초조하지 않았을까.

뭘 떠올렸는지 얼굴에 드리운 미소가 점점 사라지는 중, 대 충 봐도 놈이 무슨 생각을 하는지 알 수 있을 것 같았다.

확실히 손을 잡은 이후에는 달라졌다. 녀석은 성장했고, 표 면상으로는 벽을 넘어섰다.

하지만.

'아직 부족해. 너무 부족해.'

라고 생각하고 있을 것이다. 애초에 부족함을 느낄 수 없었 던 이전과는 다르게 약간이나마 새로운 시야를 얻은 지금은 더욱더 이기영과의 차이를 실감하고 있겠지.

조금씩 조금씩 어긋난 미션을 던진 게 효과가 있기는 한 모 양, 인간의 욕심은 끝이 없다. 놈이 여기에서 만족할 녀석이었 다면 애초에 이쪽의 손을 잡지 않았을지도 모른다.

머리를 쥐어뜯으며 고뇌하는 척하고는 있지만 나는 놈이 어 떤 걸 생각하는지 알 수 있을 것 같았다.

아니나 다를까, 중얼거리는 목소리가 들려온다.

-빛의 아들의 눈…….

천천히 입을 여는 것이 정답. 놈도 내 목소리를 기다리고 있 을 것이다.

"본래는 나의 것이다. 그래. 내가 그에게 내린 것이지."

――…….

"한낱 필멸자의 격으로는 볼 수 없는 것들을 보여주는 눈이며 노을빛의 신과 연결되어 있는 매개체이기도 하다. 그가 가장 원한 것이었으며 그의 모든 것이었지. 그의 육체가 이미 빛을 잃어버렸다고 하지만 그의 눈과 심장에 들어서 있는 격을 잃어버린 것은 아니다. 한낱 죽음 따위로 정의할 수 있는 격이 아니다."

―제가 부족하다는 것을 실감했습니다. 그분의 옆에 서기에는 아직 너무나도 부족해요.

"부족함은 채울 수 있다."

다시 한번 조용히 자신의 손을 바라보는 것이 눈에 보였다.

―혹시…… 그의 눈을 이식한다면 그가 바라보는 것들을 볼 수 있는 겁니까? 노을빛의 신과 연결될 수 있는 겁니까?

"부정하지는 않겠다."

잠깐 동안 고개를 숙인 녀석이 입을 연 것은 몇 분 뒤.

솔직히 조금은 시간이 더 걸릴 거라고 생각했지만.

―후우…… 시신은 파란 길드에 있는데…….

'와……'

이 새끼의 악랄함에는 치를 떨 수밖에 없었다.

―제길…… 꺼내올 방법은 없는 건가.

'이 새끼 진짜 정신 나간 새끼였네. 진짜.'

벨리알이 괜히 박수를 친 게 아니라는 생각마저 들 정도였으니 무슨 말이 더 필요할까.

'진짜 인간으로서 최후의 마지노선은 지켜야 되는 거 아니냐……'

-제기랄.

'이게 사람이냐'

내가 의도하기는 했지만. 아무리 그래도 이건 너무 빠르지 않나? 조금 더 고민해 봐야지. 크리피하잖너……

그 기괴함에 소름이 돋을 정도였지만 입꼬리가 올라가는 것은 어쩔 수 없었다.

-빛의 아들의 눈과 심장.

"……"

-이기영의 눈. 이기영의 심장. 이기영의 눈. 그래. 이기영의 눈.

"완전해지는 것을 선택하는 것은 온전히 그대의 의지다."

-몰래 침입하는 것은 불가능할 겁니다.

내가 봐도 가능한 일이 아니다.

-물고 늘어지는 수밖에 없나.

정치적으로 물고 늘어지는 것이 그나마 나은 선택지고, 어쩌면 빛의 선택을 받았다는 거짓부렁을 하면서 접촉하는 것도 나쁜 선택이 아닐 수도 있다.

-아니야. 너무…… 위험해. 그분의 노여움을 사게 될 수도 있어.

'그건 알고 있구나.'

내가 판단해도 방법들이 한정적이기는 하지만, 한번 찔러보는 것도 나쁘지 않다고 생각이 든 모양이다.

어디론가 연락을 급하게 돌린 이후에 곧바로 입을 놀린 녀석의 눈은 이미 완전히 나락으로 떨어진 것처럼 비쳤다.

-믿을 만한 이들을 준비해 주세요.

'송 빌런 진짜 폭주 기관차 됐자녀.'

-네. 파란 길드와 미팅 장소를 변경해야 할 것 같습니다.

'와, 진짜 악마. 며칠 사이에 악마 다 됐자녀.'

-이기영 님의…… 고(故) 명예추기경의 시신이 필요합니다.

대륙을 위해 모든 것을 희생한 빛, 그 시신마저도 욕보이려고 하는 놈의 추악함이 담겨 있는 그 표정은…….

틀림없이 악마의 그것이었다.

to be continued

임제열 퓨전 판타지 장편소설
WISHBOOKS FUSION FANTASY STORY

뽑기 게임에서 살아남는 법

"빌어먹을 인생."

정말 쓰레기 같은 인생이었다.
친구도, 가족도, 연인도 없었다.

어차피 망해 버린 그런 인생.

"그냥 폰 게임이나 해야지."

뽑기 게임에서 살아남는 법

지랄맞은 현실이 되어버린 게임 속에서
다시 한번 최고가 되겠다.